海右文学精品工程
新时代海右文学攀登计划

尚启元 著

光明里

济南出版社

图书在版编目（CIP）数据

光明里 / 尚启元著. -- 济南：济南出版社，2024.
12. -- ISBN 978-7-5488-7022-7

Ⅰ.I247.5

中国国家版本馆 CIP 数据核字第 2024CK3987 号

光明里
GUANGMINGLI
尚启元　著

出版统筹　李建议
责任编辑　雷　蕾　林　颖
装帧设计　牛　钧
出版发行　济南出版社
地　　址　山东省济南市二环南路1号（250002）
总 编 室　0531-86131715
印　　刷　济南乾丰云印刷科技有限公司
版　　次　2024年12月第1版
印　　次　2025年7月第1次印刷
开　　本　160mm×230mm　16开
印　　张　19
字　　数　250千字
书　　号　ISBN 978-7-5488-7022-7
定　　价　59.00元

如有印装质量问题　请与出版社出版部联系调换
电话：0531-86131736

版权所有　盗版必究

目录

第一章 ... 001

第二章 ... 042

第三章 ... 070

第四章 ... 097

第五章 ... 137

第六章 ... 172

第七章 ... 211

第八章 ... 238

第九章 ... 267

第一章

第一节 经纬交错

民国二十一年（1932年），春。

通惠街上垂杨拂面，各户商铺门前的布幡晃动着，街上横停着好多辆骡子车，其中有几辆一直停到济南火车站南北向的那条胡同。

庞少霆从经三路纬二路的馨德斋直奔聚华戏院，坐在了岳父周学山一旁的官座上。官位设在楼上靠近戏台的地方，楼下两边的楼廊内是较官座次一等的座位，称为散座，其后靠墙处还有高座。池座是最普通的位子，在大厅的中间，戏台与楼廊的空地上，摆有许多条桌，供戏迷们看戏用。伸出式戏台的两侧空地，称钓鱼台，也设条桌，由于靠上场门，太喧哗，是最次的座位。

庞少霆盯着戏子的一招一式，一个水袖，一个眼神，戏子都需要靠手来传递，手是戏曲演员的灵魂，每一个手势动作，都要经过六七年的刻苦训练，才能达到举手到眉边，拱手到胸前，云手如抱月，指手到鼻尖的演出要求。

有钱人去戏楼看戏，没钱的穷人就在街上看戏。周学山虽然有钱，但平时也很少看戏。他喜欢看电影，他有生第一次看电影，就在大华电影院。不过，在传统观念里，西洋电影有些伤风败俗。毕竟一家人在逢年过节的时候听听中国戏曲，那是风俗。可是西洋电影就不同了，因为影片上有女人的戏，要么就是西洋服饰露胸露背，要么就直接浑身赤裸裸，观众都看得见，还有男女在床上亲吻，这些在戏台上是绝不允许的，虽然也有男女戏子表演调情，但是只限于眉目传情，最坏也不过在身段儿及手和胳膊姿势上，暗示一下而已。

这次，庞少霆在戏楼里并无心听戏，内心一直为馨德斋的生意发愁，他对周学山说："爹，两年来，馨德斋的买卖一直不见起色，咱们得想想办法啊！"

周学山听出了庞少霆的话外之音，一直在一旁不吭声。

庞少霆小名为"德霆"，他从名中取一"德"字，命名酱菜园为"馨德斋"，取明德惟馨之意。为坚守"咫尺匠心，明德惟馨"的斋训，馨德斋在选料与工艺方面一直十分讲究，并且因地制宜取泉水清洗与酿制，加上泺口、黄台是海盐进入内地的盐运码头的便利条件，自产自销酱油、食醋、甜面酱、豆腐乳、麻汁、酱腌菜等。

庞少霆之所以任命岳父周学山担任掌柜，主要是觉得周学山有点文化，很想干事又闲着无事可做。但现在的馨德斋虽然投资不大，可也没看到什么利润，周学山确实不适合做生意。

与馨德斋同为酱菜园的兴顺福酱园，在经二路纬三路上生意却非常兴隆，颇具人气。兴顺福酱园向北不远就是胶济铁路济南站、津浦铁路济南站两大火车站。满载各种货物的列车，鱼贯而入的乘客，把火车站周围地区带动得非常繁华。兴顺福酱园带有海腥味的各式虾油咸菜、蟛子虾酱成为济南海味咸菜的引领者，不仅名震济南府，而且享誉全国。庞少霆打心底里佩服兴顺福酱园的张采丞，能把酱菜园办得风生水起，他心里已经默默地开始做一个打算：辞掉岳父周学山。

周学山心里也琢磨透了女婿的心思，二话没说，就只身离开聚华戏院，回到了半边巷的家里。半边巷与光明里相通，巷里有一条车道，这条车道很宽。车道的东墙，是一座砖刻的影壁，旁边就是庞少霆为周学山两口子购置的四合院。周学山和妻子住了正房，西屋满满地堆置了一些杂物。院子正中一棵粗大斑驳的梧桐树，四周开满了小花，花瓣粉色，很淡。妻子曲红瑛正坐在院子里，修理着花木，一见周学山愁眉苦脸地进门，便放下了手中的剪刀，跟着去了客厅。

曲红瑛沏了一杯茶，递到周学山的桌前，问："出去看了一场戏，回来咋拉着个脸？"

周学山两眼无神地回道："这哪是看戏，分明是给我摆了鸿门宴。"

曲红瑛有些纳闷道："啥鸿门宴？"

周学山端起茶杯抿了一口茶说："我估摸着，少霆想拿掉我掌柜的身份。"

曲红瑛比较镇静地说："要是我说啊，这个掌柜不干就不干吧，人家庞家个个都是做生意的好手，你就别去添乱了，咱女儿嫁给少霆，咱都跟着过上了好日子，得知足。"

曲红瑛的话音刚落，悠扬的钟声从济南城的火车站方向传来。在屋檐上，一只白色的鸽子静立着，嘈杂的人声随着夕阳西下也逐渐地消散，街边的店铺陆陆续续地关了门。

庞少霆在戏楼里一声不吭，当然，他也没有把台上的戏听进去。突然，靳云鹏出现在他的面前。庞少霆对靳云鹏早有耳闻，鲁丰纱厂大股东之一，但这人不懂商情，又官气十足。

庞少霆和靳云鹏打了个招呼，靳云鹏随即坐在了庞少霆的身边。戏台上两名戏子畅快淋漓地对完了一场戏，弦乐停住，他们还没有立刻从戏里醒过来，站在原地互相望着发愣，台下却一片叫好声。

靳云鹏说:"《红绡》这戏真是越往后越好听,好似初月出云,清朗敞亮,丹田音托着腔儿。"说着说着,靳云鹏也哼了起来。

庞少霆听到靳云鹏的曲调儿,不由得对靳云鹏说:"这《红绡》,还是尚小云唱得有神!"

靳云鹏问:"庞兄,听过尚先生的戏?"

庞少霆回道:"五年前,张宗昌在济南督办公署设礼堂为他的父亲祝寿,从北京请来了梅兰芳、尚小云等名伶演戏,我有幸去听了听。其实,在1922年他和王瑶卿、马连良到上海,演毕回到北京后,就自行组班'双庆社',着手编排新戏了。他的第一出新戏是《红绡》,1923年在广德楼初次上演。"

靳云鹏连连称赞道:"庞兄不光厂子办得好,对戏也研究得这么透彻。"

庞少霆笑道:"泰武将军真是过奖了。"

靳云鹏打心里想拉拢庞少霆,他看重的是庞少霆手下的玉祥面粉厂,毕竟这是济南设备最齐全、产量最高、资金最雄厚的面粉企业。

庞少霆管理企业的最大特点就是亲自动手,不当"甩手掌柜"。在粮食经营中他非常重视信息的作用,庞氏集团在胶济、津浦、陇海铁路沿线及重要的粮食集散地设立分庄四十余处。

夏秋之际,庞少霆派人实地调查,预测丰歉。新粮登场后,各地报告行情的函电日夜交驰。对于来自各地的函电,庞少霆都一一仔细批阅,从不假手他人。庞少霆不惜血本,在邮局有专设信箱,电话局有定时长途电话,粮关上设有自用专线电话。行情一变,几十分钟就能通知各地,因而处处抢先。

有一次,庞少霆给徐州坐庄人发电,让他们次日到达开封报告行情。从复电中发现这人晚到一天,他马上电召回济严加训斥。他说:"做买卖就要抢时间,去晚了不跟没去一样吗!"随即他给予此人停职处分。

1927年年底，庞少霆经营的同聚长粮栈在蚌埠购存小麦数百吨，未能运出。次年二月各地粮商仍在那里抢购。庞少霆根据各地函电行情，判断麦价将转疲，当即通知坐庄人员便宜行事，赶快出售。这批小麦出售后，果然行价直线下落，同聚长非但没受损失，反而卖了最高价。

　　而这时，庞少霆坐在戏楼里，两眼盯上了一件件华美奢侈的戏袍，有百蝶蹁跹的，有祥云团花的。蝴蝶的翅膀映着绸缎的柔光，栩栩如生，像一只活物。他啧啧称道："讲究！"

　　靳云鹏笑了几声："庞兄若是喜欢，我让人给你送几件戏袍过去。"

　　庞少霆赶紧解释道："我是喜欢戏袍的手工技术，多谢好意。"

　　庞少霆趁机与靳云鹏辞别，他心里明白靳云鹏心中的算盘。鲁丰纱厂已经欠债累累，无法周转，银行也停止向鲁丰纱厂借贷，一旦靳云鹏提起借钱的事情，庞少霆还真不知道如何拒绝。他走到了戏台的后边，对戏班的班主陈文胜说："三天后，你安排两个人去光明里的庞家大院连唱三天戏。"说完，便给了押金。

　　陈文胜笑着说："放心，一定安排好。"

　　庞少霆走出了戏楼，这时夜市已经很热闹了。街上大多是些穿梭于街巷之中做小买卖的商贩。济南深宅大院非常多，商贩们需得一副好嗓子，才能喊来生意。经年累月这样磨炼下来，嗓子练得已经浑厚敞亮。

　　街道远处的黄包车缓缓驶来，车上一人，冷峻的面容显现出一脸的焦灼。此人在一处四合院门口停下，下了车，然后把钱直接扔到了地上。拉黄包车的都是一些贫民，下苦力谋生，黄包车也是租来的。车夫从地上捡起钱，拉着车就走了。为了生计，他们已经放弃了所谓的尊严。

　　济南城夜色的美，使庞少霆非常迷恋，俯瞰泉城，远山环绕，实乃山水一色的胜景。对他来说，在济南，除了美景，还有各具特色的美食，其中要数甜沫最好喝。点上一碗甜沫，热气腾腾，端至眼前，金黄甜沫之中，菠菜嫩绿、豆腐皮雪白、粉条透明。看之犹如青山水墨，闻之香气扑鼻，尝之微咸略辣，五味俱全。配上两根油条，一个茶鸡蛋，再来上一碟小咸菜，哧溜哧溜喝到嘴里，热乎乎地顺入腹中，真是浑身畅快。

庞少霆隔几天就要去喝一碗甜沫，喝不着就浑身不得劲，像有瘾头。而庞少霆这些天内心也是充满着喜悦之情，三天后，弟弟庞少海就要从英国曼彻斯特留学归来。当时，庞少霆的眼光对准了中国的纺织业，便把庞少海送到南通纺织学院学习，不久后，又自费送庞少海到英国留学。

庞少海也没有让庞少霆失望，在英国留学期间，他遍访英国各大纺织中心，并在纺织厂内实习打工。曾有一位纺织厂负责人对他十分感兴趣，许诺高薪聘请他留在英国工作，但庞少海坦言，他现在所做的一切只有一个目标，那就是为了发展中国自己的纺织业和工业，争取让贫瘠的中国早日富强起来。爱国之情在全世界都是有共鸣的，爱国之人走到哪里都受人尊重。这位纺织厂负责人对庞少海肃然起敬，他没想到这位来自中国的年轻人竟有如此的报国志向，随后便将建设一家纺织厂所需的全部图纸赠给了庞少海。

庞少海带着报国之心穿越英吉利海峡，日夜兼程归来。

一大早，戏班班主陈文胜叫了两辆黄包车，给了戏子两张纸条，上面写好地址。出了城门，远望一片田园景色，两位戏子看着身边有一辆汽车驶过，车里的妻妾、女儿，穿着摩登的晚礼服。

黄包车停下，两位戏子下了车，这是一处设计精巧的庄园，刚进门，南边木隔的房间里，镶嵌着两米高的大理石板，上面刻的是李攀龙的字。房间里有几张雕刻着花纹的红木桌子，上面摆着做工精美的茶壶茶碗，质料图形显得古雅而豪华。几个女仆在水榭里照顾客人的茶水。

其中一位戏子说明了来意，管家刘珅就带领他们进入了庄园，曲曲折折的走廊，着实令人感到惊奇。戏子们从一个门穿过之后，忽然发现面前的院子分隔为南北两半，南边供演戏之用，台子下是一片平地，以防戏子们跌落水中，流水在西面围绕，在戏台前面蜿蜒流过。

管家刘珅很有礼数，说："两位请先进屋上妆，我去问问老板什么时候开场。"

一位戏子回了个礼："您忙！"

此时光明里的庞家大院一派忙碌景象，大门外，张灯结彩，悬挂着灯笼，客厅里备有纸墨笔砚供客人们赋诗写字，茶水、点心陆续上桌，供客人们品尝，一群下人忙得团团转。庞少霆十分高兴，不时指挥着下人的工作。

庞家大院，一切收拾停当。二十几个下人，男男女女，排成两排，分列大门外，迎接客商，引得不少人围观。几个竹竿挂满鞭炮，等待燃放。庞少霆穿戴整齐，站在大门口。他不时看看围观的百姓，充满炫耀之意。

"庞掌柜，今天好排场啊！"

"是不是又有什么贵客来啊？"

"人家庞掌柜真是家大业大！"

……

人群中有人招呼，可是庞少霆顾不上回话，在不远处，他邀请的客商朋友正向他走来。他赶紧迎上去，把客商请到屋中。客商约有几十个人，有的去客厅签约，有的在外头花园聊天，显得十分轻松愉悦。

而庞少霆也是早早地派车去了济南站，虽然光明里离车站的距离并不远，但派车去接，更能显示庞家的财力和实力。

第二节　四水归堂

济南商埠的北边，正是胶济铁路的济南段。车站外都是四五米的垂杨。春风的暖意袭来，让柳条上挂了些穗子，在风里摆来摆去。街道两旁的中西式建筑，展现出别具一格的魅力。

不一会儿工夫，庞少海提着包从火车站走了出来。他穿了一件银灰色绸子的长衫，由火车站到光明里，大概有四里之遥，庞少海就缓缓地踱着走去。快要到经一路的时候，忽然有人在身后叫道："庞先生！"

庞少海回头看，却见一个中年男子追上前来，抬起一只胳膊，只管招手。庞少海并不认识他，不知道他怎么知道自己的名字，感觉有些奇怪，就停住了脚。

中年男子赶紧凑到庞少海的面前说："庞先生，车在那边。"

庞少海顺着中年男子指的方位瞧去，说："不用了，我去趟玉祥面粉厂。"

在济南火车站北侧，官扎营后街与天成路辅路交叉口，天桥的西侧，坐落着几座具有明显巴洛克风格的建筑，这就是济南面粉业中的龙头老大玉祥面粉厂。

庞少海从南大门走了进去，眼睛直盯着右侧的面粉厂办公楼，楼为"凹"形两层建筑，中间入口处凹进，两侧凸出。办公楼为砖石结构，底部基石为约半米高的青色蘑菇石，形状皆为长方形，排列整齐。楼体用青砖垒砌而成。窗口为长方形与拱形，屋顶为红瓦覆盖。一、二层都有前廊，券门形主入口在南立面，拱形窗，窗框皆为以前常用的绿色。

工人们用小车推着一袋袋面粉，时不时地从庞少海的身边走过，他们紧张地忙碌着。

庞家的管家刘坤看着远方的车缓缓地向光明里驶来,大声对下人们喊道:"点炮!"

"噼里啪啦"的鞭炮声响彻整个光明里,庞少霆听到声响,也赶紧出来迎接。车停稳后,中年男子快速地跑到庞少霆身边。

庞少霆还盯着车,问中年男子:"人呢?"

中年男子回道:"庞先生一人去了玉祥面粉厂。"

庞少霆的脸上露出了一丝的笑意,自言自语道:"还是老性子。"

庞少海的妻子余英在客厅里踱步,时不时地往院内瞧几眼,望着外面来来往往的客人,心里反而多了些许的不平静。女儿庞淑静在客厅陪着她,八岁的庞淑静秀丽端庄,皮肤细白,为了迎接庞少海留学归来,余英为女儿精心挑选了一身碎花裙子。

庞少霆赶紧进了院门,直奔客厅而去,对余英说:"少海先去了厂子,估计得晚点再回来。"

余英埋怨道:"都回国了,也不知道回家。"

庞少霆劝慰道:"他事业心重,就别责怪他了。"

在玉祥面粉厂,庞少海站在东库房前思索着,这一刻他嗅到一股别样的气息,这里面充满着机遇和野心。

东库房础石有一人多高,红砖红瓦,拱形窗口。相对照的是西库房,它的南、北山墙则有浓重的装饰,墙体为白色,而突出墙面的红砖组成拱形、圆形、长条形,门口上方两侧饰有对称的五角星。

庞少海一踏进厂房,头顶整齐的木架式屋顶格外醒目。厂房中突然出现了一个陌生人,让许多工人投来了异样的目光,一个工人走向前去问:"先生,你是找人,还是有什么事?"

庞少海敷衍了一句:"我随便看看。"

工人赶紧说:"这里是厂房,一般不让生人进入。"

庞少海笑着看了工人一眼,转身离开了厂房。走出大门的时候,他转头看了一眼制粉楼,这也是整个面粉厂最为显眼的建筑,整体五层,东侧为七层,是济南北部最高建筑,墙体为红砖与楼板垒砌而成。

玉祥面粉厂与光明里之间的街道上,常有曲艺杂技撂地演出,整日车马不断、游人如织。推算起来,它早于不远处的大观园。

庞少海站在街上看到有几个穿了长袍褂的人,送两个外国人上汽车,他们站在店门口,垂着两只大马褂袖子,深深地一鞠躬,汽车走了,那几位掌柜也进去了。

曲红瑛早早准备了一份礼品,但周学山是明摆着不想踏进庞氏庄园,听到外面传来的鞭炮声,睁了睁眼,又"昏睡"过去了。

这可惹急了曲红瑛,她直接冲到屋里,使劲拍了一下周学山,说:"别再装了,赶紧起来。"

周学山压根没有搭理曲红瑛的意思,继续眯着眼。

曲红瑛劝道:"庞家为了迎接庞少海从国外回来,张灯结彩,忙活了好一阵子,咱两家也是亲家,你去露个脸也行啊。"

周学山不耐烦地起了身子说:"要去你去,折腾我干啥?"

曲红瑛反问道:"你一个大老爷们,就这点儿出息?"

周学山心里也在上下打鼓,如果没有女婿庞少霆,自己确实住不上这深宅大院,况且庞家为了迎接庞少海从国外归来,邀请的也是商界有头有脸的人物,平日里,自己整日泡在酱菜园里,与这些大人物接触的机会少之又少,这说不定是个好机会。想到这些,周学山迅速起身,梳洗了一番,换上了一身干净的衣服。

曲红瑛纳闷道:"这是想通了?"

周学山呵斥道:"男人的事情,女人少打听。"

曲红瑛一脸苦笑。

庞少霆在门口看着向他缓缓走来的陈仁伯,心里有些不平静,国内的商业模式与国外不同,庞少海到底能不能快速适应,这还是未知，当然最令他不安的，主要还是这些年，陈仁伯与庞家的恩恩怨怨。

　　陈仁伯是庞少南的儿女亲家。玉祥面粉厂1922年成立之初，庞少南任董事长，庞少霆任经理。当时，公司拥有磨粉机七台、日产等级面粉八万多斤，当年盈利七万多元。随后吸收曾任交通部次长的劳逊五、青岛警察厅厅长成逸庵等人的大量投资，到1930年，各项指标均居济南面粉同业之首。这可引起了陈仁伯的嫉妒，因为在1918年的时候，庞少南曾参股陈仁伯的谦惠面粉厂，但后来与陈仁伯产生了矛盾，以致分道扬镳。

　　玉祥的快速发展加剧了面粉业的竞争，陈仁伯趁玉祥面粉厂资金一时周转失灵从中作梗，制造玉祥危机、亏赔不堪的舆论，各家银行纷纷要求收回贷款。庞少南急忙出面，拉来东莱银行经理于耀西入股两万元并放贷两百万元，才让玉祥逃过一劫。于耀西通过入股和放贷当上了公司董事长，这就出现一个公司两个董事长的怪事。公司经理庞少霆和于耀西的矛盾日益加剧，在董事会上经常吵得不可开交。"五三惨案"后于耀西因汉奸罪入狱，庞少霆借此机会把他赶出了公司。

　　按下葫芦瓢起来。于耀西的风波平定不久，庞少南和庞少霆又起了冲突。原来玉祥自建成后一直由经理庞少霆打理，公司重要部门人选都是他的老班底。庞少南虽然是董事长兼总经理，却是"啥也说了不算，甚至连个练习生都推荐不上"。庞少南难以忍受这种尴尬，两人的矛盾加剧。

　　陈仁伯迎上前去，问："少霆兄，少海老弟回来了吗？"

　　庞少霆赶紧回道："仁伯兄，劳驾您亲自登门，先屋里坐，少海有事在路上耽搁了。"

　　陈仁伯笑了声，转身就朝院子里走去。

　　周学山待陈仁伯进了院子，踱了几步，还是硬着头皮走了过去。

"爹！"

庞少霆的这一声倒是让周学山打了一个激灵，他假装镇静地说："庞家少海归来，我也得表示一下。"说完，把手中的礼品提到了半空中。

庞少霆大喊一声："刘珅，把老爷子的礼品提进去。"

刘珅赶紧从周学山手中接过礼品，周学山还站在原地，庞少霆赶紧说："爹，进门啊！"

周学山反问道："里面也有我的位子？"

庞少霆解释道："肯定有，我请了聚华戏院的角儿来演戏。"

周学山转身朝门内走去，自言自语道："净说风凉话。"

一阵汽车车轮声，惊动了庞少霆。那一辆汽车，恰好停在自己家门口，庞少南从车上缓慢地走了下来。

"看样子，少海还没回来啊？"

庞少霆的内心也有些着急了，便说："派车去接了，他非要自己走一走，我在门口等等吧，你先进去。"

庞少南拍了拍身上的尘土，从另一侧下车的庞玉荣赶紧朝庞少霆喊了一声："少霆叔！"

庞少霆一笑，说："玉荣，你小子跟着你五叔好好干，有前途。"

庞少南补充道："玉荣继承了少卿哥经商的头脑，是块儿料。"

庞少霆从庞少南的话中，听出了几丝硝烟味："小庞家"回来个庞少海，可我们"大庞家"成长起来个庞玉荣。

刘珅领着一个女人走到庞少霆的身边，说："这是给庞少海老爷请的保姆，叫路传荣。"

路传荣赶紧给庞少霆请安。

庞少霆上下打量了一下路传荣，点了点头，对刘珅说："去安排人收拾一间屋子，让她先住下。"

刘珅刚要带着路传荣离开，庞少霆又说："少海从英国回来，饮食上一时半会儿不一定能接受咱这山东菜，你抓紧派个人去石泰岩饭店请个洋厨子过来，你告诉他们老板沙特，就说我安排的，千万要舍得花钱。"

石泰岩饭店就坐落在经一路纬二路，这可是商埠第一家西餐馆。德国人石泰岩在胶济铁路快要全线通车时来到济南，租赁了房地产商侯永奎的房子，共有前后两个院落五十余间房屋。前院是二层楼，后院则是平房。但石泰岩饭店并非单纯的西餐馆，而是同时经营中餐与住宿。中餐价格适中，而住宿价格却要比一般旅馆高出许多，其原因是设施较好且无军警查夜等烦扰。

石泰岩饭店的装饰非常讲究，墙上挂着西洋风景画，餐桌上铺着雪白的台布，摆放着各种调味品罐。食客只要一入座，便有侍者毕恭毕敬地摆上刀、叉等西餐用具。

石泰岩于1929年回到德国后，沙特接手经营石泰岩饭店。沙特不仅具有高超的烹饪技艺，而且善于经营。他设立了自己的宰牛场，派人到段店集上专买小牛。有时无牛可宰，就让万紫巷卖牛肉的送来一些，但只要里脊或外脊。他所制作的红肠、血肠、硝肉、火腿等，均属上乘。

庞少霆吃不惯西餐，尤其是牛肉上那些血丝令他反胃，他到石泰岩总是让沙特给他安排一份红炖牛肉，沙特也热情地按照庞少霆的要求烹饪，他明白石泰岩饭店不能总是一味满足西方人的口味，最大的客源还是中国人。

庞少海走到一处院落，迈了进去，院子里四顾无人，破损的墙壁上披了长长的藤蔓，蜘蛛网罩了一半，被风吹着摇摆不定。屋角上掉落了些梧桐花，一只老鼠哧溜溜钻入石阶下。

突然，身后一个乞丐从一处角落里一跃而起，从庞少海的身边迅速地跑了出去，这可把庞少海吓了一跳，他跟着追出去，胡同里已不见有什么人影，只是那灰色矮墙上，东边伸出的垂杨柳条，被轻微的风摇晃着。他不由得一笑,这一幕反而让他有些亲切感和熟悉感。

站在门口的庞少霆心里越发急切,眼见马上就晌午了,他摸索出一根烟,点上,深深地吸了一口,额头上渗出了些许的汗珠。正在这时,庞少海出现在了他的面前,笑着喊了一声:"哥,我回来了。"

庞少霆缓慢地往外吐着烟雾,直盯着庞少海,然后将手中的烟掐灭,冷淡地说了一声:"走,进院去吧。"

第三节　又见清水

时隔四年,庞家少海归来。庞少霆的态度让庞少海有些摸不着头脑,他幻想过兄弟俩相见的很多画面,或激动地抱在一起,或畅聊不停,唯独没想到庞少霆是这种冷漠的态度。

进了院子,庞少霆冲着在座的宾客热情地介绍道:"这就是胞弟庞少海。"

所有人都冲着庞少海投来了打量的目光,庞少海赶紧向在座的宾客鞠躬,他完全没想到会为自己安排这么一场盛大的接风宴,他一人站在院子中,不免愣住了。也不知站了多久,忽然一低头,看见一位女子站在了自己的面前,她烫了头发,有点西式的感觉,脸上虽然抹了胭脂粉,却遮掩不了她脸上的皱纹。

"真是仪表堂堂啊!"中年妇女说道。

庞少海一时不知道如何回话,尴尬地看了一眼庞少霆。

庞少霆介绍道:"这位是戏曲名家孟丽君,她的妹妹孟丽荣也是角儿,都是孟家班的'台柱子'。"

庞少海简单地向孟丽君打了个招呼,庞少霆又对孟丽君说:"胞弟舟车劳顿,让他回屋先换身衣服,再出来陪咱们用宴。"

话音刚落,刘珅就出现在了庞少海的身边,说:"老爷,跟我来吧。"

庞少海跟着刘珅走进了一间屋子，隔着玻璃门，就可以看到五六座架子，上面摆着些古董，靠窗一张四方桌子，上面堆放着一沓报纸，另一旁置放着笔砚，堆着几本残破的书籍。

余英领着庞淑静也进了屋子，夫妻两人多年未见，注视了一会儿后，余英吩咐庞淑静道："快喊爸！"

庞淑静眼光中有些胆怯，但还是低声喊了一声："爸！"

庞少海赶紧上前抱起庞淑静，笑道："咱家大丫头都长这么高了！"

不一会儿的工夫，刘珅领着路传荣进了屋，说："先生，这是老爷给您请的保姆。"

庞少海上下打量了一番，刘珅继续说："太太又得照顾孩子，又得照顾老爷，担心忙不过来。"

庞少海回应刘珅道："行，保姆留下吧，你带着保姆先去忙，我们一家人先聚聚。"

刘珅和路传荣两人请了安，出了屋门。

一阵马车轮子在地面上的摩擦声响起，接着是马叫声。庞少霆赶紧出了门，那人老远地取下了帽子，点着头叫了一声："庞老板。"

庞少霆看他圆脸大耳，面皮作黄黑色，并不像个斯文人。在他后面，跟了一个穿短衣的人，大一包小一包的，提了一大串东西。

庞少霆一愣，猜想着眼前这个人到底是谁，但来者是客，便笑脸迎了过去。

"鄙人董雨芸，听闻庞府有喜讯，前来贺喜。对了，这两份礼品是马良会长托付我奉上的。"

庞少霆私底下并未与董雨芸打过交道，但对他的名字早有耳闻，当时的北洋军阀靳云鹏、靳云鹗兄弟俩看中了一片坑洼不平的贫民聚居地，准备建设一座类似于上海"大世界"样式的娱乐、商业场所，取名为"大观园"。但是,刚开始筹建,就出了差错,被派来济南主持建设的人没能按照他们的设想施工,工程只能暂停了。

此时,济南从事粮栈生意的商人董雨芸瞅准时机,找关系攀上了靳云鹗,租下了这个地方,经过一番筹备,只用了八个月就初步建设完成。大观园可谓是百货摊位成片,演艺场所云集,美食美味汇聚,戏院剧场扎堆,江湖艺人集结,遂成了一般平民和少数有钱阶级的消夏场所。每至暮晚,人们来此闲逛,直到深夜十二时许,才渐渐沉寂了。

这个马良,庞少霆早些时候听说过他,此人练了一身武术。韩复榘刚上任山东省主席,就任命马良为山东肃清毒品委员会会长。

"董老板前来,让庞府蓬荜生辉啊!替我感谢一下马会长,快,请进。"

庞少霆话音刚落,只见董雨芸已经迫不及待地进了院门。

在院门斜对过的半边巷,停放着几辆人力车。车夫坐在车踏板上拉闲话,时刻等待着从庞氏庄园走出来的达官贵人向他们招手。

庞氏庄园的厨子耿大锅厨艺高绝,但庞少霆觉得不够,又从泰丰楼饭庄、聚宾园及其他大户借来厨师。

庞少霆的媳妇周凤菁在后院指挥着。余英也走到后院,来到周凤菁身边道:"嫂子,我能做些啥?"

周凤菁问:"见到少海了?"

余英点头道:"他休息一会儿,也要去前院见见客人。"

周凤菁笑道:"今天的客人都为他而来,这样,你去把那些菜洗一洗。"

余英应道:"行!"

周凤菁吆喝道:"大家伙儿都麻利点,开饭的点快到了。"

伙计们在周凤菁的监督下都不敢怠慢,后厨忙得热火朝天。前院的客人交谈甚欢,庞少海从屋中走了出来,凑到了庞少南的身边,说:"少南哥,好久不见。"

庞少南转身看了一眼庞少海,起身说:"从国外回来就是不一样,瞧这精气神。"

庞少海淡然一笑,但这话却让他感到了些许的不舒服。 虽然都是庞姓家族的人,可以庞少南为代表的"大庞"家族一直处于高高在上的位置,以庞少霆和庞少海为代表的"小庞"家族一直迅猛直追,"大庞"和"小庞"在瞬间形成了相互平行又相互交叉的局面。

忽然,一个小伙子跑了进来,把一封信递交给了管家刘珅,刘珅赶紧递交给了庞少霆,这是窦氏家族窦林建亲手写的一封信,说是因事无法到场。 这让庞少霆有些不舒服,而这时利德顺的陈峻君掌柜从门外走了进来。

"来晚了,来晚了,见谅!"陈峻君一边朝庞少霆走过去,一边把礼品递给了管家刘珅。

庞少霆赶紧迎合道:"没来晚,赶紧入座。"

庞少海站在一旁显得有些不知所措,眼前的这些人,他太陌生了。

庞少霆环视了一圈在座的宾客,把刘珅叫到了身边:"上菜。"

开始上菜了。 上菜的形式很特别,菜先由厨房传菜的伙计送到门口,再由门里等待的女仆用托盘接过。

前前后后一共传了几十道菜,终于开席了。 庞少海看着面前的碗碟发呆,许多菜他并没有见过。 每个餐桌两旁都站着两个姑娘,她们一刻不离,靠前的一个手上托盘里放着酒壶,看到酒杯空了,立刻斟酒;另一个姑娘负责布菜,不时上前分菜更碟。

随后,端上来的是两盘里脊,一盘焦熘,一盘爆炒。 焦熘的红里透黄,光泽如玉;爆炒的雪白粉嫩,娇若初霜。 众人举箸,皆赞不绝口。

庞少海先夹了一箸爆炒里脊,立刻觉得清香沁脾,满口爽滑,娇嫩得似乎不忍咀嚼，待慢慢咽下之后，又夹起一块儿焦熘里脊。这道菜更是外焦里嫩，绝妙无比。齿尖咬破焦脆的外壳，发出轻微的爆裂声，然后便在舌尖儿上化开了。

庞少霆看了看周围的客人，举起酒杯，说："感谢各位高朋来庞府为胞弟庞少海接风洗尘。"说完，他一口就把酒喝了下去。

在座的众人也举起酒杯把酒喝了。庞少海凑到庞少霆身边，诧异道："是不是我也得敬大家伙儿一杯？"

庞少霆笑道："大家伙儿为你而来，理当敬酒。"

庞少海从身边女仆的托盘上拿起酒壶，斟满酒杯，站起来说："劳驾各位了，我刚从国外回来，对国内的规矩还是一窍不通。希望在座的各位挚友，多照顾。"

庞少海说完，把酒杯中的酒一饮而尽。

在一旁的庞少南脸上反而有些不太高兴，他万万没想到庞少霆能在这些年内，结交这么多客商。他在瞬间明白了人的命运"十年河东，十年河西"的道理。

庞玉荣在另一张桌子上看出了庞少南的心情，赶紧起身到了庞少海身边，说："少海叔，我敬你一杯。"

庞少海一愣，又一回神，问："你是玉荣吧？"

庞玉荣赶紧点头，然后喝了杯中的酒。

庞少海随之也一饮而尽，他再次倒上酒，走到了庞少南的身边说："少南哥，咱俩喝一杯酒。"

庞少南突然脸色一变，面带微笑地说："咱们庞家又回来一名得力干将！"说完，他轻抿了一口酒。

庞少霆穿梭在各个酒桌之间，与客人互相敬酒，周凤菁走到庞少霆身边，问："这戏啥时候开场？"

庞少霆看在座的客人正喝得兴致起来了，便说："现在就开始。"

锣鼓一响，拉胡琴唱戏的声音也传了出来，所有人的目光齐刷刷地投向了戏台。董雨芸赞道:"梨园漫歌,气派,气派!"

庞少海有了些醉意,在国外喝习惯了葡萄酒,白酒的劲儿让他瞬间感到了些许的眩晕。

庞少南看出了端倪,吩咐另一桌的庞玉荣:"再敬你少海叔一杯。"

庞玉荣赶紧再去敬庞少海,庞少海内心有些抗拒,但还是干了一杯酒。庞少霆瞅着庞少海,起身对他说:"你跟我来一趟屋里。"

庞少海跟随着庞少霆进了屋,庞少霆说:"你去里面休息一下吧。"

庞少海疑问道:"还有这么多客人呢!"

庞少霆笑着说:"你别管了,我去招待就行了。"

庞少海没有再多说话,他确实有点招架不住这个酒劲。庞少霆见庞少海进屋休息,便坐在了椅子上,他精神有些恍惚地盯着外面的客人,不久后,庞少南就带着庞玉荣离开了。庞少霆盯着庞少南的背影,心里非常低落。

当年在桓台街面上流传着一句话:"要发大财并不难,济南城里有金山。"庞少霆也不例外,想赶往济南大干一场。19岁的庞少霆身上穿着粗布裤褂,背着一个小包袱,里面是几件换洗衣服和几块干粮。刚一踏上济南的土地,他的直觉就告诉他:这里,将是他实现成为人上人的"富人梦"的地方。庞少霆打算把自己的一生押在这里,做一番事业。

而这时的济南,正处于新旧交替、中外融合的混乱时期,这又为庞少霆这样的有志者提供了数不清的机会和条件。但是,这一切还是得从头开始。到了济南之后,庞少霆正遇上堂兄庞少卿在泺口设立的公聚和粮栈开张营业,本想留在他的粮栈跟他学做生意,不料他却把庞少霆送到公聚祥粮栈当了伙计。当时公聚祥全栈七人,除正副理之外,都是职员。按规定,谁进栈晚,由谁负责烧茶做饭等一切杂务，包括为正副理打洗脚水在内。别人都有张床，小伙计夜间睡柜台，早五点把铺盖一卷，放在伙房内，晚上十一点下班后再扛去铺在柜台上。最难办的是做饭，过去在家没干过，现学着做。经理脾气大，经常嫌这嫌那。菜做咸了，他瞪着眼喊："你想咸死人？"做淡了，他又说："没放盐吗？"做少了，他说："花着你的钱吗？"做多了，他又说："怕没有你吃的？"

有时见到庞少南，庞少霆会抱怨经理不好侍候。庞少南说："都一样，这叫磨磨你的性子，等再进一个，这活就让出去。"

庞少霆命苦，干了两年也无人再来。后来，庞少霆又被介绍到利成粮栈当练习生，一年后提为职员。连干三年，庞少霆收获很大，学会了珠算。最后两年，庞少霆担任外跑职员，联系生意，在粮行交了吴冠东、张仲磬等一批好友，学到了一些本事。他还发起创办了《大民主报》，轰动一时。

打内心里，庞少霆是感谢庞少南对他的提携的。可庞少南自始至终没想到过庞少霆能以如此快的速度在济南成长起来，如今庞少海的回归，又增强了"小庞家"的团队实力。

庞少南从庞氏庄园走出来，并没有直接回到家中，而是让庞玉荣开车去了他在铜元局街的一处四合院。他吩咐庞玉荣在附近等他，便一人径直地进了院子。

屋角上探出一枝残败的杏花，满地是掉落的花瓣。堂屋正中靠墙的位置，放一张大长案，长案外面，是一张小长桌，上面供着一尊佛像。中间檀香炉子里的香火早已熄灭，供案上并没有贡品。

庞少南拿起一个雕漆的青铜盒子，里面装着烟卷，他放在鼻子旁嗅了嗅，屋梁上垂下来的电灯，正好把下面的一张桌子照得发亮，上面的茶盘里放好了茶壶茶杯。他把烟卷又放下了，突然想起了窦林建。

1915年，窦林建因原料缺乏，急需30天内代购一大批小麦。庞少南按时按量把小麦发到无锡魁盛面粉厂，为窦林建所倚重。第二年春节，庞少南亲赴上海拜望窦林建，二人遂结为好友。1917年，窦林建在济南设立魁盛四厂，庞少南在各方面予以鼎力相助。窦林建在其他地方建厂均遇到一些阻力，唯有在济南最为顺利。魁盛四厂建成后，窦林建力邀庞少南出任经理，以示感谢，被庞少南婉言谢绝。庞少南之所以不出任魁盛四厂经理，原因之一是打算自己创办面粉厂。其时，庞少卿虽已不再过问粮栈事务，但创办面粉厂的愿望亦十分强烈。1919年，庞少卿在病危之际，指着报纸上"实业救国"的大标题对庞少南说："要开办面粉厂。"不久，庞少卿病逝。

在宅子不远处的铜元局后街，一间厂房挂着"利裕面粉厂"的牌子，这是庞少南在"大庞"和"小庞"分家后，租赁了已经倒闭的民安面粉厂的全套设备组建成的，由他亲自担任董事长，庞玉荣任经理。

民安面粉厂的管理者大多是有北洋军阀背景的官员，从选址、制粉设备、投入资金以及政策倾斜都是可想而知的最好的方案。但合作方没有一个是懂经营的人，只是一厢情愿地以为民以食为天，食以面为先，觉得生意方向妥妥地没问题，开面粉厂就是开了印钞机。结果生意经营了不到十年，就彻底赔光了老本，还欠下上海银行六万元的借款。1929年，民安面粉厂正式宣告倒闭。

庞少南邀请解心斋、张敏斋、孙墨村、朱子芹、王星斋等人联合出资16.7万元，成立了利裕面粉公司。庞少南认为民安的设备和基建都是现有的，就是经营太差，建厂最耗时的是设备采购和调试、基建等过程，周期长、变数大，有个现成的架子真是太省心了。

庞玉荣站在于家桥上，盯着河中柔长飘动的水草，河堤的西岸有一处台阶，人们蹲坐在台阶上洗衣服，河水如同一条玉带一般流动着，看似平静自然，但又泛起了阵阵涟漪。

第四节　商贾云集

庞少霆为庞少海在光明里中间位置购置了一套别墅，并吩咐周凤菁带人精心布置装修了一番，用周凤菁的话来说，在庞少海快要回到济南的这段日子里，她和余英就没有睡过一个安稳觉。

明湖畔的茶馆，热热闹闹，茶香飘溢。老茶客们逛进来，在老位置上坐下，点一壶茶水，叫几盘小吃食，闲来无事的人，能在茶馆里泡上一天。这茶叶是用泉水泡的，别有一番味道。茶喝得色淡了，就叫一声伙计，再换一壶茶水；盘碟里小吃食空了，就再让伙计重上两盘。坐在茶馆，就跟坐在家里一样，舒服且惬意。

庞少霆和庞少海品着茶，酒劲未过，端杯喝茶的动作有些迟缓。庞少霆说："纱厂的厂址选在了义和街。"

庞少海问："资金方面呢？"

庞少霆回道："计划采取边生产边招股的方式。现在老百姓抵御外侮的情绪十分高涨。已经有五十多位发起人联名起草了《招股简章》，以'挽回权利''巩固中国经济'的号召，广为宣传，最大限度地筹集资金。"

庞少海说："利用社会闲散资金创办工业，有很大的风险。"

庞少霆道："开商会的时候，我私底下接触过一部分商人，目前桓台籍的商人态度很积极。"

庞少海迟疑了片刻，中午的酒精还是让他的头脑处于混沌的状态，他在脑海中用力地思索着。

陈仁伯信步走在泺口大街上，心里一阵阵地发沉。他手里握着那只玉胡桃，光滑滋润，凉丝丝的。

泺口是鲁中粮食集散地，生意火爆。1901 年，陈仁伯在此创办了同聚和粮栈，开业之初，陈仁伯抓住东北各省粮食丰收、鲁南及河南一带遭灾欠产的大好商机，果断以制钱十二千一石的低价，购得吉林粮商大豆两千余石，第二年4月每石涨至五十余千时出手，一举赚了个盆满钵满。后来，他把生产地转移到商埠，纵横捭阖，先后在济南、桓台、太原、博山等地创办工商企业十余家，总资本达200余万元，成为当时济南的巨富之一。

同为桓台人的庞家几乎走着与陈仁伯相同的道路，1910年，庞家拥有了独资经营的公聚和粮栈，1912年，津浦铁路通车后，济南的交易中心也从泺口转到商埠。

庞家在很短的时间内，成为陈氏集团强有力的竞争对手，庞少海留学归来，必将会成为庞氏集团一员大将，陈仁伯隐隐约约地感觉到庞家给自己带来的威胁，不安的思绪涌上心头，刺激着他的神经。济南城的确是一个多姿多彩的万花筒，金钱与权势处处充满诱惑，这中西并存、南北互通的染缸，正急剧地在这大时代的洪炉中，涌现出跌宕起伏的故事。

庞少南徘徊在游廊中，里面重重叠叠摆下许多盆景。走进去，自有一种清淡的香味。这客厅里，一样都是梨花木的家具，但雕工并不精湛，四周摆着各种花卉，苏苓月正架着绣花的大绷子，绣着一方青蓝缎子。休憩闲余，苏苓月走到庞少南的身旁，用很柔软的声音问道："怎么又发愁了？"

庞少南只管发愣，却不理睬苏苓月。

苏苓月一屁股坐在石凳上，用手推了一把庞少南的身体，说："我问你话呢。"

庞少南将苏苓月的手一拨，一侧身，同时口里说道："你先别烦我。"说完了这句话，他才一抬眼来看苏苓月。庞少南见她板着面孔，没有一丝笑容，就笑嘻嘻地伸头向前，对她说道："我在寻摸着些事情。"

苏苓月插嘴道："从你推着小车，我就嫁给了你，你肚子里有几条蛔虫，我都门清，肯定是小庞家老三回来，又让你不舒服了。"

庞少南轻轻将苏苓月一推道："你算是点中我的痛处了，小庞家要起势了。"

苏苓月说："庞少霆跟着你的时候，你也该早想到会有这么一天了，十年河东，十年河西，有些时候，这老天爷安排的事儿，不服不行。"

庞少南嘴一噘道："大庞家从来没有输过，现在也不能输。"

苏苓月笑道："争来争去，到头来，还不是一场空。"

庞少南诧异地看着苏苓月。

苏苓月说："你这些家产能带进棺材里去啊？自打你有了这份家业，我就从不插手，也不过问，我觉得啊，咱们有时间还是回趟桓台吧，回老家看看，给爹娘上上坟。"

庞少南迟疑了片刻，眼前的这个女人陪他过了大半辈子，活到今日，也成了他身边最亲的人，他说："等忙完了纱厂的事情吧！"

苏苓月问："什么纱厂？"

庞少南回道："庞少霆找我，商量着一起办纱厂，我是左思右想利与弊，如果少海没回来，我还真是能拒了他，现在……"

苏苓月打断道："玉荣什么想法？"

庞少南问道："这事和玉荣有什么关系？"

苏苓月笑着说："他是你的接班人，得有做主的能力。"

庞少南觉得苏苓月言之有理，便说："我明日和玉荣商量一下。"

虽说庞少南性情暴躁，但对苏苓月却是爱护有加，毕竟这是唯一一个陪他穷过的人，当然苏苓月对庞少南做的任何决定都不干涉，哪怕他把所有的家产都留给侄子庞玉荣，没有留给自己的子女，她也丝毫不介意。

到了次日，庞少海来到南新街，他要去寻找从英国留学归来的舒庆春。 他迈进南新街58号院子，四顾无人，假山石上披的长藤，被风吹着摇摆不定。 这时，舒庆春夫妇进了门。

舒庆春脸色有些沉重，但也强露笑容招呼："先生，您是哪位？"

庞少海自我介绍道："我是庞少海，刚从英国留学回来，是赵太侔大哥介绍我来拜访舍予兄。"

舒庆春道："少海老弟，快请坐。 前几日，赵太侔跟我提起过你。 没想到你这么快就回来了。"

庞少海坐在木藤椅上，说："我们在英国住惯了洋房子，但还是觉得没有中国房子雅致。 这土坯垒建的茅草房，真是舒服啊。"

舒庆春说："真是见笑了，这寒酸的地方，可真比不了庞家大院，那是一个气派。"

庞少海察觉到舒庆春脸色有些不对劲，便问："舍予兄，最近是不是遇到什么事了？"

胡絜青把一个大圆托盘放在桌上，里面盛放着水果，说道："别介意，他写的一部长篇小说《大明湖》，被炮火毁了，接连几日缓不过神来。"

舒庆春辛酸又不失幽默地说："用新稿纸写的第一部小说就遭了火劫，走'红'运了！"

突然，一只猫跳到了庞少海的身上，庞少海说："我很理解舍予兄的心态，真是太可惜了，不过，我为了拜访舍予兄，最近在读《猫城记》。"说完，他摸了摸趴在腿上的猫。

舒庆春紧皱的脸松弛了下来，说："写《猫城记》时，我也是刚从英国回国不久，随后，'九一八事变'硝烟骤起，日军一举鲸吞东三省。 我恨透了那些侵略者和不作为的贪官污吏，在这种愁肠百结的心境下，才拿起笔，写下《猫城记》。"

庞少海说："作品中立国须先立人的救国之道，实在高明。"

舒庆春问："少海老弟平日里看的是哪类小说？"

庞少海回道："也就是些老旧小说。"

舒庆春道："是的，还是中国的老旧小说看着有深度。"

庞少海说："西洋人作小说，和中国人作小说有些不同，中国人作小说喜欢包罗万象，西洋小说，一部书不过一件事。"

舒庆春笑道："漂洋过海回来的人，究竟不同，学了些洋知识，随便谈话，都有很精深的学问在内。"

庞少海笑道："我到外国去不过是空走一趟，什么也没有得着。"

风一阵紧过一阵，夹杂着些许春天的暖意。阳光普照，将这座宅子沐浴在安乐中，那石块堆积而起的宅基墙在阳光的照射下发出耀眼的光。周学山躺在院子里的摇椅上，眯着双眼。

曲红瑛一个巴掌拍在周学山的肩膀上，吓了周学山一个激灵，他连忙起身责骂妻子道："你吃饱了撑的！"

曲红瑛一脸严肃地说："当一天和尚撞一天钟，整天窝在家里，连馨德斋都不去了。"

周学山没有搭理曲红瑛，继续眯缝起双眼，假装睡觉。

曲红瑛嘲笑道："你不就是想让女婿把你请回去吗？看这架子大的。"

话音刚落，庞少霆和周凤菁走进了家门。曲红瑛笑着说："真是说曹操，曹操就到了。"

周凤菁疑问道："什么曹操？"

周学山睁了睁眼，又闭上了，心里开始乐和，琢磨着只要庞少霆求自己回馨德斋，自己就会不计前嫌，继续回去打理业务。

曲红瑛并没有回答女儿的话，而是问了句："在这里吃饭吗？"

庞少霆赶紧回道："娘，不在这里吃了。"说完，他看了周凤菁一眼。

周凤菁凑到周学山身边，说："爹，你就别装睡了，我和你说个事。"

周学山慵懒地起了身子，坐在躺椅上说："有啥事就说吧。"

在一旁的庞少霆用余光观察着父女俩的一言一行，周凤菁说："爹，你现在年纪也大了，总是帮着晚辈们打理活儿，容易让人说我们两口子的闲话，我们商量了一下，以后你就养养花、遛遛鸟。"

周学山本以为庞少霆是带着女儿来求自己回到馨德斋继续任职，结果是来说服自己，便骂道："黄鼠狼给鸡拜年，没安好心，你们都给我滚。"

曲红瑛一听到周学山破口大骂，便说："真有能耐，赶闺女走。"

周学山又躺在了躺椅上，眯起了双眼。

曲红瑛对庞少霆说："你俩先回去吧。"

庞少霆本来还想说几句，但见到周学山这一副火气相，便带着周凤菁离开了。周学山微睁开一只眼，看着庞少霆和女儿的背影，心里也明白了，自己的馨德斋任职生涯结束了。

庞少霆并没有回家，而是去找了庞少海。一进门，门虚掩着，不见人。向里边屋里看，床上的被褥叠得整齐，枕头下塞了几本书，床上没有一点皱褶。大概早上起床以后，他就离开这屋子了。

路传荣见庞少霆站在门外，便打招呼道："庞老爷，您是来找先生的吧。"

庞少霆一听"先生"两个字，觉察出了有点西方的味道，这一定是庞少海的意思。庞少霆转向路传荣，问道："他去哪了？"

路传荣回道："先生一大早就出门了，没交代。"

庞少霆说："他刚从英国回来，饮食和作息还没调整过来，你多辛苦一下。"

路传荣赶忙说："这是我分内的事情，庞老爷尽管放心。"

刘珅慌慌张张地跑了进来，喘得上气不接下气，说："老爷，利德顺的陈峻君掌柜到家中拜访您。"

庞少霆问："现在还在家里坐着？"

刘珅回道:"刚走不久,让您去纬四路的聚乐楼,他在那里等您。"

庞少霆赶忙出了门,随手招了一辆人力黄包车,去往聚乐楼。

聚乐楼楼下是散座,楼上是雅间,是商埠规模最大的回民饭庄。陈峻君在房间里静坐着,忽然身后传来了庞少霆的声音:"啥事这么着急?"

陈峻君赶紧迎上去,说:"少霆兄,先坐下慢聊。"

庞少霆与陈峻君相对而坐,红烧牛肉条、炸羊尾、油爆羊肚等菜品陆陆续续上桌。

陈峻君说:"听说要建纱厂?"

庞少霆惊讶道:"消息传得就是快啊!"

陈峻君笑道:"咱这些桓台人在济南做生意的,庞家数得上,这次得带上我,我入股。"

庞少霆有些诧异地说:"利德顺从北园边家庄购地30亩,又进了那么多设备,资金是不是有些吃紧?"

陈峻君劝慰道:"这个你就别担心了。"

庞少霆沉默了片刻,说:"成立纱厂是为了老三,他在英国学的就是这门手艺。"

陈峻君给庞少霆倒上酒,说:"来,咱干一杯。"

庞少霆端起酒杯,一饮而尽。

这时,天色已渐渐昏黑,天上的星星缓缓地冒了出来。吃饭的人纷至沓来,雅间里坐满了男男女女。忽然,一阵很浓厚的香味直扑过来。接着有人叫了一声庞少霆,回头看时,乃是济源里"凰楼"的尉颖慧穿着袒胸露臂的西洋装,正站在椅子旁边。

庞少霆连忙站起,尉颖慧已伸过手来:"我们好久不见了。"说完,她搬了一张方凳,直接坐了下来,道:"来来来,喝酒!"

这下弄得陈峻君和庞少霆有些不知所措,入股的事情也谈不下去了。

尉颖慧也知趣,喝了三杯酒后,就回到了另一个房间,这才让尴尬的气氛在瞬间化解。

陈峻君打趣道:"看起来很熟啊?"

庞少霆解释道:"熟倒是不熟,其实她们也不容易,尉颖慧虽然身在烟花柳巷,但那也只是身世所迫,并非她的本意。她们这些烟花女子去没人认识自己的地方,用尊严换钱,到有人认识的地方,用钱换回尊严。"

济南成为中国近代史上第一个主动开埠的内陆城市后,不管是从国外还是从国内运来的洋货、海货、山货,都是在这里集散,洋行、商行和货栈,大大小小的店家鳞次栉比,商旅来来往往,熙熙攘攘,好不热闹。随便拐进一条胡同,便可以看到大烟馆、公开的或半开门的妓院。

在这里,有一座三面临街的二层建筑,南至经三路,东至纬七路,西至纬八路,形成了一个巨大的三合院。因这座建筑规模宏大,故号称"第一楼",坊间俗称"八卦楼"。八卦楼成了济南有名的鱼龙混杂、藏污纳垢的红灯区,"人肉市场地,王孙爱此游"。

第五节　见经识经

阳光下,万物有一种暖洋洋的慵懒气,人和景都变得朦胧起来。客厅弥漫着西式沙龙的气氛,留声机里放的是歌剧,客厅桌上摆的是英式甜点。

庞少海躺在床上昏昏欲睡,梦寐间,天色渐渐地沉了。昏黑中,一辆双层巴士在曼彻斯特城的路上迂回绕行,四周是一片安静,庞少海靠窗而坐,从一个夹角向外张望。

莉维亚穿着风衣提着皮箱，细瘦的身影正朝着一座二层的哥特式建筑走去，尖塔设计和彩色玻璃非常华美。风衣被微风吹拂着，细瘦的腿裸露在风里。

庞少海迅速地从车上跑下来，追赶着莉维亚进了大厅，正是傍晚用餐时间，厨娘眉开眼笑地宣布晚餐准备好了。大厅里墙上挂着当代艺术家的作品，五六人一桌，每张桌子上都有蜡烛和鲜花，每一桌都有不同的谈话主题。五花八门，从音乐到新闻消息、社会事件、奇闻趣事……

庞少海与莉维亚相对而坐，笑谈趣闻，他真是开心极了，直到自己从睡梦中醒来。

已是日落西山，周凤菁正坐在一张藤椅上，一见刘珅来了，便问道："这个时候了，少霆怎么还没有回来？"

刘珅回道："老爷在玉祥面粉厂，况且他又爱喝两杯，保不定今晚不回来了。"

周凤菁看见苏苓月进了门，吩咐刘珅给她搬一张藤椅，让她坐下。苏苓月一看周凤菁，穿着白纱长褂，映出里面水红色内衫。她手上执着一柄白绢镶边团扇，有一下没一下地摇着，越发楚楚有致。

苏苓月说："这精神头不太好啊！"

周凤菁暗笑道："啥也逃不过嫂子的火眼金睛。我去了趟娘家，把我爹从馨德斋'赶'出去了。"

苏苓月疑问道："你就没在少霆面前说几句好听的话，给他安排个闲职？怎么说也是自家爹啊！"

周凤菁回道："我爹是读过书识些字，可做生意，他确实不在行。安排个闲职，干活的伙计们就会嚼舌头，咱们不能给当家的添乱。"

苏苓月点头苦笑道："大局面前，大义灭亲。"

周凤菁问："吃饭了吗？"

苏芩月回道:"俺家那口子也不在家,没啥胃口。"

周凤菁朝外喊了一声:"刘珅,安排厨房做饭。"

而这时,沉浸在恍惚中的庞少海走到书桌前,喊了一声路传荣:"Could you make me a cup of coffee?"

路传荣一愣,问:"先生,您说的什么?"

庞少海一拍脑袋,梦境太真实,让他忘了已经从曼彻斯特回到了济南,便继续说:"给我煮杯咖啡吧。"

路传荣赶紧去倒了些咖啡豆,放在水壶里煮,她为了更好地照顾庞少海,专门去学习了糕点、咖啡的制作。

庞少海在纸上写着信,眼神中流露出淡淡的伤感。路传荣把煮好的咖啡轻轻地放到了庞少海的书桌旁,谨慎地说:"先生,咖啡好了。"

庞少海端起咖啡抿了一口,问:"咱们济南哪里有寄信的地方?"

路传荣忙问:"是电报还是普通的信件? 我去帮先生寄吧。"

庞少海把信件装进信封,说:"我顺便出去走走,给我个地址吧。"

路传荣回道:"在经一纬三路口的西北角有个济南电报收发局,但这个时间点了,估计关门了。"

庞少海说:"我去瞧瞧。你先准备饭菜,估计太太快带孩子回来了。"

在夕阳的映照下,济南电报收发局闪烁着些许的光芒,大门紧闭着,庞少海在门口站立了一会儿,电报收发局是典型的巴洛克建筑风格,呈两翼基本对称的建筑格局,墙体部分为内砖外石。

庞少海转身去了玉祥面粉厂,庞少霆正在工人之间指挥着工作,见庞少海走了进来,说:"老三,快上楼,我正有事和你商量。"

庞少海紧跟着庞少霆上了楼。庞少霆打开门,说:"陈峻君找过我了,主动要入股纱厂,这事你怎么看?"

庞少海说:"我一直对边生产边招股持有意见,但国内的工业发展形势,我还是有些拿不准。"

庞少霆说:"陈峻君自从和石家分裂后,独自经营着利德顺,把棉纱交给桓台农民加工织布,付给劳动报酬。这样既减少了设备投入,又扩大了生产数量,还给家乡人民增加了收入。利德顺招收的工人多数为家乡桓台籍人士,在工人中有父子、叔侄、兄弟、表亲、同族、同村等'裙带'关系。在解决原料白布供应上,看准了桓台县农民有家庭织布机的历史传统,派人利用小清河地处桓台县境域多处码头的方便,采取'撒机'的方式,用棉纱换购白布匹,再通过小清河,源源不断地运回济南,解决了白布供应的困难。"

庞少海说:"小清河不愧为利德顺染坊的黄金水道。"

庞少霆说:"你先回趟桓台,车已经安排好了,明早就出发,我让刘珅陪着你去,他比较熟悉路况,也带上弟妹和孩子吧。回来后,你要准备去趟青岛考察一下。"

庞少海点了点头,顺便把一封信递给庞少霆说:"哥,抽时间安排个人,把这封信寄到英国,电报和寄信都行。"

庞少霆笑了几声,应道:"放我这里吧。"

庞少南在利裕面粉厂的大院里一筹莫展,他租了民安面粉厂的全套设备,但由于机器损坏严重,无法进行生产,光维修费就得十几万元,这笔费用对他来说,有些压力。

庞玉荣跑了进来,说:"我去谈了,修机费由咱们垫付,从租金中抵拨,租费按实际产量计算,产粉一包交租金4分。但我们这么耗下去也不是办法,得尽快投产。"

庞少南舒了口闷气,说:"争取下个月投产。我再去找找民生银行和平市官钱局,看能贷出多少钱。"说完,他就径直进屋去了。

庞玉荣站在原地,抬头望着逐渐变阴的天气,内心也有些沉闷。

从济南到桓台,约莫一百三十公里路。在庞少海的脑海里,农村人睡得早，因之早晨也就起得早。他盘算着天黑前必须返程。

庞少海对刘珅说："咱天黑前尽量赶回济南。"

刘珅应道："先生，老爷说如果天色晚的话，就先在桓台住下。"

余英缓缓地说道："按先生说的办吧，先不住下了。"

庞少海坐在车上，出神地望着窗外，视线遥遥无尽处出现了庞少海儿时嬉戏玩耍的天堂——乌河。有一首诗歌描写乌河："长江万里源西天，滚滚东流不复还。北有乌河多壮美，繁华盛况越江南。"

青岛未辟港时，外来货物多由烟台以海运发至羊角沟，后换装河船，经小清河、乌河到达索镇。乌河也是济南府到索镇唯一的一条黄金水道。河里舟楫穿梭，驿道上车辚马啸，索镇很快成为鲁中粮、棉、盐、油商贸集散地。

淅沥沥的雨下了整个夜晚，桓台老宅发霉的墙湿了半堵。到了北辛庄，庞少海提早下了车，胡同太窄，只能把车放在离表哥家比较远的地方。他和余英在刘珅的陪伴下，一边步行一边低头望着雨后泥泞的小径，鞋子上黏附着落叶和烂泥。积累的旧物堆放在小道的各个角落，像是各自悄悄地生了根。

庞少海刚进胡同就看到了表嫂梁淑芳那僵硬的"大家气派"，她特意穿着带点火花红压了细金丝线的旗袍，透着富家太太的神气，在门口冲着庞少海打招呼："老三，快进门。"

庞少海吩咐刘珅赶紧把礼品给提进去，然后脸上有了微笑，问："开尧大哥呢？"

梁淑芳回道："前些日子接到信说你今日要来，他一大早就开始准备饭菜。"

这时，一直在厨房里忙里忙外的庞开尧出现在了庞少海的面前，说："老三，回来了？"

庞少海突然对眼前消瘦的表哥庞开尧有些心疼，他与庞开尧相差五岁，小的时候一直是庞开尧的跟屁虫，他稳定了一下情绪说："刚回来没几天。"

庞开尧说:"你先坐坐,我再去炒俩菜。"

庞少海一看屋子里面,正中供了一副财神的画像,一张旧木桌,摆上了供台,另一旁挂了许多一束一束的高粱穗秆,还有几个干葫芦。靠西又一张四方旧木桌,摆了许多碗罐,下面放了一个泥炉子。

梁淑芳让庞少海坐在饭桌前,然后进屋去捧了一把茶壶出来,说道:"真是不巧,一大早炉子灭了,柴火又是湿的,耽误点时间。"

余英道:"嫂子,不必费事了。"

梁淑芳笑道:"有好茶,你们得喝一口。"

庞少海说:"不必费力张罗。"

在饭厅桌边一围坐,也有团团圆圆的气氛。庞少海似乎很满意,对一桌的饭菜也连带着赞了一句:"小鱼面糊椒味道真的不错。"

庞开尧忙活完了,也入座,便问:"咱哥俩喝点酒?"

庞少海笑道:"酒就不喝了,吃完饭,我和余英去给父母上上坟,还得赶回济南。"

梁淑芳说:"有车就是阔气,日行千里,不像我们,出个门,就靠两条腿。"说完,她用眼使劲瞪了庞开尧一眼。

而这个细微的动作正好被庞少海看在了眼里,他放下手中的筷子问:"是不是有什么事?"

庞开尧摇了摇头,给庞少海夹了块豆腐,劝道:"来,尝尝。"

梁淑芳见庞开尧不说话,便自己开口:"三弟,我娘家弟弟现在在乌河大集打零工,你看看济南的厂子缺不缺人,争取把他安排进去。"

庞少海早就对梁淑芳的举动有些察觉,便问:"伶儿呢?"

梁淑芳回道:"知道你要来,就把他送到我娘家去了,孩子闹腾。"

余英从口袋里拿出一沓纸币，说："这是给孩子的。"

庞开尧连忙推辞，这时刘珅从门外走进来，说："上坟的供品已经准备好了。"

庞少海说："赶紧坐下吃饭吧。"

梁淑芳有些不情愿，她打心眼里有些瞧不上刘珅，她认为人得有贵贱之分，刘珅不应该坐在饭桌上。

饭后，庞开尧陪着庞少海前往庞氏茔地。在一片空地上，有的地方树木的枝丫有些荒芜，还有一个旧亭子，几堆瓦砾，积攒的雨水使地面泥泞不已，墓地旁边的杂草长得异常旺盛。

庞少海对庞开尧说："庞家人走南闯北做生意，回来的机会越来越少了。有空的时候，找些人，把墓地整修一下。"

庞开尧说："我来干这些活就行。"

庞少海望着坟墓感慨道："尘归尘，土归土，什么都是命数，生于尘埃，最终归于尘埃。"

庞开尧劝道："你不一样，从小你就机灵，你是干大事的人。"

庞少海沉思了一会儿，说："这些年你受苦了，表嫂是势利眼，和这样的女人过日子，肯定少受不了委屈。"

庞开尧无奈地笑道："为了家，我可以忍。再说了，我就是个庄稼汉，没那么娇气。"

庞少海在父母的坟前拔了拔草，清理了一下土堆。祭拜完后，他和余英直接上了车，准备返回济南，他对刘珅说："心坏没人知道，嘴巴好与坏，大家都知道。等回去后，看看有什么活缺人，把梁淑芳弟弟安排一下，不然我这个表哥，能被他这个媳妇折磨死。"

刘珅应道："我去安排。"

第六节　黄河东流

落日的余晖洒在黄河的河面上，层层波浪好像墨色层层渲染的尘埃烟晕，闪烁着耀眼的亮光，远远望去一片金橙色的世界，岸上的村落宛若沙漠里的海市蜃楼。

庞少海感到了从未有过的疲惫，而车外的吵闹声让他反感，他问刘珅："外面是做什么的？"

刘珅回道："先生，这黄河两岸每天有大批的烟叶、棉花、粮食、香油等货物从全国各地运过来，再转向其他城市。"

庞少海把车窗摇了下去，堤岸上挤满了旅社、烟馆、饭铺、货栈和店铺。在另一边残破的街道两旁搭起了一间间临时席棚，摆着烧饼、油条、水煎包、胡辣汤、甜沫这些常见的吃食摊子。

庞少海感到确实有点饿了，说："咱们不回去吃饭了，就在这里找家饭馆吃吧。"

刘珅一愣，说："这里可没有像样的馆子。"

庞少海对余英笑道："咱们和刘管家一起尝尝这人间烟火？"

余英虽说有些晕车，但还是对刘珅说："停车吧，就满足一下这位'没见过世面'的先生吧。"

刘珅把车停靠在路边，庞少海刚开车门要下车，差点被迎面而来的小毛驴给撞倒。这一幕吓得刘珅快速地从车上跳了下来，先是确定庞少海和余英没有被伤着后，对赶毛驴的商贩呵斥道："管好你的驴子，伤了人……"

庞少海阻止住刘珅，对商贩说："走吧。"

商贩一看汽车，心里本想发几句牢骚，瞬间也怂了下来，一声不吭地走了。

黄河河面上还蒙着一层夜间的雾气，岸边停着十几条外地的大船，有的在装货，有的在卸货。搬运工人们抬着一篓篓货物，往岸上抬着，装货的工人们扛着箱子往船舱里装着。

黄河水淹没过的荒村野滩上，土地开始变得松软起来，长出来芦苇嫩尖芽子。

刘珅心里还是有些担心，庞少海看出了端倪，便说："别放在心上，这些牵着毛驴、赶着骡子的，将来说不定能走出几个大人物。"说完，他笑着朝一家饭馆走去。

大家围着桌子坐着，有的抽烟，有的喝茶，有的在卖弄风情说笑话。板凳上坐着一个小伙子，十七八岁年纪，瓜子脸，高鼻梁，端端正正坐在那里，目不斜视，神态自然。

饭馆管事的拿来两包香烟，对小伙子说："抽吧。"

小伙子咳嗽着说："谢了。"

烟拿来后，小伙子自己拿了两根，剩下的往桌子上一推，大家抢起来，那个小伙子却好像没看见一样，原来他不吸烟。

庞少海看到这样的情形，瞬间对小伙子产生了兴趣，刚要走到小伙子的桌前，被刘珅一把手给拽住了，刘珅朝着庞少海摇了摇头，庞少海去了另外一张桌子坐了下来。而这时，小伙子也与庞少海相视了一会儿，双方便把目光移开了。

刘珅说："黄河沿岸鱼龙混杂，三教九流都有，这里的人很复杂，我答应过老爷，不能让你有什么闪失。"

庞少海沉思了一会儿说："你给我调查一下这个人。"

刘珅说："要不还是回去吃吧。"

庞少海笑着说："点菜！"

夜里，惨白的月亮挂在冰冷的天穹上。

周凤菁自从有了留声机，感情算是有了点寄托。她每天在屋子里摆弄唱片听，几十张唱片不到一年就背得滚瓜烂熟。各名家的调门、唱腔都暗暗记在心里，她本来都学会唱了，但她从未启唇哼过。

庞少霆刚回来，觉察出屋里有了些变化，便问："谁来了？"

周凤菁回道："嫂子来了，我和她一起吃了个饭。"

庞少霆说："看来利裕面粉厂的款项还没有解决，对了，刘珅回来了吗？"

周凤菁摇了摇头。

庞少霆看了看座钟，心里嘀咕着，这个点他们应该从桓台回来了。 庞少霆说："张鸿文租了一座两层楼房，开了个皇宫照相馆，明天上午咱们和老三两口子去拍个照。"

周凤菁问："这是又要出去？"

庞少霆回道："回厂里，有一批面粉三天内必须生产出来，我得去盯着。 刘珅回来后，让他去厂里找我。"

后半夜，庞少海才回到家中，路传荣一直在大厅里等着，见到庞少海，内心的不安瞬间消除，说："先生、太太，你们总算回来了。"

余英问："淑静呢？"

路传荣回道："小姐已经睡了。"

庞少海一脸疲惫地说："以后天晚了，就不用等我们了，你赶紧歇息去吧。"

路传荣的精力确实有些撑不住了，刚要转身回屋，被庞少海叫住了，说："这几天若是有我的信件，一定第一时间转给我。"

路传荣应了一声："先生，放心吧。"

皇宫照相馆在经三纬四路开业后，生意很好，张鸿文一直为店里招揽生意，如上面来山东视察、社会团体来访等大型合影照，都是由皇宫照相馆操刀。 张鸿文也经常邀约一些军政要员前来照相，如果遇到出门不方便的社会名流，他还会派自己的小轿车接送。 对于庞家的生意，他也不例外，一大早就派车去接了周凤菁，顺便接了庞少海和余英。

张鸿文出身贫寒，早年曾是冯玉祥将军的司机。在韩复榘出任山东省主席后，他当上了济南市工务局局长，在任期内捞了不少油水。有一天，张鸿文和部下去鸿文照相馆照相。这家照相馆当时是济南市内规模比较大的照相馆，技术精良，设施齐全。张鸿文对照相馆拍的照片很是满意。因为店名与张鸿文的名字相同，张鸿文对鸿文照相馆格外关注，进而，他对摄影行业产生了兴趣，萌发了创办照相馆的念头。

在部下的迎合下，张鸿文以每月33块大洋租了楼房。之所以选择在这里营业，是因为附近商号较多，地处繁华地带，经营照相业务比较有利。租下店面后，张鸿文利用职务之便，请来能工巧匠，修建了玻璃房等配套装置。尤其是门面装修得颇具特色，有两大四小六根半圆浮雕龙柱，门两侧的大龙柱上雕有"皇宫照相馆"几个猩红大字，每个字的周围安有小彩灯泡数盏，很是气派。张鸿文雄心勃勃，扬言要把济南的照相馆都挤垮。张鸿文说这话并不是没有底气的，他专门从北京请来两名高级技师，购进外拍机和转机，提供人像之外的外拍以及大型合影业务。

张鸿文一早就在皇宫照相馆等待着庞家人的到来。庞少霆从玉祥面粉厂直接到了照相馆，张鸿文一见到庞少霆，立马表现出一副毕恭毕敬的态度。

庞少霆笑着说："鸿文兄，早就想来拍个照，事务太繁忙。"

张鸿文应和道："咱们就千万别客气了，开业的时候，您送来那么多礼盒和花篮，让张某人受宠若惊。"

庞少霆在屋里转了一会儿，说："真不愧是济南城响当当的影楼。"

张鸿文给庞少霆介绍道："咱这照相馆室内挂有各色布帘调节光线，下面利用反光板打辅助光，并配有各种布景和道具。目前济南有21家照相馆，从店堂到设备再到技术力量，咱皇宫照相馆都是首屈一指，无人能及。"

庞少霆笑道："实至名归。"

说话之间，门口停了一辆车，周凤菁、余英和庞少海下了车。张鸿文出门迎客，朝周凤菁和余英礼貌地喊道："两位嫂子，请进！"又冲庞少海称呼道："少海兄，请进！"

庞少海特意换上了西装，走到庞少霆跟前问："哥，我能单独拍一张吗？"

庞少霆点了点头。

张鸿文对伙计们说："庞老板的照片，全都记我名下。"

庞少霆赶紧阻止道："这怎么能行？该怎么收就怎么收。改天去给厂里的工人拍个合影。"

利裕面粉厂依靠庞少南的社会交往来支撑着局面，在行业竞争或面粉滞销的情况下，庞少南与韩复榘的四个师长经常接触，做了不少军用粉生意。

庞少南把会计主任庞筱航叫到办公室说："我们长期依赖民生银行、平市官钱局的贷款和透支过活。为了套用资金，对于银行人员，上自经理，下到驻厂员，已经打点了个遍。咱们得想想办法，不能出任何问题，连累到他们。"

庞筱航问："是不是听到什么消息了？"

庞少南回道："咱们前段时间不是同民生银行的营业主任及驻厂员假造进货账单，套用了一大批资金吗？银行正派员复查仓库。"

庞筱航说："我们现在临时以麸皮冒充小麦，垛成大垛，又以小麦包盖在外层，以此来应付。"

庞少南说："这么应付是一时的，你把玉荣叫进来。"

庞玉荣赶紧跑了进来，问："叔，怎么了？"

庞少南反问："现在银行派人员来查仓库，咱们这个掩饰只能躲过一时，你有什么对策吗？"

庞玉荣愣住了，看了一眼庞筱航。

庞少南点了一根香烟，说："咱们就赌一把，索性用假汇票套用银行资金。"

庞筱航沉默了一会儿说："现在处于资金短缺的情况，这未尝不是个好办法。"

庞玉荣问："具体需要怎么做呢？"

庞少南说："先由厂里派亲信赴上海设'常庄'，办理收发款项事宜，我们再刻出许多假字号、假人名图章，根据需要，随时开出上海照付的迟期汇票，这个期限大约五至七天，然后再向民生银行作'汇划'，套出资金，等倒出款子来，再用电汇将款子顶上。这样，假汇票便成真汇票了。当然，这样做事先要与银行营业部串通好，给他们一定的好处，而且要付出比利息高的汇水。"

庞玉荣恍悟道："好，我去办。"

第二章

第一节　无边游荡

傍晚时候，下起了牛毛细雨，雨像丝线一样细，像面粉一样轻，随着轻柔的风，在天空中飘洒着、扬落着。

车在街上行驶着，庞少霆看着报纸：淞沪战事结束。据不完全统计，中国第十九路军与第五军的官兵牺牲 4270 余人，负伤 9830 余人。

庞少海在一旁不言语，庞少霆说："战事对咱们这些商人影响很大，以后要多关注新闻。"

到了馨德斋的门口，两人下了车。进门是一溜水泥柜台，后面是一排多层木货架，柜台货架都被油漆刷成淡蓝色，青花瓷咸菜缸分两行摆在柜台上，分装有二十多种酱菜，上面罩着平板玻璃，窗下是一溜酱缸。调料分酸咸苦辣甜，油盐酱醋酒，应有尽有。

吴冠东见庞少霆进门，赶紧迎上去说："你终于来了。"

庞少霆笑了几声，吴冠东赶紧让人把孙华峰从屋中叫了出来，对庞少霆说："你要的人，给你找来了。"

庞少海上下打量了一番孙华峰，说："这么眼熟呢！"

庞少霆说："也是桓台人，走，去会议室吧。"

会议室的气氛有些压抑，庞少霆入座后，说："现在宣布一项任命，聘孙华峰为资方代理。孙华峰早年在桓台学做生意，为人正派又敬业务实，现在把经营、财务、用人三权悉数交给孙华峰，希望在孙经理的带领下，生意能超过兴顺福、醴泉居这些酱菜园。"

坐在一旁的庞少海心里一咯噔，庞少霆一句话的工夫，周学山的位置就易主了。

孙华峰站起来，向大家鞠了个躬，说："感谢大家的充分信任，我来之前列了几点制度：一是用人不管远近亲疏，一律平等相待，干得好提升奖励，干得不好就走人；二是规范产品配方和工艺，组织专人搜集各酱园名优配方，保证酱菜质量稳定，好吃好看，还要博采众长；三是做好销前售后服务，要求对顾客热情和气，介绍详细，货优价廉，秤足提满，包装精致，礼貌迎宾，并做到分配透明，多劳多得，账目清楚，小费均沾；四是规定所有进店人员，不管谁的关系，都要从伙计干起，学会全套工艺流程，根据特长分配岗位。"

本来压抑的气氛忽然间活跃了起来，大家议论纷纷，庞少霆说了一句："看来孙经理订的制度，大家伙儿比较认可，如果没什么事了，我们就散会吧。"

吴冠东赶紧走到庞少霆的跟前，说："于耀西在金氏公馆等着咱们，邀我们去公馆谈谈纱厂的事情。"

庞少霆没有搭话，吴冠东看出了端倪，继续说："知道当初你和于耀西闹过矛盾，人家都不介意了，你还介意什么呢？"

庞少霆看了一眼庞少海，说："冠东老兄，我家老三从英国回来后，还没和他正式谈纱厂的事情，咱们一起去吧。"说完，庞少霆心里还很不是滋味，当初他曾拒绝与于耀西合作开办面粉厂，但现在缺少资金投入，这次不得不向于耀西低头。

1928年济南"五三"惨案发生后，于耀西与何宗莲等组织"济南临时治安维持会"，于耀西任副会长。在此期间，他以商会名义告知日本驻济南领事西田畊一，新城兵工厂存有价值百万元的军火，请其加以保护。没过几天，该厂所存军火竟被日军销毁。因向西田表达质疑，于耀西遂遭日方通缉，他闻讯被迫逃亡上海等地。

1929年3月于耀西返回济南，7月又被国民党山东省政府逮捕。事情发生后，东莱银行免除了于耀西济南分行经理职务。也是这个时候，玉祥面粉厂通过选举取消了于耀西在该厂的董事长职务，迫使其退出了全部投资。

而这一次见面，将是庞少霆和于耀西时隔三年后，第一次正面谈话。

雨停了，但天空还是阴沉沉的。在路上，庞少霆给庞少海介绍着于耀西从商的经历。最初，于耀西在经二纬六路220号购买了一个倒闭关门的榨油厂的房产和榨油设备，楼房为四层砖木结构，占地面积1940平方米，他把这个厂子改名为"济南东裕隆机器榨油厂"，准备进军榨油行业。但他没想到，一上来就受了打击，当年农作物的收成都不好，花生价格猛涨，榨油无利可图，榨油厂无法经营。适逢天津卷烟业兴旺，于是他便通过私人关系购置卷烟设备，招收烟草工人，投资总额2万元，创办了"北洋东裕隆烟草公司"。在1929年，烟草公司正式生产第一批香烟，月产70箱，生产"嘉禾"牌等5种卷烟，月需烟叶1300磅。厂里有男工人35人、女工人45人，每月平均工资24元，每日工作8小时。

听了庞少霆对于耀西的介绍后，庞少海突然对于耀西这人产生了兴趣。

金氏公馆有一个不大的院落，坐北面南的小洋楼平面近于方形，从院落的北大门进入院后，绕过小洋楼的东侧，到达南面的石台阶，台阶之上是中间突出的三开间的二层柱廊。木楼梯布置在东部，楼梯间有便门可与室外相连。二层的布局与一层相对，突出到南面的柱廊宽敞又有气魄。周围都是一层的套院民居。

公馆的客厅，是中西合璧的风格，艺术气息浓厚。桃花木的八仙桌与靠背椅，覆以鱼虫花卉的鲁绣围披。四面墙壁，层层叠叠地挂满了名家字画、楹联立轴。

庞少海坐在东北方的位置上，看着洋楼的西南方有一湖石假山，高度小，但峰、谷、洞皆有。山上有一木构六边形小亭，仿茅草的顶子，伸出亭子顶面的原木望柱，一切都显得那样质朴自然。而另一侧可以欣赏到济南连绵不断的南山美景。

吴冠东问庞少海："喝茶习惯吗？"

庞少海笑道："都可以。"

吴冠东问："玉祥面粉厂效益如何？"

庞少霆抿了一口茶回道："刚解决完袋子的问题。"

庞少海一脸诧异，庞少霆解释道："在之前，济南的制袋业有四五家。后来，耿锦章组织了复聚泰面袋厂，凭借资本雄厚、经营好的优势，战胜了其他几家。再后来，他又与孙鸣九合作，改组成同顺泰面袋厂，独霸制袋业市场。但风水轮流转，其他面袋厂开始采取降价、折扣、赊销等办法抢占市场。耿锦章不肯示弱，也以同样方式进行抗争。质量提高，成本降低，售价再落。耿锦章一度无力支持，差点给咱们断了袋源。咱们的面粉厂也是如此。由于全市面粉厂的一致对外，外地粉在济南始终站不住脚，但是本地粉商的竞争，也不亚于和外商的矛盾，虽然粉商一再订有公议，但是却有活价、增加回扣、提奖等办法，收买代销点，以达多销的目的，对咱们的损害也很大。"

吴冠东说："解决了就是好事情。"

庞少霆接着说："现在成立纱厂迫在眉睫，天时地利人和也具备。"

吴冠东问庞少海："从英国学成归来后，对在济南建纱厂有什么想法吗？"

庞少海回道："我想先去考察一下国内纱厂的情况……"

没等庞少海说完，庞少霆便打断道："少海刚从英国回来，对国内的形势还不清楚。"

于耀西从另一间房间抽着雪茄走了出来，说："少霆老弟，实在抱歉，让你久等了。"说完，他看了看身边的庞少海，问："这位就是少海吧？"

庞少霆表情有些不自然，但还是面露微笑，向庞少海介绍："这位就是济南商埠商会会长于耀西。"

庞少海赶紧向前与于耀西握手。

于耀西边握手，边说："赶紧请坐。"

四人落座后，于耀西拿出几盒香烟，扔给了在座的三人，说："自家的烟草，放心抽。咱们生产的烟草品牌除'嘉禾'外，还有'斗鸡''进德会''华北''大明湖'等，有小盒10支装和大盒50支装两种规格。现在我们抽的是小盒装的。"

庞少霆笑道："抽耀西兄的烟，我们怎么能客气？"这话一出，也化解了庞少霆内心对于耀西的抵触，一直不抽烟的庞少霆，也狠狠地吸了一口。

天略略放晴，于耀西望着窗外说："在北洋东裕隆烟草公司成立之前，济南生产机器卷烟的公司大多是外地和外国的公司，如南洋兄弟烟草公司和英美烟草公司等，他们基本上把济南市场给垄断了。现在我们光10英寸的大型卷烟机就有3台，咱们不用怕他们了。"

庞少霆又吸了口烟，提醒于耀西道："张宗昌现在还在济南活动着，耀西兄要多小心啊！"

于耀西摆了摆手说："不要紧，有些事情已经用钱打发了。"

庞少海注视着眼前的于耀西，他是真的不简单，连张宗昌都不放在眼里。当年，张宗昌以"军费不足"为由向他借款200万元，他深知这是"肉包子打狗——有去无回"，迟迟没有答应。张宗昌恼羞成怒，下了逮捕令。他事前得到消息，跑到青岛躲避才幸免于难。

谈笑风生，兴致盎然，庞少海隐约感到了一丝紧张气息，然而于耀西神态自若，心中有说不出的欢喜。忽然，他眼睛瞪得滚圆，话锋一转，说："无论是面粉厂还是烟草公司，现在日商对各大企业的压榨和排挤非常厉害，咱们一定要注意。"

吴冠东刚要说话，被庞少霆拦住了。于耀西对庞少霆说："关于纱厂的事情，冠东兄和我说了，需要我做什么尽管说，但我不出现在股东的名单中，也是对你们的保护。"

庞少霆惭愧道："三年了，是玉祥面粉厂对不住你。"

于耀西笑道："没有什么对不住，玉祥面粉厂能发展成现在的模样，我也很欣慰，济南的地盘不能纵容这些外国人胡作非为。如果真觉得对不住，一会儿金树鑫招待，少霆兄多喝几杯酒。"

庞少霆应道："一定，一定。"说完，两人的手又紧紧握在了一起。

第二节 月下小景

不知为什么，路传荣在庞少海家里感到一种不同一般的气氛，比在任何大户人家，都觉得更为自由轻松，也让她感受到了尊重，她喜欢上了这种生活。

阳光越发明净，院子里几株花树发出了骨朵，满院草色苍然，兰花青翠，藤蔓攀墙，点点阳光透过树荫，洒在落叶片片的地上。

黄包车在街上飞跑，孙继洲坐在车上，脑子也在飞快地运转着。

庞少海别墅门前，"光明里"的牌子静静地挂在砖墙的一侧，孙继洲探头打量着这宁静雅致又阔气的小院，深深吸了一口清新的空气。

在院子里，庞少海正捧着一本书在读。午后的阳光斜照，映在他的脸上。他全神贯注，读得很入神。孙继洲一笑，伴随着轻微的咳嗽声，庞少海一抬头，正碰上孙继洲的目光，他有些慌乱地站了起来说："继洲兄，快请进屋。"

孙继洲出生于胶东农村一个教师家庭。父亲孙丙辰，曾中过清朝秀才，也算是书香门第，可他偏偏选择了从医。孙继洲瞟了一眼庞少海看的书籍，是梁启超的《饮冰室合集》，然后跟着庞少海进了屋。靠墙架着的一块木板上重重叠叠堆着好几层书，把木板压得有些变形，还有不少书整齐地堆在墙架的一侧，桌子上，同样堆满了书和笔记本。一张摆在桌面上的报纸吸引住了孙继洲的目光，这是一张《山东新民报》。孙继洲拿起来一看，才发现报纸被勾画得到处都是。

孙继洲笑道："少海兄，真是好学啊！"

庞少海解释道："在国外才四年的时间，回来后，一切又要重新开始。"

孙继洲说："'质胜文则野，文胜质则史。'一个人如果光是能力素质强，而学问修养不够，则必无法约束自己，本身的能力反而成了一种野性破坏之力；反过来，光是注重书本学问，却缺乏实际能力的培养，那知识也就成了死知识，学问也就成了伪学问，其人必死板呆滞，毫无价值。"

庞少海赶紧让孙继洲入座，这时路传荣忙不迭地给庞少海与孙继洲倒茶水。庞少海沉吟一时，说道："现在我也要参与到办厂中去，也要致力于国民经济。如果不解决创办企业的目的这个问题，一番功夫都不知道往哪里下。"

孙继洲喝了一口茶水，停了一停："实业救国在十九世纪末已开始出现，到了辛亥革命前后成了一种颇为流行的论调。甲午战争后，陈炽就宣称，今后中国的存亡兴废，'皆以劝工一言为旋转乾坤之枢纽'，这可说是中国近代实业救国论的滥觞。二十世纪初，张謇极力宣扬实业救国论，认为'救国为目前之急……譬之树然，教育犹花，海陆军犹果也，而其根本则在实业'。"

庞少海迫不及待地插嘴道："那做些什么有利于实业救国呢？"

孙继洲看了他一眼，说："我以为首要大事，当推观念。我中华民族百年积弱，正因为民智未开，人才短缺，所以需要更多像少海兄这样的人才归来，人才济济，真才既出，则国势必张。"

庞少海苦笑道："前往曼彻斯特的时候，我就在寻找实业救国之路，回到国内，也没找到答案，还不如你这位学医救众生的圣人。"

孙继洲一撇嘴，说："理想和信念，固然重要，但需要坚持。修身是一个人，不光是读书人，也是商人必备的，是一个人成材的第一道门槛，尔后才能齐家治国平天下。"

庞少海应道："实业救国是唤醒这个沉睡的民族的一剂良药。"

孙继洲伸展了一下胳膊，看来也是有些疲倦了，却意犹未尽地对庞少海说："商之大者，为国为民。任何时代，一群成功企业家的志向，就可以决定这个时代的高度。而我始终相信，实业救国，永不过时！"

余英进了屋，问："少海，晚餐需要预订饭店还是在家吃？"

庞少海给余英介绍道："这位是继洲兄。"又为孙继洲介绍道："这位是我的妻子余英。"

两人互打招呼后，庞少海对余英说道："安排一下后厨，今晚我和继洲兄在家里用餐，备菜吧。"

余英走后，庞少海对孙继洲说："我打算去一趟青岛，去找一下宋程元，看一下日商的纱厂。"

孙继洲道："该去！"

孙继洲沉思了一会儿，继续说："人，之所以为人，正是因为人有理想，有信念，懂得崇高与纯洁的意义，假如眼中只有利益与私欲，那人与只会满足于物欲的动物又有何分别？我刚才看了少海兄在报纸上做的笔记，知识之广，见解之深，立言之大胆，思索之缜密，令我非常佩服，真的，佩服之至。"

庞少海道："听君一席话，明白了在落后就要挨打的现实面前，只有发展民族工业才能抵制帝国主义的侵略，并且士大夫有不容推卸的责任。"

孙继洲接过话说："国家富则国人富，国富民强才有力量养军固防。若不兴办实业，国无税收，民无余钱，拿什么养军队，建国防？又何谈强国救国？"

仿佛是意识到了自己有些失态，庞少海赶紧控制了一下自己的语气："一代人有一代人的责任，现在我需要探索出一条振兴民族企业的道路。走，咱们先去用餐吧。"

孙继洲正拿着一支香烟，放在鼻子底下闻着。他手里那包香烟刚拆了封，却一支也没抽过，似乎光闻闻已经过瘾，他又把烟装回烟盒。

残月当空，从乌云中探出，洒下浅浅的月光。庞少海仰望着月亮，长长地吸了一口气。庞少海回想起自己在曼彻斯特纺织工厂的办公室，他将辞呈交上，对经理说："我决定辞职，这是我的辞职报告。"

经理十分诧异："你一个中国人能在英国找到这样一份工作何其不易，条件已经很好了，为什么要辞职？"

庞少海道："我要回中国，投身到中国纺织业之中。"

经理嘲笑道："你们中国人搞什么纺织业？"

庞少海说："泱泱中华几千年，我会找出最核心、最普遍、最实用的实业救国渠道，不敢担当，就是失责。"

第三节　面子问题

　　火车站前的街道上，车轿往来，行人穿梭，商贩叫卖。庞少海站在喧哗热闹的火车站街道上，准备前往青岛。

　　踏上绿皮火车后，窗外是一望无际的麦田，窗内是谈天说地、打牌的乘客。而这一切的喧闹都仿佛与庞少海无关，他乘坐绿皮车，从济南到淄博，从昌乐到高密，一路"哐当哐当"地开往青岛这个"小渔村"。

　　青岛火车站主楼的立面设计融合了当时在德国国内流行的文艺复兴风格，屋面采用局部变坡的形式，设计了三处天窗，上覆中国传统的黄绿杂色的琉璃瓦。高大的装饰山墙，突出了东立面的洞式主入口，门洞上设有竖向条状窗户。

　　庞少海从候车大厅走了出来，仰头望着东南方向的一座报时钟楼，钟楼的造型类似欧洲乡村的小教堂，顶部坡度陡峭，楼顶四面起山墙，内置一座德国制造的四面机械报时钟，钟楼的基座、窗边、门边以及山墙和塔顶的装饰均用花岗石砌筑。

　　不远处，便是青岛栈桥，与小青岛隔水相望。庞少海站在桥北沿岸的栈桥公园，等待着宋程元来接他。公园内花木扶疏，青松碧草，并设有石椅供游人憩坐，观赏海天景色。

　　宋程元急忙地在园内寻找庞少海，正见到庞少海在看报，赶紧凑上去，说："少海兄，久等了。"

　　庞少海站起回道："我也是刚到。"

　　宋程元帮庞少海提起箱子，说："先去住处，休息片刻，我带你逛一下青岛。"

　　庞少海说："我先去给我哥拍一封电报，让他知道我到青岛了。"

而这时，庞少霆正与庞少南在五龙潭旁的茶馆聊天。五龙潭与其周围二十余泉统称"五龙潭泉群"，潭池以自然石驳岸，岸边绿柳笼荫，潭北潭东，叠有假山，上有"渊默亭"，潭西建名士阁，于上可观潭中锦鲤。

庞少南问："这次少霆老弟派少海去青岛，肯定有什么目的吧？"

庞少霆笑道："什么也瞒不过哥的眼睛，这次让他到青岛，一是调研一下青岛的纱厂；二是需要解决设备问题，他的同学在青岛，或许能帮上忙。这个时间点，少海估计应该到青岛了。"

庞玉荣也从外走了进来，站在庞少南的身后，庞少霆说："玉荣，赶紧入座。"

庞少南指了指椅子说："坐下吧，帮忙倒点茶水。"

庞少霆说："咱们谈谈纱厂的事情吧。"

庞少南一挥手，道："好，听说你和于耀西和好了？"

庞少霆点头，说："前几日冠东兄安排我和于耀西见了面，基本把话说开了，他也支持纱厂的建设。"

庞少南喝了一口茶说："于耀西这边解决了，事情就好办了。"

庞少海到了安排在青岛的住处，便在屋里把床铺整理了一下，宋程元进了屋说："今晚咱们去看戏。"

窗外传来阵阵海浪声，庞少海问："什么戏？"

宋程元回道："一些进步学生秘密成立了青岛左联，又组织成立了'海鸥剧社'，排练了话剧《工厂夜景》等剧目，今晚试演《放下你的鞭子》。我去拿了几张票，知道你喜欢西洋玩意。"

庞少海推辞道："我来青岛也不是住一天两天的，程元兄不用把日程安排得这么紧。"

宋程元顿了一会儿，说："青岛现在也不太平，前段时间，《民国日报》在不显眼的一角刊登了一篇文章——《韩国不亡义士李霍索炸日皇未遂》。文章说：'日本天皇在结束新年阅兵礼后回宫的路上，突遭一人向他乘坐的马车抛掷炸弹，但炸弹落在了马车后面，并未造成人员伤亡，只是马受了轻伤。目前，凶手已被逮捕，是一名朝鲜人，三十二岁，名叫李霍索……'这条爆炸式的新闻虽然只占据报纸的小角落，但带来巨大的震撼力。"

庞少海疑惑道："说来听听。"一边说，一边让宋程元坐在了自己的床上，自己搬了个板凳坐了下来。

宋程元说："日本总领事川越茂派人将抗议书送至青岛市市长沈鸿烈手中。抗议书指责说，当日所出版的《民国日报》登载了对日本天皇的不恭事件，称暗杀者为'义士'，是对日本天皇的有意侮辱，并提出追究《民国日报》责任、公开道歉等苛刻要求。现在，中国政府虽然拥有青岛的主权，但在驻青日本总领事馆的庇护下，青岛仍然是日本人的天堂。青岛周边海域，日本军舰游弋着，借口保护日本侨民，可以以各种名义随时上岸。沈鸿烈跟《民国日报》社长杨兴勤通了电话，第二天，派参事周家彦前往国民党青岛市党部接洽，对方答复，同意依照日本总领事馆来函要求办理，基本同意沈鸿烈的意见，有原则地道歉。"

庞少海无奈道："日本人这是无理取闹，太张狂了。"

宋程元继续说："日本副领事五百木要求市长与总领事商谈，沈鸿烈决定亲自与日本人斡旋。第二天晚上，中日双方代表在日本总领事馆迎面而坐，日本总领事川越茂提出非分要求：市长亲自道歉，《民国日报》停刊。沈鸿烈直言相驳，'《民国日报》是青岛市党部机关报，停刊之事略显过分，此事非我一任市长所能决定。待我转告市党部，商讨之后明日再予答复。'首次交涉就此告终。"

庞少海站了起来，走到窗前，看着一层又一层的海浪，心里泛起了愤怒。外面的海与英国的海有些相似，他突然想起了莉维亚，寄去的信件一直未得到回复，他心里有些着急，因为英国也不太平，就如同现在的青岛。

宋程元接着说："后来，两名日本浪人直接闯进了《民国日报》社发行处，一人拔出手枪鸣枪示威，把守房门，另一人将数瓶油弹投向火炉，发行处内顿时烟火四起。附近岗警闻声赶来，日本人有恃无恐，向警察迎面开枪拒捕。因有密令，没有命令不许擅自对日本人开枪，警察眼巴巴地看着两名纵火者离去。报社工作人员和消防队员将大火扑灭。"

庞少海愤怒地说："一群孽徒！之后呢？"

宋程元说："到了晚上，上千名日本男女侨民走上街头游行，沿路狂喊口号。车上十几名暴徒晃动着刀枪、棍棒、铁器。一百多名日本人从居留民团径直来到《民国日报》社，冲进报社将门窗及一切家具什物砸烂。花盆、瓶子、电话、书籍等杂物，被日本人从二楼门窗中扔出，散落一地。随后，他们开始在二楼放火。就在大火肆意燃烧的时候，停泊在近海的日本军舰悄悄靠近了小青岛，五百多名日本兵挺着上了刺刀的长枪逼近街巷，一队在日本总领事馆及附近路口架起机枪警戒；另一队到湖北路日本居留民团附近设岗布防。此次日本人出兵是为了保护逞凶的日本暴徒。"

庞少海说："有点仗势欺人了，日本人的猖狂令人憎恨。"

宋程元说："日军登陆，青岛哗然，南京哗然。南京政府密电沈鸿烈，'谨慎处之，以防事变。'沈鸿烈连夜召开紧急会议，第二天一早，便派员紧急照会日本驻青总领事馆，就日本部队登陆提出强烈抗议。当晚，驻防在日本总领事馆门前的一队日海军陆战队开始撤回军舰，另驻湖北路一支军队也开始有撤离举动。"

庞少海说："我们必须走在历史潮流的前面，身处乱世，想救国，就得自身强大起来，不然就只有挨欺负的份了。"

听宋程元讲完这个事情，庞少海心里五味杂陈。在产棉区山东，仅纺织业，日本工厂便占据了大半的生产和原材料市场。日本对中国大规模的经济掠夺，早就激起了民愤。

宋程元劝道："你今后要和这些日商打交道，一定要多注意。"

庞少海应道："程元兄，你放心就行。 走，看戏去。"

在大学的剧院，坐满了学生。

一个卖艺的老头儿，手擎皮鞭，向因饥饿昏倒在地的女儿抽去……目睹此状，人们无不气愤。 这时，一位工人跑上去夺过老头手中的皮鞭，愤怒地说："这孩子快要饿死了，你为什么还要打她？"老头流着泪说："父老乡亲们，俺爷俩是东北人，日本兵占了东三省，对中国人打骂烧杀，俺逃来关内，无以为生，靠卖唱赚俩钱过日子。"说着，他也哭泣起来。

在场的人们无不义愤填膺……

第四节　归去来兮

和暖的阳光从街头樱花树的花间，从街面青石板缝隙的新苔上，从潮涨潮落的海水之中滑过，明亮的光线将整个青岛高高低低的建筑洗涤得干净而清澈，连空气中都弥漫了暖暖的气息。 樱花的香气，新发绿草的清新，都渗进了青岛街头熙熙攘攘的人流之中。

庞少海前往沧口，他要考察青岛的富士纱厂，这是他的第一站。 之所以选择富士纱厂，是因为它今年扩建增设织布工厂，并安装"丰田"式布机 70 台，"狄更生"式布机 410 台。 这样的投入真是让人恨得牙痒痒。

1921 年 10 月，日本第一次占领青岛期间，富士经理人请准日本占领当局民政署，办理在青岛建厂的营建执照，随后在青岛沧口区四流中路 187 号选定厂址，建筑厂房，全称"日本富士瓦斯纺绩株式会社青岛工场"。 工厂安装细纱机 31360 锭，合胶机 1600 锭，及锅炉四座，自行发电，开工生产，当时有工人 850 人，生产以"五彩星"

为商标的棉纱。

庞少海乔装打扮一番，跟着工人混进了日式的厂房，"轰隆隆"的机器声，让他的心瞬间紧绷了起来，但没过多长时间，厂房里出现的这个陌生人就被人识破了，直接被抓进了经理的办公室。

经理打量了一番，问："想偷厂里的什么东西？"

庞少海回道："我不是小偷，我是来学习的。"

经理讥讽道："学习？学什么？再说了，谁让你随便就来学习的？"

庞少海解释道："我是在英国学习的纺织技术，想考察一下国内的情况。"

经理一脸严肃地说："那也不能偷偷摸摸地进厂吧！"

庞少海不解道："你也是中国人，咋就不能通融一下呢？"

经理愤怒道："凡事讲原则，你也是中国人，怎么可以做偷鸡摸狗的事情？"

庞少海和经理一下子陷入了僵局，经理说："我还没有联系警察署，要不早把你带走了。"

庞少海说："我一没偷，二没抢，就在厂里转了一圈，给我定什么罪？"

经理一想这话也对，便说："我和你也无冤无仇，看你这细皮嫩肉的，确实也不像小偷，我也不想为难你，这样，你先走吧，以后别再出现在纱厂了。"

庞少海谢过之后，急忙往住处赶，虽说是虚惊一场，但他内心还是有些波澜。他转过一座小桥，远远便见一座大宅子隐于绿树之中，青砖鳞瓦，很是气派。空中霎时积满厚云，阳光似乎努力想从云层里挣扎出来，渗出淡淡的光，投在洒扫得没有一丝尘土的火车站月台上。

月台上每隔不到一米，便肃立着一个荷枪实弹的士兵，沿铁轨向北一字排开。警戒线外挤满了青岛各界的缙绅士商、官员贤达。他们或西装革履，或长袍马褂，各色不一。

而在另一边，出现了一丝的骚动，庞少海走过去一看，是国立青岛大学的学生在游行示威。庞少海拉住一名学生，问："这是发生什么事情了？"

学生说："学校不让我们接触进步思想，逼着我们埋头读书，不去关心抗日救国大事。现在国民党政府的卖国政策已经暴露，我们对国民党已不抱任何幻想。我们要坚持罢课斗争。"说完，学生又跑进游行队伍中去了。

很快，一小分队跑到学生的队伍中，喊着："赶紧散了，赶紧散了，今天有大人物要来青岛，不要命了？"

顿时，街上乱哄哄一片。

宋程元早已坐在屋中等候，见到庞少海便问："你这是去哪了？"

庞少海赶紧关上门说："青岛真是热闹啊！"

宋程元继续问："你先回答我，你去哪里了？"

庞少海回道："我去了一趟富士纱厂，被人识破了，差点被抓起来。"

宋程元担心的事情还是来了，便说："我刚和你说了，现在青岛的局势很复杂，不要轻举妄动，各大纱厂对陌生面孔查得很严。"

庞少海不解地问："怎么回事？"

宋程元回道："这还要从共产党员高光宇说起。1928年，高光宇调任共青团青岛市委执行委员。他在钟渊纱厂粗纱车间，以做工为掩护，在次年春天协助孙守诚秘密组建了中共'钟纱'支部。孙守诚为党支部书记，高光宇担任组织委员。后来，高光宇还参加了青岛六大纱厂同盟大罢工。这件事情，在纱厂之间传得很快，各大纱厂也对工人的身份高度重视起来，何况你一个生面孔出现在人家的纱厂呢。你能活着回来，算你命大。这帮日本人，杀人都不眨眼。"

庞少海继续问:"你是日本大康纱厂的高级技工,也不能把我引进厂子里?"

宋程元回道:"我去找了日本雇用的中方高级职员给你说情进厂实习,但纱厂的经理内海答复,除来厂谈交易的商人外一律免进。"

庞少海顺势说:"那我就假扮商人混进去。"

宋程元道:"目前这或许是个可行的办法。"

庞少海只好化装成购纱商人,进入了日本大康纱厂厂部,但这样只能进客厅谈生意,仍不好进车间看设备。宋程元趁经理不注意,跟工人借来一身工作服,到技工办公室给庞少海套在外面。随后,由技工带路,各持维修工具,按纺纱的顺序转了一圈。他们着重看了几个要害部位,对新进的器械,以维修为名,卸开查看后又装起来。

两人离开厂部后,宋程元惊慌地说:"真把我吓死了。"

庞少海默默地听着,脸色渐渐平和下来。可是只一会儿,他又重新皱起眉毛,说:"接下来,我们要见几位纱厂的技工,约好了吗?"

宋程元应道:"已经约好了。"

庞少海说:"一定要求他们把日厂的管理办法、机械装备、操作规程,分别用图、文记下来。"

宋程元赶紧说道:"还有几位在华新纱厂临时帮工的东北技工,他们是'九一八'事变后,不愿当亡国奴,从沈阳、大连等地来到青岛,在华新纱厂干临时工的,他们都愿意跟你干。"

庞少海点点头,说:"钟渊纱厂有个叫王纪三的人,我们要尽快见面。"

宋程元虽有些迟疑,但还是答应下来:"我尽快请一下王纪三。"

济南突然大风骤起,卷起满地落叶,掠过庞少霆一动不动的双脚。紧跟着,雨点落在了静静伫立着的庞少霆的脸上。大风和雨水，刹那间笼罩了整个院落。

房檐下，雨水像断了线的珠子，在风的吹动下，开了闸门似的泻下来。全身湿透的庞少霆平静而倔强，他垂手而立，一动不动。他那被雨水浸透了的头发一缕缕沾在前额上，雨，正顺着发梢不断地滴落。

周凤菁见状，赶紧撑起把伞给庞少霆挡雨，呵斥道："不怕着凉啊？"

庞少霆心事重重，说："老三已经到了青岛，我今天看到青岛也有点不安稳，有些担心。"

周凤菁劝慰道："老三在英国四年的时间，都没见你这般紧张过。"

雨丝毫没有要停的样子，庞少霆转身进屋，周凤菁忙着去拿了几件衣服，说："赶紧把衣服换上。"

从商多年，庞少霆早已明白，不能把所有的苹果都放在同一个篮子里。所以，他已在心中盘算好了后备的方案。就像"大庞""小庞"之间的矛盾，在玉祥面粉厂建厂之前就存在着，只是为了一致对外，才有了暂时性合作。

庞少霆望着屋檐的雨滴，自言自语道："天要下雨，娘要嫁人。"

第五节　一地鸡毛

海雾漫漫，远望山间犹如仙境。

庞少海走进了一条死巷。死巷的意思就是这条巷子只有一个出口，另一头却是封闭不通的。巷道也极窄，大概只有半米来宽，头顶的天空也只成了细细的一条，使巷道中的光线显得有些阴暗。

小巷里有一家茶室，茶室的院内却有一片较大的空地，在阳光照射下，给人一种豁然开朗的感觉，也有一种柳暗花明又一村的诗意。空地四周被修成了小小的花台，种着些月季之类的花草，品种虽然普通，但出现在这小巷深处，却是别有一番韵味。

庞少海啜了一口茶。茉莉花茶，泡冲时又加进一点陈皮，使茉莉的香味稍减，而茶味更酽。

宋程元带着王纪三进门，边走边喊："少海兄，纪三兄来了。"

庞少海赶紧站起身来，点点头，对王纪三说："快请坐。程元兄，也请坐。"

入座后，王纪三说："早听闻少海兄来到了青岛，终于见面了。"

庞少海沉吟了一下，说道："我们开门见山，我想去钟渊纱厂当实习生。"

王纪三皱着眉头说："这……"

宋程元喃喃地说："这事咱们可以再议。"

王纪三点着头，一边从庞少海手里接过茶，一边笑嘻嘻地问："少海兄，有什么想法？"

庞少海沉思了一会儿，解释道："你在厂子里熟络，把我推荐过去，应该不成问题的。"

宋程元笑着说："你是来调研的，不是来打工的。"

庞少海坚持道："如果连厂都进不去，这次青岛之旅，算是以失败告终了。"

王纪三见庞少海主意已定，便说："明天跟我去试试吧，但我把丑话说在前面，在日本人眼皮底下干事，要多长个心眼。"

次日，庞少海穿了一身便装，走出门，忍不住伸出手，试图去抓一下眼前的雾气，惬意地感受着那份清凉。王纪三学着他的样子，也用手去抓雾气。两个人看看自己，再看看对方，都笑了起来。

这时传来一阵喧闹的鼓乐声，前方的小巷被挤得水泄不通。王纪三早已习惯了，催促着庞少海继续前行。

前方不远处出现一支仪仗队，开路的队伍奏着军乐，鼓乐嘹亮，后面紧跟手持指挥刀的仪仗兵，军容耀眼，步伐整齐，时不时地会有行人停下来围观，一群小孩子跑来跑去，热闹非凡。

王纪三带领着庞少海到了钟渊纱厂，直接去往招工处。招工处的头目一见到王纪三，便问："老王怎么来我们招工处了？"

王纪三回道："给你送一个工人。"

招工处的头目上下打量了庞少海一番，说："这细皮嫩肉的体格，能干体力活吗？"

王纪三问："现在还有什么差事？"

头目回："烧锅炉！"

没等王纪三说话，就被庞少海抢了先，说："烧锅炉就烧锅炉，挺好。"

王纪三瞪着庞少海，将其拉到一旁说："堂堂从英国留学归来的人才，去烧锅炉？"

庞少海笑道："在国内没有实践经验，什么都白搭。文凭对于实业来说，就等于一张废纸。救国与实业，孰重孰轻？没有牺牲不可能有收获。"

头目喊道："嘀咕啥呢？干不干？"

庞少海转头到了头目面前，肯定道："我干！"

头目说："那就来签个字。"

庞少海洒脱地签上了自己的名字。

锅炉房里，虽然房子有些陈旧，设备也被烤得有些发黑，但里里外外却被收拾得干干净净，一切都是那么井井有条。庞少海走进锅炉间，明显感到一股热浪袭来，锅炉工人忙碌个不停，有的工人在加煤，有的工人在检查仪表，有的工人在打扫场地卫生，有的工人往返于煤堆和灰堆之间，头发上、脸上、衣服上，甚至口鼻内都是黑乎乎的煤灰。

庞少海哪干过这体力活，一时间，气氛仿佛能点得着火一般。坐在角落里的庞少海咳嗽了一声，却发觉自己的一声咳嗽在这一派繁忙中显得格外惹耳，他赶紧强压住了声音。

一个老师傅走到庞少海的身边说："一看你这人，就不是做体力活的。"

庞少海笑着说："不瞒你说，我真没干过。"

王纪三到了锅炉房，拉起庞少海说："走，别干了，这活你真干不了，要是被日本人看到你这副懒散样，他们真打人。"

庞少海站了起来，说："我会想办法跑到生产车间去的。"

王纪三劝道："哪有说的这么容易。"

庞少海叹了口气说："行啦，你先出去吧，我得继续干活了。对了，今天李末清来青岛，我让宋程元帮忙在饭店订了包间，你也一起过去吧。"

伴着一声汽笛长鸣，一列火车自北缓缓驶进站来。半响车门才打开，从里面走出一个人。此人削长脸儿，眉目清秀，穿一身细绸布长衫，姿态优雅，气质沉静。

这个人就是蔡元培。一下车，军乐声、欢呼声顿时响成一团。蔡元培不觉微微皱眉，他一向崇尚节俭，极为厌弃这种繁文缛节。这时军乐声一停，沈鸿烈西装革履颤巍巍地迎了上来："欢迎蔡元培先生莅临青岛。"

搭乘同一列火车而来的还有李末清，他前来赴庞少海之约。他出了大厅，叫了一辆黄包车，直接奔庞少海而去。

1918年7月，李末清毕业后，怀着"实业救国"和"科学救国"的理想从东京回国。望着浩瀚翻腾的大海，他想起了"张生煮海"这个古老的民间传说：潮州儒生张羽寓居石佛寺，清夜抚琴，招来东海龙王三女琼莲，两人生爱慕之情，约定中秋之夜相会。至期，因龙王阻挠，琼莲无法赴约。张羽便用仙姑所赠宝物银锅煮海水，大海翻腾，龙王不得已将张羽召至龙宫，与琼莲婚配。雄心勃勃的李末清回来了，是回来煮海的；不过，他不是要煮服龙王，煮回龙女，而是要用学得的知识煮出中国的精盐。

宋程元早就在英记楼订好了房间，和王纪三一起等待着庞少海和李末清的到来。英记楼是康有为寓居青岛时经常光顾的饭店，他曾说：一日不食英记楼，恍惚如日。

庞少海带着李末清进了包间，说："程元兄、纪三兄，给你们介绍一下，这位是李末清先生，先后创建了久大、永利、黄海等企业。"又转头对李末清说："这位是宋程元，目前在日本大康纱厂，是高级技术师，这位是王纪三，钟渊纱厂的高级技工，也是我现在的领导，我在他的手底下烧锅炉，也算是一名正儿八经的锅炉学徒。"

没等庞少海说完，四个人哈哈大笑起来。

李末清入座后，说："知道我和谁一起下的车吗？"

众人摇头。

李末清神神秘秘地说："蔡元培。"

庞少海问："末清兄，也认识蔡公？"

李末清回道："我可不认识，只是一趟车而已。"

庞少海亲手沏上一杯清茶，送到李末清面前说："末清兄，咱们神交已久，也用不着客套了。索性直说吧，末清兄对投身化学工业有何感触？"

李末清接过茶，说："我离乡远走日本学化学，当然想在化学工业方面有所作为。只是久居异国，对国内化学工业情况也不甚了解。冶铁、煮盐和铸钱，自古就是三大事业。说起化学工业，首先要说盐……"

李末清喝了一口茶，继续介绍道："晒盐、煮盐，一为百姓，二为国家。少海兄知道，盐是制碱的原料，当时我们国家还没有制碱业，我们要去填补这个空白。我们现在要让中国人吃上中国人造的精盐。我们建立化学工业，就是为了强国富民，振兴中华。"

王纪三和宋程元为李末清的见识所折服。李末清的一席话，也使庞少海茅塞顿开，他感慨地说："国家兴亡，匹夫有责！"

李末清说："天津的宋棐卿，目前也是天津实业界的代表人物。他祖籍是山东青州，先后在齐鲁大学、燕京大学就读，后留学美国。归国后，他决心走实业救国之路，虽然曾在济南德昌洋行设毛纺部失利，但他没有放弃，经过各种努力，今年在天津创立了东亚毛呢纺织有限公司，并制定厂训、厂歌，出版厂刊。少海老弟啊，这是企业发展最好的时机。"

宋程元把酒给大家满上，说："今天咱们不醉不归。"

四人同饮，交谈甚欢。

而在另一处，青岛水族馆举行了开馆典礼，蔡元培致辞说："大连而外，仅有此馆！大连水族馆，出自日人之经营。规模既小，设备亦殊简陋，然则此馆，当为吾国第一矣。"

此话一出，全场沸腾。

青岛市市长沈鸿烈说："青岛先后被德日殖民，一切建筑物，纯为西洋化。今水族馆能以中国古代建筑，表现吾国固有文化，在青岛可称凤毛麟角。且位于海滨公园，雄而幽静之区。中外人士之来游者，必可得深切之印象，与优美之观感。凡此种种，均于本市文化有相当之贡献。"

台下的人群中响起阵阵热烈的掌声。

第六节　生死疲劳

蔚蓝色的天空飘着几缕白云，广阔、纯净、安谧而又明媚。对青岛沿岸饥饿的人们来说，他们是不看这样美丽的天空的。他们感觉她太干净了，干净得像他们的瓷碗一样，里边一无所有。天上不会掉下馒头来，云朵也不会变成面粉。

这一天清晨，在渡口长长的石阶旁，李末清正坐在椅子上看报纸。

庞少海凑到李末清身边，说："听了末清兄一席话，我决定返回济南，成立纱厂。"

李末清笑道："说来听听，怎么想开的？"

庞少海感叹道："光有思想，没有行动，是无法救国的，我在日本纱厂这段时间，也偷着研究了日本人的设备和技术，他们的核心技术保护得非常好，我觉得待多久都没用，该回去了。"

李末清点头道："说得好，看来我这趟青岛之旅还是有用的。我在东京生活了这些年，悟出了一个道理，就如同孔昭绶校长在湖南一师明耻大会上所讲，我们都恨日本，但我们不要光记得恨！把我们的恨，且埋在心里，把悲愤化为动力，要拿出十倍的精神、百倍的努力，比他日本人做得更好，更出色！这，才是每个中国人的责任！"

此时，远处有钟声响起，一大群海鸥扑棱棱从海面掠过，展翅飞翔在空中，但庞少海的心思却不在这些海鸥身上……

庞少霆在菜园里松着土，鸡和鹅在院子里乱跑。

周凤菁说："你都有面粉厂了，家中还安着石磨。"

庞少霆说："家富了，孩子们难免有些娇嫩，当块铁，只有百炼千锤才能成钢。只要咱们孩子放了假，都安排他们到铁工部参加劳动，只有劳其筋骨，才能磨砺其意志，只有打掉娇气，将来才会成为有文化、有技术、能创业的人。"

周凤菁笑道："这群孩子可要恨死你了。"

庞少霆严肃地说："吃不了这点苦，就不是庞家的子孙。"

周凤菁说："你都有理。"

庞少霆说："老三这几日就回济南，你抽时间和路传荣说一声，把被褥晒一晒。"

周凤菁缓缓地说："咋突然回来了呢？"

庞少霆解释道："济南这边需要他，厂子建设迫在眉睫。估计他在青岛也找出自己想要的答案了。"

宋程元和王纪三一起送庞少海到青岛站。庞少海说："还得麻烦两位贤兄，请分别秘密联系10名熟练工，清花、钢丝、摇纱、粗纱、细纱各2人。等济南的厂建成后，比日厂的35元工资多发10元，待纱厂完成基建后把人送到。"

王纪三应道："这个你就放心吧。"

天气晴朗，温暖的阳光从蓝澄澄的天空中斜照下来，店铺的铺面，沐浴在耀眼的阳光里。这些密密麻麻的店铺，房檐不高，门面挺宽，挂着"隆祥布店""东方书社""庆育药店""玉谦旗袍店"等字样的招牌，琳琅满目。

街道上，乘黄包车的、步行的人，熙来攘往，来自四面八方的客商，高声叫卖，讨价还价；茶社里，座无虚席，生意兴隆；酒楼上，人声鼎沸，随风飘散着咻咻的艳笑和酒肴诱人的浓香。

苏苓月望望窗外，有气无力地说："这会子，我觉得身子怪乏的，也没有胃口。"

庞少南整理着一沓材料说："我看完这些材料，带你出去吃吧，芙蓉街有家馆子不错。"

芙蓉街是济南唯一一条明末清初时期形成的古商业街，北起济南府学文庙，南至泉城路。芙蓉泉藏身在民宅商铺之中，为街道增添了一丝的韵味。芙蓉街也是济南城里最热闹繁华的一条街巷，这里有着舒适优雅的住宅、富丽堂皇的酒楼和各样的商铺。

不远处的曲水亭街也自有它的非凡之处，光是那一弯碧莹莹的、闪烁着柔腻波光的流水，以及沿河两岸，那一幢挨着一幢的精致大杂院，就让人流连忘返。里面的房屋，不论规模大小，全都装饰着些雕栏画槛、珠帘琐窗。讲究一点的，还在院子里凿池植树，垒石栽花。大杂院的主人经常变换，从在职官员、王孙子弟到一般富户商人都有。他们在这里会友、谈生意、论诗文。

庞少南叫了两辆黄包车，和苏苓月到了一个小院门前。

整个院落并不大，但收拾得整洁利落。院门右边有一口小小的泉井，青石井沿内侧被桶绳磨得光滑透亮，从一个侧面显示出院落有些年岁了。院中散养着几只鸡鸭鹅，正在四下闲逛觅食。

正对院门的是两间小小的平房，可能是因为屋内空间狭小，几张八仙桌被搬到了院子里，四把椅子围成一圈。

庞少南打着招呼道："老板，上几个特色菜。"

老板赶紧凑过来说："庞老板，您来咋不提前通知一声呢？"

庞少南笑道："我就带着夫人来吃个便饭，快去忙活吧。"

老板冲着苏苓月行了礼，转身去备菜了。

苏苓月赞许道："这地方环境不错，很舒服。"

庞少南微微一笑，说："我还能不了解你？大大小小的饭店都去过了，没什么新鲜劲儿了。这家厨子的手艺不错。"

苏苓月微微眯缝着眼睛，神情显得十分得意，说："过几日，我也带凤菁来尝尝。"

庞少南调侃道："你们俩关系真是不错。"

庞少海出了济南站，直接去了玉祥面粉厂，找到庞少霆，说："哥，这次去青岛算是有些收获，我们什么时候召集人员开个会议。"

庞少霆说："纱厂的名字已经商定好了，叫济南同和纺织股份有限公司。"

庞少海恭谨地笑着说："同和，同和，名字不错。"

庞少霆上前一步，递给庞少海几页纸说："你先看看这些材料。"

庞少海嘴里念叨着："创办济南同和纺织股份有限公司缘起，挟武器以凭凌其祸显，恃经济以侵略其害隐。祸显者，咸知抵抗以相救；害隐者，多自忽略而习安。相救或可以自拔，习安则麻醉沉溺而难返呼。孰知经济侵略之为害，其烈更倍蓰于兵士武器哉？夫经济侵略不一端，而为日用所必须，输入中土之广、最惊人者莫（过于）棉纱……"

庞少霆柔声地说："后面附着公司简章，你把这些材料拿回去好好看一下，一定要认真地看，这就是咱们今后的准则。你刚回济南，看你也有些疲惫，先回家歇息吧。"

董雨芸约了庞玉荣到济源里凤楼，尉颖慧一见董雨芸进门，笑声就没停下来，嗔怪道："您也真是，您来告诉我一声，也好让院里派车去接呀。"

进了大厅，董雨芸在太师椅上坐下。尉颖慧像跟屁虫似的，吩咐伙计们快快上茶。一转眼，茶端了上来，是极香醇的日照绿茶。

董雨芸耳朵里嗡嗡嗡尽是尉颖慧的声音，心里厌烦，吸了一支烟道："废话少讲了，等庞少爷来。"

话音刚落，庞玉荣就进了大厅。尉颖慧瞅瞅董雨芸的脸色，扭脸冲隔罩后面叫："上姑娘！"

庞玉荣阻止道："先等会儿。"

尉颖慧一愣，赶紧说："慢着！"

庞玉荣对董雨芸说："董老板，有事先说事。"

董雨芸摆了摆手，让尉颖慧先出去，然后喝了一口茶说："庞家的家规就是严。"

庞玉荣谦逊道："过奖了。"

董雨芸沉吟半晌，问："庞少海去青岛了？"

庞玉荣刚端起茶杯，又放到了桌子上，反问："你怎么对他感兴趣了？"

董雨芸加重了口气："这对你们大庞家很不利啊！"

庞玉荣轻描淡写地说："是福不是祸，是祸躲不过。"

董雨芸怒气未消道:"不能让他们小庞家骑在你们头上。"

庞玉荣摆弄着茶杯,说:"董老板说的事情,我会转告少南叔。但我们庞家的事情,还是请董老板让我们自己处理。"说完,行了个礼,离开了凰楼。

尉颖慧见庞玉荣走了,赶紧跑到屋里,喊道:"客人咋走了呢?还叫姑娘吗?"

董雨芸虽说对庞玉荣的态度有些不满意,但脸上还是挂起了笑容,吆喝道:"上姑娘。"

第三章

第一节　黄金时代

　　院子里一片幽暗，花木的影子摇曳闪现，大门外的人声渐行渐远。 也许是回到了家的缘故，庞少海觉得紧张的心情开始松弛下来。 虽然肢体加倍倦怠，但他的神经终于松开了。 他仰靠在躺椅上，默默地瞅着长廊外那一道黑乎乎的、冷冰冰的院墙。

　　余英走到庞少海的面前说："你一回到家就躺着，饭都没吃，饭菜都凉了，厨师也下班了，我让小路又去热了一下。"

　　庞少海指着旁边的小板凳说："一会儿吃，你先坐下。"

　　余英回道："我得去收拾屋子，你去青岛的这些日子，我也回了趟桓台老家，活都没怎么干。"

　　庞少海坐直了身子说："我这次去青岛，突然闻到了大展宏图的味道。"

　　余英说："这是啥味道啊？ 青岛不是海腥味吗？"

　　庞少海大笑道："你还是去收拾屋子吧。"

　　余英刚起身，一拍脑门道："对了，你有封英国来的信。"

庞少海大喜道："快拿来。"

余英从屋中把信件拿了出来，一封外皮上写着洋文的信终于寄来了。他忙撕开信封，信上全是洋文，这是莉维亚的回信。

读完信，庞少海一跃而起，跑到了书房，拿出钢笔，认真地写起了信。

余英大喊道："又不吃饭了？"

阵阵暖风把浓郁的麦香吹进了村庄，庄稼人的鞋底上像抹了油似的闲不住了。柳絮飞舞了，榆钱飘落了，蝴蝶和落在地上的油菜花瓣依依惜别，豌豆花变成了肥绿的嫩荚。

庞玉荣找到了庞少南，禁不住说："董雨芸找过我，谈到了少海叔。"

庞少南接过话说："庞少海已经从青岛回来了，庞少霆这几天就要召开同和纱厂的筹备会议。这个节骨眼上，千万别让一些居心不良的人钻了空子。"

庞玉荣说："我就是这么和董雨芸说的，我们庞家的事情，让我们庞家自己解决。"

庞少南点了一根烟说："玉荣啊，庞少海一回来，你在同和纱厂的职位可能要让位于他了，再多的苦也别怕，再大的委屈自己扛，内心充满希望，才能撑起一身傲骨。而且现在正是工商业发展的黄金时期，千万要把握住。"

庞玉荣说："目前咱们的厂子不少，我也忙不过来，我倒是挺想看看少海叔这位从西洋回来的人才，是怎样实业救国的。"

庞少南大笑道："是想看笑话吧？"

庞玉荣脸色微变，没有作声。这些年来，大庞和小庞之间这些细枝末节的不愉快，就始终没断过。

庞少海在院子里隐约听到远处传来的炮声，清新的空气里混杂着一股火药和汽油味道，成群的日本军机在天空中飞来飞去。

刘珅跑进了宅子，说："先生，安排我打探的那个人打听到了。"

庞少海一脸惊喜，说："我刚从青岛回来，本想去问问你这件事，快说说。"

刘珅回道："这人叫姜九，人们都喊他九爷，他本来就住在黄河滩，因机缘巧合，结交了当时已威名远扬的地头蛇李庆。二十出头的年纪在黄河滩已经小有名气。"

庞少海又问："有他的住址吗？"

刘珅从口袋里拿出一张纸条，递给庞少海，说："就是这个地址，姜九虽说心狠手辣，可这人为友仗义，为亲孝顺。"

庞少海缓缓地说："备车，咱们去找这个姜九一趟。"

沿河而下，绿树翠竹中是一栋十三间的泥砖青瓦房，房前一口池塘，塘内小荷露出尖角。远处的山野间花开得正旺，一片五颜六色，夹杂着绿树和一些果树的花，四处炊烟，袅袅而起。

屋场上，一个中年妇女正拿着一个小竹簸在撒谷喂鸡，随着她"啰啰啰"的叫声，几只鸡争先恐后地抢着谷粒。手一抖，小竹簸顿时掉在了地上，鸡群蜂拥了上来，争抢着谷粒。

姜九上前赶着鸡，中年妇女说："不碍事，不碍事，粮食就是喂给鸡吃的。"

庞少海和刘珅走到了篱笆外，看着院子里的情景，刘珅刚要进门打招呼，被庞少海阻止住了。

姜九对中年妇女说："娘，你这腰的毛病得去瞧瞧了。"

中年妇女微笑道："没事，老毛病了，九儿啊，我觉得咱们还是离开济南吧。"

姜九愧疚地说："娘的意思我懂，但现在整个黄河滩越来越热闹，那更得需要人管，我不能走。在这样一个内忧外患的艰难时期，我们底层人得团结起来。"

中年妇女摇着头说："咱就是小门小户，那些大事，不是咱操心的，娘就想抱上孙子，享清福。"

姜九问："是不是村里又有人说三道四了？"

中年妇女避开姜九的眼神，小声说道："村里哪里有人敢说啊。"

姜九义愤道："我一腔热血，没害过乡亲一丝一毫，他们却说我是坏人，我时刻想着乡亲，却没人感激我。"

这时，庞少海从门外进来，大声喊道："欲成大海，莫与湖争。"

姜九警惕地问："你们是谁？"

庞少海笑着回道："鄙人庞少海。"

中年妇女走到庞少海和刘珅跟前说："有凳子，先坐下吧。"

姜九诧异道："你们找我什么事？"

庞少海坐了下来，刘珅依然站在原地没有动，庞少海说："我们上次在黄河岸边的饭馆见过面，你真是贵人多忘事啊。"

姜九的脑海里已经对庞少海这个人没有了任何印象，他那紧皱的眉峰舒展了一下，说："直接开门见山吧。"

庞少海笑道："我们要成立纱厂，我想请你过去做工。"

姜九吃惊道："找错地方了吧，北门和西门有的是找活干的人，咋跑我家来了？"

庞少海解释道："找的就是你，你先别急着拒绝，在纱厂做工，总比在江湖上飘着强，每个月20元的工钱。"

中年妇女一听这话，赶紧凑到了姜九的身边，劝道："儿啊，这工可以做，庞家是大户人家，也是正经做买卖的人。"

姜九反驳道："娘，我的事，你就别管了。"

庞少海见状，便说："那我们先告辞，想通了可以去光明里找我。"说完，庞少海便和刘珅离开了。不远处，有几户黄河人家的房顶烟囱，冒着一道道烟雾，烟雾的上空，有几只燕雀悄然地飞过。

中年妇女见庞少海和刘珅走后，对姜九说："没想到我儿子还有人请着去做工。"

姜九斩钉截铁地说："娘，我不进厂，受人家管制干吗？ 怎么说，我在黄河滩也算个人物。"

中年妇女说："咱这里有很多小伙子都去城里打工赚钱了，我不是嫌弃你现在干的这个行当，而是觉得做份体面的工作我更放心。"

姜九笑道："我留在黄河滩，也算是保一方安宁了吧。"

中年妇女道："裕兴化工厂的工人一天工作 12 个小时，才给个一毛两毛的。 同义兴织布栈工人一个月才给 4 元钱。 只有电灯公司工作 8 个小时，其他厂都在 10 个小时以上。 庞家的厂给你 20 元，很值了。"

姜九问："你这都是从哪里听来的？"

中年妇女说："咱村的小赖子，就在永盛和地毯工厂，一个月 5 元钱，他娘整天在村里晃来晃去的，我就是听他娘说的。"

姜九道："你就别操心我的事了。"说完，他头也不回地出了家门。

第二节　这边风景

庞少海和刘珅结束了黄河滩之行，来到庞少霆的宅子，刚要进门，庞少海喊住刘珅，问："这一路上你也不说话，你是有什么想法吗？"

刘珅回道："先生，有句话，我也不知道当讲不当讲，这个姜九不是一般人，你把他弄到纱厂，他再惹是生非，这就得不偿失了。"

庞少海解释道："你的顾虑没有错，但话说回来，江湖上的人最讲义气，这一点要比商人强。"

周凤菁吆喝道："杵在外面干啥呢？ 赶紧进来。"

庞少海和刘珅陆续进了大厅，庞少霆说："咱们边吃边聊吧。"

家宴是专为庞少海设的,庞少霆早就安排后厨做了些美味佳肴,还拿出了珍藏了好些年的酒水,作为一个家庭式的小聚,可算是十分用心了。

刘珅给庞少海和庞少霆倒满酒,庞少霆问:"面粉厂的车间来了个年轻人,叫梁什洋?"

庞少海回道:"梁田洋,是开尧大哥家嫂子的弟弟。"

庞少霆又问:"是你安排进去的吧?"

庞少海解释道:"是我。回桓台上坟的时候,嫂子提起来了,你也知道开尧哥这人心善但软弱,咱要是不帮他,估计嫂子能和他吵到底。"

这一解释,反倒勾起庞少霆的满腔怒火,他不满道:"咱们的厂子里不少都是桓台籍的工人,但要看人品,德行差,咱就不能要。"

周凤菁急忙把话岔开去,说:"吃饭堵不住你的嘴,老三又没做错什么事。"说完,看了一眼刘珅,说:"刘管家也入座吧,和他们一起喝几盅酒。"

刘珅入座后,刚要启齿,又闭上了嘴。可是庞少海不明白这里面的复杂性,不待人劝,就把酒盅换成了大碗一饮而尽,默不作声。

周凤菁也入座,说:"我见过这个梁淑芳,不是什么好惹的主儿,她太强势,让庞开尧在家里有些抬不起头。"

庞少海已有了三五分酒意,问:"梁田洋在厂里做什么了?"

庞少霆生气道:"人家说了,是你介绍来的,在厂里啥活不干不说,带着一群人打牌偷工,弄得领班的人也不敢招惹他。"

庞少海对刘珅说:"明天让梁田洋离开厂子。"

刘珅一愣,担心地说:"这么一闹,庞先生的表哥估计又没好日子了。"

庞少霆打断了他们的谈话,说:"这个事情先放一放,我已经把梁田洋调离了车间，并让他立了军令状，不好好干，就自己走人。其实，我也知道开尧表弟曾经也有一番抱负，一开始也是艰苦创业，节俭为本，只不过他没有把事业给干起来，梁淑芳就责怪他没出息。就梁淑芳那个大手大脚花钱法，换作是谁也能被她把老底吃空。勤俭为治家之本，其治家之道，犹在节俭。财物必由勤苦而后得，得之必节俭而后丰。老祖宗早已经把这些事情看透了。"

话音刚落，周学山和曲红瑛进了门。周学山一见到如此热闹，便冷笑道："我来得不是时候啊？"

庞少海赶紧让座，说："老爷子，赶紧入座。"

周凤菁走到曲红瑛面前，问："娘，你们怎么来了？"

曲红瑛回道："正好路过，就和你爹进来了。"

刘珅给周学山拿了个酒盅，摆在他的面前，斟上酒。

周学山摆了摆手，说："刘管家先别忙活了，坐下吧。"

刘珅看了一眼庞少霆，庞少霆示意让刘珅入座。

自打周学山进门，庞少霆是一句话也没有说，这一点，周学山也看在眼里，便说："少霆，你是不是觉得我是来兴师问罪的？"

庞少霆愣住了，被周凤菁推了一下后，开口说："爹，我也是为了馨德斋的发展。"

周学山笑着问庞少霆："我有那么顽固不化吗？"

庞少霆赶紧摇头道："我可没说这话啊！凤菁可以做证。"

周学山打断道："行了，这事就告一段落了，来，喝酒。"

四人举起酒盅，把酒一饮而尽，刘珅又站起身来倒酒。

周学山问庞少海："少海，纱厂快建设好了，你有什么打算吗？"

庞少海说："我想邀请几个人加入纱厂。首先是张维盛，这个人曾在同聚福杂货店、同聚长粮栈任职，现在负责同和纱厂的征地和建设工作；再就是张经邦，这是我在桓台县立第二高级小学的同学。

我还请了纺校的同学姜式彬、王励轩、蔡砥言等作为技术人员加入。青岛那边，安排了宋程元、王纪三他们联络工人。"

庞少霆说："济南最大的纱厂首推鲁丰纱厂，光工人就有一千九百多人，资本二百多万，规模非常大，但设备异常简陋，厂内卫生条件也不算好，工人的健康得不到保障。工人们埋怨声很大，工人劳作过度，精神不足，健康有损。"

周学山说："这几年，山东境内军阀战争不断。军阀混战，严重破坏了生产生活秩序，大批的农民在土地受到破坏后，流入了城市。现在的劳动力变得非常廉价。"

刘珅顺着周学山的话说道："现在工人们很担心失去工作，这等于断了他们的生路。各大商家都断言，三条腿的蛤蟆没有，两条腿的人有的是，把馒头挂在电线杆上一招呼，有的是人。"

庞少海应声说道："残酷的压迫，必然会造成反抗，也必然会爆发新一轮的工人运动。"

刘珅给庞少海介绍情况："今年年初，津浦铁路工人大罢工，提出了发清欠薪、津贴等条件，最终迫使当局调走了杨毅，取得了部分胜利。但东源火柴厂的工人就没那么幸运了，厂方勾结警察局武力镇压，将六名工人领袖开除，导致斗争失败。"

庞少海说："我们必须保障工人的安全，水能载舟，亦能覆舟，没了他们，我们只是个空架子。我目前已派工人去华新纱厂培训，并早早地安顿好了他们家人的生活，这些人将来是咱们的顶梁柱啊。"

周凤菁劝道："你们别光聊工作，赶紧吃饭，菜都凉了。"

周学山举起杯子说："来，咱再一起喝一杯酒。"

庞少霆放下酒盅，急忙说："招工的时候，每个工人的身份一定要搞清楚，韩复榘在济南教育界进行大搜捕，被捕师生达七十余人，我们是商人，不能掺和进去。"

庞少海不解道："这个韩复榘到底怎么想的呢？"

庞少霆说："怎么想的，不是我们能左右的，但现在正是资本主义世界经济危机和英美日等帝国主义尤其是日本帝国主义加紧对济南侵略的时期。"

周学山补充道："我前段时间去商会开了会，我记得是济南共有外资企业三百三十八家，英美德各占二十来家，日本有二百七十多家。"

庞少海感受到了阵阵压力，叹气道："我们不光要面对国内的竞争，还得面对国外的压力，实业救国势在必行。"

庞少霆端起酒壶，也换了个大杯子，把酒斟满了，说："来，再喝一杯。咱们这些人的好与坏，对与错，就留给后人评价吧。"说完拿起杯子一饮而尽。

庞少海吃完饭，对以后同和纱厂的前景倍感焦虑，便一个人去看戏了。戏曲散场，他又在马路边散了一会儿步，才慢慢回去。

第三节 此生唯一

晨曦初露，东方的天际一片火红。晨光中，光明里的街道是那么干净、耀眼。

在北商埠小清河畔的同和纱厂，庞少南、庞少霆、庞少海、庞玉荣、吴冠东等人齐聚一堂。庞少霆说道："前段时间，我们以实业救国的口号积极筹备创建同和纺织公司，并订立了招股简章，也正式发起筹资集股，广泛招股，现在股东户头多至431户，其中，桓台籍股东占了276户，许多非桓台帮的大商号、银行、银号，以及许多棉花、棉布、盐务商人，农村财主，城市律师等也积极参与入股。"

庞少南面带微笑说："现在我们也取得了政治上的支持，省政府主席韩复榘也同意作为发起人之一。"

庞少霆介绍道："我宣布一下，同和董事会由庞少南任董事长，庞少海为经理兼总工程师，张景韩为副理，王扶九任驻厂常务董事，庞玉荣等人任监察人，由我任常务董事。现在有请庞少海介绍一下目前的情况。"

庞少海说："现在我们分设纺场、铁工部和原动部三个生产部门。我前段时间带领新招到的二十多名工人，到日本纱厂接洽实习，但日方为压制我民族工业的发展，拒不同意。我不得已又与华商办的华新纱厂联系，因我与该厂经理有一面之交，所以进厂还算顺利。在培训中，我采取了全面分工、分组、各掌握一门技术的方法。这二十多名工人，基本上掌握了从清花到成包的一系列工序的专门技术。这批工人日后将成为技术上的骨干。再就是，所有的设备会陆陆续续进厂。"

胡益琛说："同和各重要部门的职务是由玉祥面粉厂、同聚长粮栈调来的亲信充任，我们有信心把同和做好。"

在座的人心里也明白，同和纱厂已经形成了以张景韩、王扶九和庞少海三个家族为核心权力的局面。

王扶九说："这是咱们中国人自己开办的纱厂，公司名字也够响亮的，体现中国人的志气。"

吴冠东说："兴办实业，国人自强自信，就是要把生米煮成熟饭，装在金碗里供养国人和国家。"

大家越说越兴奋，可这边庞少南的儿女亲家陈仁伯走在街道上，却感到一片虚无。他走着走着，觉得这条脚下的马路，比平常空寂了许多。陈宅房子的大门并不富丽堂皇，也不精美豪华，自然不能与庞氏庄园的建筑相比，但是院子的格局好。外部的窗子帷幔，内部的古玩陈设架子，足以说明陈仁伯生活的舒适安乐。陈仁伯坐在大厅的座椅上，一筹莫展。

马伯声推门而入，喊道："仁伯兄，听说你的儿女亲家已经把同和纱厂挂牌了，咱们的聚鸿纱厂挂牌也得提上日程了。"

陈仁伯有些懊恼地说："咱们俩去年就商议成立聚鸿纱厂的事情，现在进展有点缓慢，关键是我曾提出过入股同和纱厂，结果被庞少南拒绝了。"

马伯声笑着说："你们这对欢喜亲家啊！"

陈仁伯严肃地说："我们尽快召开董事会议，重新修订建厂计划。"

马伯声说："前几年我在泰安开办的仁德面粉厂，盈利主要用来支付仁德学校、平民识字班和扫盲夜校的费用，大力支持教育发展，这也是我跟着仁伯兄学到的。"

陈仁伯显然没有把马伯声的话听进去，他站起了身子，静立在门口。

庞少霆一个人待在房里，只有算盘珠子接连发出的清脆的响声。刺眼的阳光透过窗户斜射进来，照射在庞少霆的办公桌上。

庞少海走进了房间，说："哥，通过窦林建先生的关系，在上海洋行赊购的15000枚纱锭成套设备以及2000千瓦发电机和锅炉这几天就能到厂了。"

庞少霆略略抬起头，说："到时候安装是个大问题，你一定要统筹好。"

庞少海应道："到时候我和工人们一边施工一边安装。"

话音刚落，吕北玖走了进来，说："少霆老弟，恭喜同和纱厂建成。"

庞少霆一见吕北玖到来，赶紧起身，说："吕校长，您怎么有空大驾光临？"

吕北玖说："我也是看到报纸上的新闻才知道的，真是闷声干大事啊！"

庞少霆解释道:"现在国内外形势严峻,各地各处无不闹灾,还是求稳的好。"

吕北玖看了一眼庞少海,猜测道:"这位就是少海老弟吧?"

庞少霆赶紧介绍道:"你看我忙糊涂了,这位是胞弟庞少海。"

吕北玖笑道:"早有耳闻,英国留学归来。"他转身朝庞少霆问道:"对了,这次入股陈仁伯怎么没参与呢?"

庞少霆笑道:"陈仁伯正在筹建聚鸿纱厂,已经不会再参股其他纱厂了。 其实陈峻君也想参股,也被我拒绝了。"

吕北玖不解道:"现在同和不是还缺资金吗?"

庞少霆应道:"边生产边招股,慢慢来。"

吕北玖沉思了一会儿,说:"其实我本想入股同和纱厂,但是你们没有邀请我,我打算入股陈仁伯的聚鸿纱厂。"

庞少霆道:"吕校长,千万别有顾虑,也不用为了这事亲自跑一趟。"

吕北玖释怀道:"不是为了这事,我是陪孩子来附近买点东西,顺便过来的。"

当三人聊得正欢的时候,吕北玖那辆汽车停在同和纱厂门口,一个面目清秀的少女跳下车来,这人叫吕芙禾,是吕北玖的女儿,她身材高挑,身穿西式的连衣裙,衣服上每一个小图案,和袖口的蝴蝶结都非常引人注目。 她虽然看上去像个内秀的古典美女,但接触过西洋的知识,思想也算比较新潮。 吕芙禾寻着进了屋,凑到吕北玖的身边说:"爸,这个工厂这么多女工人,还挺时尚。"

庞少海扫了一眼吕芙禾,并没有说话。 庞少霆说:"同和的女员工数量占职工总数的八成左右,纱厂形成了新的女工管理理念,允许女工建立'自治与自由上达意见之组织',给予她们自由交流和表达意愿的空间,组建乐队、运动队,生产之余还开展文娱体育休闲活动,保证了女工的身心健康。"

吕芙禾笑道："这观念很超前啊！"

吕北玖看了一眼女儿，说："咱们就别打扰人家工作了，先告辞了。"

一二百名学生朝气蓬勃，游逛在大街上，没有呐喊，也没有示威，让巡逻的警察也不知道该驱散还是继续盯着这群学生。

陈峻君和儿子陈冬虞走出了陈家大宅，这是一个颇具规模的大型院落群，由四座四合院呈田字形组合起来，四个院落相通，在锦缠街留有北门。

父子俩一起散步，陈峻君看着这一群学生，说："真是意气风发。"

陈冬虞问："庞家拒绝咱们入股，是不是对咱们有些意见？"

陈峻君摇了摇头说："我倒不这么认为，咱们陈家和庞家的关系一直不错，我觉得他有自己的想法，可能是为了我们好。"

陈冬虞说："庞氏家族有窦氏兄弟的资助，加上庞少海是实打实地从国外学习纺织经验归来，庞家这次要起来了。"

陈峻君笑道："庞家的实力一直很强，只不过大庞和小庞争来斗去，外面又有同行挤压，耗费的精力太大。窦氏兄弟在1915年的时候，创办了荃阳纺织厂，到今年总共是有九个分厂，纱锭五十多万枚，是我国数一数二的民族资本棉纺织集团。我当初找庞少霆，就是看中了他们和窦氏兄弟的关系，就是为了分他一杯羹。"

陈冬虞说："我们陈家虽然比不上庞家，但论经济实力也是排在前列的。"

陈峻君嘱咐道："记住一句话，庞家做什么行业，咱们陈家一律不做，我们是靠利德顺这块牌子起家的，这是我们的此生唯一。"

第四节　湖畔琴韵

午后的空气，还有些凉，湿润润的，泉水哗哗流淌，湖面上浮游着一层薄纱似的轻柔的水雾。

庞少霆和庞少海在南丰戏楼相对而坐，南丰戏楼是木质戏楼，整楼利用榫卯结构进行设计。在戏楼里喝茶听戏，微风拂来，舒爽而自然，可庞少霆约了陈仁伯在南丰戏楼相见，心情有些沉重。

陈仁伯大步地走进了戏楼，热情地和庞少霆打招呼道："少霆兄，同和纱厂刚进入生产，怎么就有闲工夫来约我了？"

庞少霆行礼后，拘谨地说："仁伯兄，赶紧入座。"

庞少海趁机坐到了庞少霆的一边，说："仁伯兄，几日不见，容光焕发啊！"

凝重的气氛似乎有些缓和了，一片寂静中，庞少霆试探着问："聚鸿纱厂的筹建怎么样了？"

陈仁伯说："正在进行中。"

庞少霆继续问："如果需要少海过去帮忙，直接喊一声就行。"

陈仁伯笑道："少霆弟，是有什么事情吧？"

庞少海闻到了火药味，站到窗前说："曾经听人说过这样一番话，大明湖与济南，就好像西湖与杭州，玄武湖与南京，东湖与武汉一般重要。"

陈仁伯问："这是话中有话啊？"

庞少海笑道："以大度兼容，则万物兼济。就像这大明湖的湖水，我们都是搞实业，而且都是从桓台来济南打拼，无论是庞家还是陈家，没必要相争。"

面对庞少海的直叙，庞少霆赶紧打圆场："我弟在国外待了几年，说话不含蓄，别介意。"

陈仁伯大笑道："少海，你说的这些话，格局很大，我也喜欢。说句心里话，同和纱厂能成立起来，我确实有些嫉妒，筹备时间虽远远少于聚鸿，但效率却如此之高。任何人都明白这个中缘由，除了窦氏家族给你们的帮助，再就是少海的回归。"

未等庞少霆开口，陈仁伯继续说："我也想在聚鸿纱厂成立之后，和你们较量一下，不过听了少海的一番话，启发还是蛮大的，加上少霆兄敢邀请我来，就说明是诚心的，我的格局也得打开。"

庞少霆大笑说："听了仁伯兄的话，我悬着的心，算是放下了。"

陈仁伯笑了笑道："你和少南兄真不是一类人。韩复榘统治山东后，他结交了韩复榘，当上了山东省参议员和济南商会会长，随着社会地位的提高，他的经营扶摇直上，获利愈多，资本愈加丰厚，成为咱们桓台人在济南经商的一大富豪，真是识时务者为俊杰。"

庞少霆面色如常，半晌一笑道："仁伯兄话中有话，我觉得每个人的活法不一样。"

陈仁伯端起茶杯，眼睛盯着茶水，话题一转说："在济南多少厂子沉沉浮浮，争来斗去，少霆，容我说句话，少海能成大事。"

庞少海赶紧行礼道："仁伯兄，您是前辈，多指教一下少海。"

陈仁伯笑道："听君一席话，胜读十年书。在湖边听戏，也是别有一番享受。"

庞少霆道："吕北玖要入股聚鸿纱厂，估计这段时间会找仁伯兄。"

陈仁伯道："他本来要入股同和纱厂，你们财大气粗，没要人家。"

庞少霆解释道："我们资金也短缺，但……"

陈仁伯端起茶杯，打住道："不需要向我解释，我们都是商人，都懂。"他将茶杯轻轻地放在桌子上，目光远眺，透过窗户闲适地望着那大明湖上的水雾，竟哼起一段《游园惊梦》词调，"剪不断，理还乱，闷无端。已吩咐催花莺燕借春看……"他哼到最后，那声音却慢慢地低了下来，道："这宏济堂的乐镜宇就是厉害，用了个配方，就把我的嗓子治好了。"

庞少霆淡淡地说："梅兰芳的嗓子都是找乐镜宇来治。"

陈仁伯自嘲地笑道："咱这嗓子可没有梅先生金贵。"

三人大笑，戏曲声落，大厅里逐渐地安静下来，隐约还能听到偏厅里传来谈话声响。

姜九游逛在同和纱厂周围，他要搞清楚，同和纱厂到底有没有一个叫庞少海的人。当他站在纱厂门口的时候，被厂子的工作环境震惊了。出入的女工人、机器的声音……

厂里的一个大爷盯着姜九，直冲着他走来，说："你找谁？"

姜九轻声道："我找庞少海。"

大爷略带不屑地反问道："庞经理？"

姜九点了点头，但神情有些慌张。

大爷上下打量了一番姜九，说："庞经理不在厂里，如果是来找工作的，那边有招工启事，你去看看能干些什么差事。"

姜九没有再回话，转身就离开了，没等走多远，他回过神来，心里念叨着：我姜九在黄河滩也是响当当的人物，居然被厂里一个大爷轻视。

但姜九没有回头，转了个弯走了。

光明里静谧祥和极了，庞少霆和庞少海告别了陈仁伯后，两人积压在内心的担心，也很快消除了。

庞少霆的目光在庞少海的脸上略略一扫，不动声色地说："少海，你有的时候说话太直接了。"

庞少海摇摇头，道："有些时候，直截了当或许会比拐弯抹角好点。"

庞少霆语重心长地说:"这话虽然没有错,但还是要多个心眼。你不太了解陈仁伯,这人对自己有点狠。他在用人方面知人善任,任人唯贤,为了保护自己的企业,一般不任用亲属,当然亲戚穷了,也会给予一些资助。吕万仑和他毫无关系,当他知道这个人能力很强,便重金相聘,任命他为谦惠面粉厂经理并授以实权。他表弟自小跟随他干事,虽忠诚可靠,但碌碌无为,被安排在谦惠看门。"

庞少海若有所思,说道:"陈仁伯的身上处处凸显出了选择和原则。"

到了庞少海的家门口,庞少霆说:"过几天,我也要搬到庞家巷,少南兄早已搬过去了,我住的这个地方,就改造成工人的宿舍吧。你去不去?去的话,这几天,给你寻个房子。"

庞少海慢慢地擦了擦眼睛,低声道:"我觉得还是留在光明里吧,一是离厂近,二是我喜欢'光明'两个字,感觉就像走在光明的大路上。"

庞少霆应道:"那也行,那我先回去了。"

庞少海目送着庞少霆走后,转身刚一进门,一只小黄狗突然出现在了他的面前。

余英跑了过来,说:"这只小狗突然跑到了院子里,怎么赶也赶不走了,淑静非要把它留下来,我这就安排路传荣去弄狗笼子。"

庞少海蹲下身子,抚摸着这只小黄狗,这和他在曼彻斯特养的那只狗一模一样,他低声道:"收养着吧,就叫它耶鲁道吧。"

第五节 竞开的花

济南护城河的流水清澈见底,平静如镜。岸边上,长满了野草,衬托着五颜六色的野花。

赵太侔在河边寻了一家饭馆，点了一个铜火锅，大堂里只摆了一些桌子椅子，桌椅擦得干干净净，没有浮灰。伙计将铜锅端上桌的时候，舒庆春从门外走了进来。没等赵太侔开口，舒庆春行完礼，便说："海秋兄，应该是我安排接风宴，咱们国立山东大学由海秋兄担任校长，一定会带来一股清新之风。"

赵太侔笑道："舍予兄，快入座。"

舒庆春打量了一下铜锅，不可思议道："这大热天的吃火锅？！"

赵太侔解释道："老北京人不是都好这一口？一直邀请舍予兄前往青岛，但迟迟得不到回复。"

舒庆春看了一下周围，确实发现了一些异样的目光。

赵太侔说："我这次来到济南，需要舍予兄的帮忙。"

舒庆春问道："海秋兄，目前有什么打算？"

赵太侔严肃地说："我打算在遵循仿效前任校长治校成规的基础上，广聘专家学者，以充实教师阵容。"他拿出随身带的一个小本子，继续说："这上面记录着我计划要引进的学者专家。"

舒庆春看着本子上的名字：闻一多、梁实秋、洪深、游国恩、李达、王淦昌、童第周、张煦、郭贻诚、沈从文、吴伯箫、萧涤非、傅鹰、孙大雨、任之恭、丁西林、王统照……他大笑道："这功课做得足啊！"

赵太侔说："我希望的是国立山东大学各个学科大师云集，形成扎实、活跃、创新、不断求索的校风。"

说话之间，火锅的热气已经开始升腾。

赵太侔把羊肉倒入锅内，笑着说："我们可能是济南城为数不多夏天吃火锅的人了。"

舒庆春尝了一口羊肉，说："韩复榘模仿蒋介石创办励志社，发起成立山东进德会，会址就在经七路游艺园。"

赵太侔又将一盘羊肉放入沸水中，说："醉翁之意不在酒，来，咱俩先喝杯酒。"

沸腾的热水发出了"咕咕"的翻滚声,两人谈笑甚欢。而在同和纱厂,庞少南坐在厂房的办公室里,在纸上写着字,庞玉荣领着庞少海进了屋。

庞少南见庞少海进屋,赶忙放下笔,说:"少海老弟,赶紧请坐。"

庞少海一头雾水,问:"少南哥,叫我来是不是有什么事情?"

庞少南客气地说道:"最近韩复榘在济南初步设立山东省劝业商场,以'提倡国货,振兴商业'为宗旨,除了提倡民众要用国货外,政府官员也得用国货,也令工商厅调查各商家营业状况,以资提倡。"

庞少海听到这里,笑道:"这是好事情啊!"

庞少南脸色开始有些难看,说:"但同和纱厂自营业以来,情况并不容乐观,经过分析总结,问题还是出在技术上。"

庞少海内心一沉,说:"少南哥,咱们兄弟有话可以直说。"

庞少南觉察出庞少海有些情绪,便安抚道:"少海,你先别激动,我们不质疑你的技术能力,窦氏家族提供的机器和设备,安装的速度虽然快,但培训的这些技术人员能力还是欠佳。"

庞少海解释道:"青岛的技术人员估计很快就会来济南了。"

庞少南告诫庞少海道:"在商海中打拼,就要抓住机会,有些机会可能稍纵即逝。"

庞少海疑问道:"现在是不是有什么风声?"

庞少南说:"有些工人准备去鲁丰纱厂,有些工人甚至已经离开了。"

庞少海默不作声,庞少南与他默默相对,只好接着讲了下去,说:"张宗昌督鲁后,山东典当行业一蹶不振,日本商人乘机经营,基本垄断了济南市场。韩复榘为了争回利权,救济民生,设立官办当铺裕鲁当，又筹办了山东省民生银行，我感觉这是个很好的发展契机。现在各大商家也嗅到了商机，争先恐后开始抓生产，你是最重要的骨干。"

空气中有一丝凝重的压抑感，庞少海说："少南哥，作为工程师，我真的感到很惭愧。"

庞少南说："纱厂只有一台锅炉，按照惯例，必须有两台交替使用，这也遭到一些董事的质疑和外来技术工人的嘲笑。"

庞少海低语道："我先去厂房瞧瞧。"说完，腿像灌了铅一样沉重地走出了办公室。

进了厂房，庞少海把姜式彬、王励轩、蔡砥言三人叫到了自己的身边，问："你们仨的技术水平没问题啊，怎么产值上不去呢？有的工人还走了？"

姜式彬答道："咱们这边确实存在问题，工人整体虽然经过了培训，但一上岗，技术还是不达标。"

庞少海对姜式彬说："赶紧联系王纪三和宋程元，尽快把青岛的工人送到济南。"

蔡砥言悄声地说："少海，你也别着急，我们现在的思路可能哪里出现了问题。"

庞少海反问蔡砥言道："你也这么想？"

蔡砥言分析道："这些技术工人没有积极性，干起活来有些束手束脚。"

正当他们谈话时，庞少霆也进了厂门，庞少海赶紧迎上去，说："哥，我找你有点事。"

庞少霆一摆手说："咱们去办公室聊吧。"

庞少海瞟了一眼，说："就在这里聊吧。"然后对姜式彬三人说："你们三位先回厂房吧。"

待三人离开后，庞少海说："刚才少南哥找我了，说厂子不景气，工人也有离开的，主要问题是出在我这个工程师的身上。现在是工商业发展最好的契机，他有些着急。"

庞少霆纳闷道："这不能全怪你啊！但你也确实有责任。"

庞少海继续说："其实我觉得一个锅炉，确实有问题。"

庞少霆摇了摇头，说："我干了这些年的面粉厂，心里有数，一个锅炉也能干起来。"

庞少海反驳道："我们应该调动一批资金再购买一个锅炉。按照惯例，必须两台锅炉交替使用，便于清除炉锈和进行维修，不致停产清刷，影响生产。"

庞少霆扫了一眼庞少海，反问道："老三，你是整个纱厂的工程师，抓生产，应该从提高工人的技术入手，再就是管理模式，不能照搬西方纱厂的工作制度，要动脑子。锅炉中的蒸馏水不放掉，并不断增加蒸馏水，这样就可使锅炉少生水锈，延长清刷的时间，也可延长锅炉的使用年限。这有什么错？"

庞少海到了气头上，说："都是一个爹一个妈生的，我能比你笨多少？我每天总是拿一半时间转车间，各个生产环节无处不到，我听听机器声音，就能知道哪个部位出了毛病。"

庞少霆反击道："你是不笨，但这些年，我在商界吃过的苦，受过的罪，比你吃过的盐还要多。在这方面，我有经验，也有话语权。"

庞少海有些不服气，嘟哝道："全厂的人都在质疑我的能力，说我不靠谱，我到底怎么不靠谱了？"

庞少霆气道："你在意这些鸡毛蒜皮的小事干什么？靠不靠谱，不是嘴巴说了算，而是行动见真章。厂里有多少人是来看咱哥俩的热闹的，你心里没点数吗？"

庞少海显然还是不服气，但他并没有继续反驳，而是径直出了厂门。庞少霆盯着庞少海的背影，内心升腾起一股火气，怨道："少海啊！你真是糊涂。"

第六节　皆大欢喜

庞少海向南岗子走着，在南岗子内的西街，有许多的饭馆，这些饭馆受开埠后的新潮影响，基本上都是雇用女招待。省内外的艺人纷纷来济南献艺，南岗子是他们的首选之地。

空气中弥漫着阵阵清新的芳香，这种芳香气味掺杂着些许的胭脂粉，随着微风，向人脸上扑过来，让人感到有些沉醉。饭馆的柜台前，掌柜的一只手拨打着算盘，另一只手翻着账本，但眼睛却时不时地看向庞少海。

庞少海心烦意乱，想用这种嘈杂的声音来让自己平静下来，从中午快喝到夕阳西下了，掌柜的心中早已有些不耐烦。吕芙禾穿着一身新潮的女士连衣裙，提着包，正好走了进来："刘掌柜，酱爆牛蹄做好了吗？"

"吕小姐，早就做好了。您怎么亲自来了？您派个人或者我让人给您送到家里就行。"掌柜面带笑容，"我这就给您拿去。"

掌柜回到厨房，四处翻看，却没有找到。正纳闷时，他从厨房走出来，一眼就瞟见庞少海桌子上的酱爆牛蹄，便说道："这位先生，对不起，打扰一下，你这酱爆牛蹄，是这位小姐的。"

庞少海并没有回头，说："这是我点的菜，你想吃，那你端走吧。"

掌柜一看被啃了几口的牛蹄，有些急躁道："这样咋给客人呢？"

庞少海也有些生气，说："我就是来吃个饭，喝个酒，我点了这道菜，给我上了桌，咋就成别人的了？"

掌柜赶紧吆喝了一声不远处的伙计，问："你是不是上错菜了？"

伙计一愣，往桌子上一瞅，便说："没上错啊！"

正当掌柜要跟吕芙禾解释的时候，庞少海一回头，正好与吕芙禾四目相对，吕芙禾摆了摆手，说："刘掌柜，你先去忙吧，我来处理吧。"

掌柜把吕芙禾请到一边，说："吕小姐，我觉得这人就是个酒鬼，从中午坐在这里，就没挪过地方，估计这饭钱也要打水漂了。"

吕芙禾笑道："你想多了，他是玉祥面粉厂庞少霆的弟弟，他能没有钱给你吗？"说完，笑了几声，坐在了庞少海的对面。

掌柜一听到是庞氏家族的人，头脑嗡嗡的，赶紧坐回到了柜台。

吕芙禾面带微笑，对庞少海道："庞先生，这是遇到什么事情了？"

庞少海有些醉意，眼前的吕芙禾确实让他有些眼熟，便问："你是哪位？"

吕芙禾介绍着自己说："我是吕芙禾，吕北玖的女儿。"

庞少海赶紧收敛了一下，说："吕小姐，失礼了。"

"我看你酒喝得也差不多了，赶紧回家吧。"吕芙禾转身对掌柜说，"麻烦叫辆黄包车，把庞先生送回家，我来付饭钱和车钱。"

掌柜赶紧凑过去，殷勤地说："这事就交给我了。"

吕芙禾从包里拿出钱，递给掌柜，看了一眼庞少海，然后说："把他送到光明里的庞家。"

庞少海买醉，庞少霆回到家中，气也是不打一处来，周凤菁赶紧凑上去问："这是在哪里受气了？"

庞少霆一脸狰狞道："老三自从进了纱厂，也确实没做出什么成绩。少南哥找他谈了几句，让他受了点挫折，今天和我谈话的语气都变了。"

周凤菁疑问道："厂子刚起来，得给老三点时间，但怎么突然就把矛头指向了老三呢？"

庞少霆一脸愁相道："其实我早就听到厂子里的一些风言风语了，工人们有说少海说大话说空话的，还有人说他太张狂。"

周凤菁道："老三的性子咱摸得清，这完全是造谣，再说了从英国留学归来，也有狂的资本。我看就是厂子里女工人太多，没事就喜欢乱聊家常。"

庞少霆叹了一口气："女工人多也是个问题。"

周凤菁劝道："你就先别操心这些事情了，我明天跟老三谈谈。"

董雨芸眼见庞玉荣不顺从于自己，只好把目光对准了梁田洋。梁田洋自从被管家刘珅狠狠地训斥了一顿后，在面粉厂一直是老老实实地干活。突然接到董雨芸的邀请，他也是一头雾水。董雨芸早就派人摸透了梁田洋的性情，直接把他带到了尉颖慧的济源里凰楼。梁田洋哪见过这阵势，眼前一蒙，只见几位姑娘面带笑容地站在了他的面前。

尉颖慧贴在董雨芸的身上，说："这些姑娘可是有模样有身材。"

董雨芸随便叫了一个姑娘，让她坐在梁田洋的身边，姑娘很年轻，穿着一件半透明的裙子，隐约可见胸口隆起的轮廓，一双大白腿让梁田洋看得目瞪口呆。姑娘扭着腰，把细白的胳膊轻轻地搭在梁田洋的肩上，说："先生，来，喝酒。"

梁田洋一听"先生"的称呼，忽然想起了桓台老家的教书先生，那都是有学问的人，他一口气就把酒喝了。

董雨芸对尉颖慧说："你先出去吧，我和梁兄有话要聊。"

待尉颖慧出门后，梁田洋说："董老板，俺头一次见这么大场面。"

董雨芸笑着端起酒杯，说："梁兄，早就听闻大名，一直没有机会见面。"

梁田洋有些愣神，问："俺在济南还有名声？"

董雨芸糊弄说："当然有，谁不知道你和庞家的关系啊！"

梁田洋解释道："董老板，你可能搞错了，俺姐夫姓庞。"

董雨芸赶紧接话："怎么说也是庞家的小舅子。"

梁田洋感到有些疑惑，问："你找俺到底有啥事？"

董雨芸笑道："交个朋友。"

梁田洋受宠若惊道："俺在济南也能交下董老板这样的朋友？"

董雨芸端起酒杯，冷笑道："来，咱一起喝一杯。"

两人将酒一饮而尽后，梁田洋便直勾勾地看着身边的姑娘，一副色相把自己的本质赤裸裸地展现在了董雨芸的面前。

清晨，从醉梦中醒来的庞少海，有些口干舌燥，跑到客厅找水喝。 路传荣问："先生，您昨天喝了多少酒啊？"

庞少海头脑昏沉，喝了一口水，反问道："我是怎么回来的？"

路传荣回道："饭馆的掌柜叫了一辆黄包车把您送到家。"

庞少海诧异道："不对啊，饭馆的掌柜又不知道我是谁。"话音刚落，庞少海想起了吕芙禾，便说："我出去一趟。"

路传荣赶紧问："我刚买回来油条和豆汁，您不吃一口了？"

庞少海回道："先不吃了。"说完，就要出门，迎面正好碰上了周凤菁进门。

周凤菁问："这是要出门啊？"

庞少海见到周凤菁，赶紧把她请进了门，说："嫂子，你咋有空来了？ 赶紧进屋。"

周凤菁道："老三啊，听说最近不太顺？"

庞少海看她脸色不对，说："是不是哥已经告诉嫂子厂里的事情了？确实最近厂里不太平，在办厂理念上，我和哥也产生了分歧。再就是厂里很多人对我的评价越来越差。"

周凤菁看出庞少海的疑惑，便说道："你和你哥都是干大事的人，我一个女人家也不懂什么实业救国，工厂自办，但我想和你说的是咱们庞家这么多年来，一直以粮食为主，从粮栈到面粉厂，包括馨德斋。创办纱厂的原因很多，但我觉得最重要的一条就是这个纱厂是为了你创办的，你要理解你哥的良苦用心。再就是那些说你靠谱不靠谱的人，随他们说去吧，谁人背后不说人，如果整日被这些琐事缠绕，还怎么生活啊？"

庞少海笑嘻嘻地说："嫂子是来当说客的，嫂子放心，我已经联系青岛的工人，让他们尽快赶往济南。但现在日本人对技术工人监管得比较严，我正在想办法。"

周凤菁也跟着笑了，说："遇到事情，解决事情，这个态度蛮对嘛。"

庞少海脑子里又想到了吕芙禾，便问："嫂子，你知道吕北玖住在哪里吗？"

周凤菁回道："我陪你哥去他家里做过客，你咋想去找吕北玖了？"

庞少海解释道："有个私事要去拜访。"

周凤菁说："让刘珅带你去吧。"

庞少海一顿，思索道："这事再说吧。"

两人谈话之间，余英走了进来，道："嫂子来了！"

周凤菁对余英说："这不你哥让我来看看少海，在厂里受了点委屈，别和小娘们一样想不开。"

庞少海赶紧为自己挽回面子道："我可没那么脆弱。"

周凤菁和余英相视笑了一会儿，庞少海继续说："对了，余英，你去买点礼品给吕家送过去，答谢一下人家。昨天在饭馆喝了点闷酒，喝醉了，人家吕小姐帮我叫了黄包车送回家的。"

周凤菁劝道："老三啊，以后可不能再这样了，这世道并不是很太平，千万不能出事啊，我和余英去买些点心，再去把礼送过去。"

第四章

第一节 长河落日

　　济南火车站拥挤不堪、热热闹闹，吵嚷声、抱怨声，充满了整条街道。突然，两声枪响把行人吓得惊慌失措，到处乱跑。

　　站台上，这些人的枪对准的正是军阀张宗昌，一颗子弹突然从张宗昌的眼前划过，击中了他身旁的车门，张宗昌慌忙向车厢跑去。紧接着，杀手拿着枪也跳上了火车，向车厢内追去。张宗昌趁机跳下了车。

　　可是，令张宗昌没想到的是，这时的火车站上到处都埋伏着军队，他已插翅难飞。火车站内，枪声大作，一片大乱，埋伏在四周的军队乱枪射击，其中一颗子弹打中了他的头部，主政山东三年的军阀张宗昌就此殒命。

　　这起刺杀案震惊了整个济南城。庞少海看着报纸，感觉到了一丝的阴冷。而这时，刘珅跑到家里，找到了庞少海，说："庞先生，青岛的王纪三和宋程元两位客人在纱厂等着您。"

　　庞少海赶紧放下报纸，激动道："终于盼来了。"

王纪三和宋程元被请进了经理办公室，姜式彬、王励轩、蔡砥言三人正陪着聊天，庞少海快步赶到办公室，见到王纪三和宋程元后心情澎湃，道："怎么没沏茶？"

姜式彬打趣道："庞经理的办公室，除了咖啡就是白开水，也没找到茶叶啊！"

庞少海吩咐门口的刘珅："赶紧去我哥的办公室拿盒茶叶。"

宋程元劝住庞少海："先别忙活了，你这屋里也没个茶壶，光有茶叶有什么用呢？"

这话一出，其他几个人也笑了起来，庞少海又对外喊了一声："刘管家，把茶具也搬进来。"

王纪三笑道："这济南城比青岛还热闹啊！"

庞少海见刘珅把茶具搬了进来，待把门关上之后说："张宗昌遇刺身亡，让整个济南城都不太平静。"

姜式彬见状，便说："我们三人先回厂房，你们聊。"

庞少海嘱咐道："到饭点一起去吃饭。"

庞少海冲上茶，便问："技术工人什么时候能来济南？"

王纪三回道："明后两天陆陆续续到济南，现在日本人特别警惕，为了打消他们的顾虑，防止技术工人受到迫害，只能分批来济南。"

庞少海苦笑道："现在就靠我曾经带出去培训的20个工人，效益太低。必须引进技术骨干，要不，程元兄和纪三兄也来吧，我可以开出比你俩所在日厂高三倍的薪酬。"

宋程元婉拒道："这事就不议论了，我们在青岛生活习惯了，虽然我们不是大人物，但那边的工人需要我们。"

聊了半响，王纪三笑道："准备请我们吃什么大餐？"

庞少海赶紧打开门，待刘珅进了办公室，说："刘管家，你去找一下我哥，让他订个地方，让他也赴宴。"

刘珅应道:"我这就去办。"说完,便出门了。

庞少海解释道:"本应该我亲自去请我哥,前段时间因为厂子效益有点差,我们俩闹了点小矛盾。"

庞少霆正在厨房里,对厨子们讲着:"农民辛辛苦苦种麦子,却捞不着面粉吃,不要忘了农民的辛苦,以后让工人们先把粗粮吃了再吃卷子。"

厨子们齐声应道:"就这么办,在面粉厂干差事,能捞着白粉吃,已经很不错了。"

庞少霆满意道:"那快忙活吧。"

刘珅走到庞少霆的身边说:"庞先生让订个饭馆,他来了两个青岛的朋友。还说让您一起赴宴。"

庞少霆思考了一会儿说:"那就安排泰丰楼吧。先让少海带他们过去,我晚点过去,太太哮喘又犯了。"

泰丰楼这一座中式楼房,是商埠最大的饭庄,两个院落可摆300多桌酒席,当然,室内宽敞明亮,陈设讲究,古色古香。

宋程元进了泰丰楼的院落,眼前一亮,笑道:"让少海兄破费了。"

王纪三跟着打趣道:"咱们来济南就是为了狠狠宰他一顿。"

庞少海冲伙计招了招手:"同和纱厂订的房间。"

伙计笑脸相迎,吆喝道:"三位先生跟我来。"

庞少海边走边说:"全济南城能制作看盘的饭庄只有泰丰楼一家。你们知道什么叫看盘吗?"

王纪三看了一眼宋程元,摇了摇头。

庞少海说:"看盘是用南瓜、萝卜这些食材雕刻出各种花卉图案或者其他造型,然后拼摆而成。泰丰楼的甜菜亦有不少种类,杏仁豆腐,尤以制作精细、甜嫩爽滑而著称,咱们今日必点这道菜。"

三人进屋入座后，王纪三问了一句："少霆哥什么时候来？"

庞少海回道："他晚点过来，咱们先点菜。"

伙计将菜单递给庞少海，庞少海翻了几页说："清蒸鲥鱼、红煨熊掌、吊炉烤鸭、芙蓉鱼翅、白烧鱼翅、红烧鱼翅、红烧海参、红烧海螺、烧蛎黄……"

没等庞少海点完，宋程元打断道："你这是背菜名呢？"

王纪三也劝道："菜不菜的不重要，主要是有酒。"

庞少霆从门外提着两坛子酒进了包间，说："要酒就有酒。"

王纪三和宋程元赶紧起身，王纪三说："这位想必就是少霆哥了？"

庞少霆笑道："正是，两位赶紧请坐。"

庞少海坐着一动不动，庞少霆看出了端倪，对他说："少海，介绍一下这两位朋友吧。"

此话一出，算是在心理上化解了庞少海内心的抵触，他给庞少霆介绍道："这位是王纪三，旁边的这位是宋程元。"

庞少霆赶紧吩咐伙计倒酒，顺便说："你们两位贵客，少海早就提起过，来，先喝一杯酒。"

四人同饮。

庞少霆看了一眼庞少海，然后把目光对准另外两位客人，问："青岛纱厂的情况如何？"

宋程元说："青岛大部分的纱厂都是日本人开办，国人自主开办纱厂的难度很大，再就是工人们长期受到压榨。"

王纪三补充道："这次调来济南的20位技术工人，都是日厂的骨干，青岛的日本纱厂商人对工人监管得很严，工人们无法大规模地从他们眼皮子底下溜走，就分批次来济南。"

庞少海端起酒杯，喝了一口酒说："这段时间，同和纱厂的效益并不乐观，急需这批技术人员。现在，终于盼来了。"

庞少霆眉头紧皱:"少海最近为此受了些质疑和委屈。"

王纪三也赶紧举起酒杯,带有歉意地说:"少海兄,真是对不住啊!"说完,一饮而尽。

庞少霆赶紧劝阻道:"我说的话,两位兄弟不要往心里去,来,吃菜。"

庞少海举起酒杯道:"咱兄弟俩的事情,也得告一个段落了。"

庞少霆也端起酒杯道:"老三啊,有太多双眼睛盯着咱们哥俩了。"说完,两人一饮而尽。

看着饭桌上的黄河大鲤鱼,庞少海脑海里浮现出黄河水在落日下翻滚的画面,他觉得自己该再去找一趟姜九。

曲红瑛闲来无事,便到了庞少霆家,见女儿周凤菁哮喘病又犯了,便问:"少霆呢?"

周凤菁回道:"陪老三去饭馆了。"

曲红瑛埋怨道:"自己媳妇难受成这个样子,还有心思去喝酒,不行,我得去找他。"

周凤菁劝阻道:"老毛病了,少霆这些年为了我这个病,找了不少名医,也打听了不少偏方。我一直在吃能化痰除喘的燕窝、银耳,还喝乌龟血。我这病也是一阵一阵的。"

曲红瑛暗自神伤:"从小你的身子骨就弱,孩子们又不在身边,这少霆也不知道什么时候回来。"

周凤菁脸色苍白:"他们都是干大事的人,我尽量不给他们添麻烦。"

说完,她又忍不住咳嗽起来。

曲红瑛见状说:"我还是送你去瞧瞧大夫吧。"说完,就扶起她准备出门,而这时的周凤菁也没有了拒绝看病的理由,哮喘折磨得她确实有些难以忍受。

第二节　木已成舟

清花、钢丝、摇纱、粗纱、细纱等技术工人加入生产队伍后，同和纱厂有纱锭14800枚，工人增加到600余人，盈利6.8万元。这样的业绩让庞少霆喜笑颜开，庞少海也逐渐摆脱了工人的质疑声。

庞少海迫不及待地给莉维亚写信，兴奋又激动，他写到了中国企业的机遇，写到了工厂全新的面貌。而在这时，他还是想起了姜九。他把信件装好，递交给了路传荣，让她帮忙寄到英国的曼彻斯特，自己叫了一辆黄包车去了黄河边上。

黄河水在阳光的照射下已经开始解冻，融化的水层伴随着泥浆和冰渣子一起晃动。天气还是很寒冷，但河两岸的人流异常热闹，庞少海远远地就看到了人流中的姜九。

庞少海在人群中穿梭，脚下的泥泞染脏了他的皮鞋，他一边走一边拨开人群，喊："九爷，九爷……"

姜九定眼一看是庞少海，赶紧凑了上去，把庞少海领到另一边，大声说："庞先生，您怎么来了？"

庞少海看着一头汗水的姜九说："找个能谈话的地方，这里太吵闹。"

姜九手往庞少海胳膊上一搭，扶着庞少海走出了人群，这倒是让庞少海有些惊讶，桀骜不驯的姜九居然也有体贴的一面。

两人到了一处人流稀少的地方，姜九问："庞先生怎么来这里了？"

庞少海的裤腿脚已经湿透，冷水伴着寒风让他时不时地打个寒战，他缓了一会儿，回道："现在纱厂的效益上来了，我来请九爷到厂里，助我一臂之力。"

姜九摆了摆手说:"您赶紧回去吧,这边人多事杂,都是些干苦力的人,干起活来不知道轻重,别碰伤了您。"

庞少海不解道:"九爷,你到底有什么顾虑?"

姜九一愣,手在衣服上擦了两下,说:"我从小生长在黄河边上,你看看两边的商铺,再看看两边的人家,有什么感触?"

庞少海说:"人多也热闹。"

姜九笑道:"不瞒您说,我去过您的同和纱厂,确实气派,而我就想把黄河边上的厂家建设成你们那个样。"

庞少海说:"一个人的能力是有限的,庞家的产业也是一批批人前赴后继做起来的。"

姜九镇定地说:"我爹和我说过,就算当不成黄河水里的龙,也要做黄河水里的鲤鱼。"

庞少海赞道:"我果然没看错人,但九爷,你想过没有,你这么干下去,拿什么来改变黄河人家的面貌?"

姜九不再说话,庞少海接着说:"你是个有抱负的人,或许我可以帮你。"庞少海明显地感觉到寒风吹得腿部刺痛,他看着工人穿着单薄的衣衫在寒风中奔走,内心不由得感到酸楚。

梁田洋自从和董雨芸混熟后,开始了醉生梦死的生活,觉得济南城有了自己的位置。

董雨芸见时机成熟,便对梁田洋说:"梁兄啊!咱们也算是朋友了。"

梁田洋应道:"董老板出手阔气,俺能与您交朋友,也算是高攀了。"

董雨芸提出要求:"那我也不卖关子了,庞少海从英国回来,创办了同和纱厂,我需要玉祥面粉厂和同和纱厂的账本,看能搞到手吗?"

梁田洋一惊道:"让俺去偷东西,那不行,再说了,俺在面粉厂，不是在纱厂。"

董雨芸继续说："你会有办法的。"

梁田洋脸色一沉，说："俺现在在面粉厂都没啥地位，何况……"

没等梁田洋说完，董雨芸又一次打断了他的话，对他重复了一遍："你会有办法。"

梁田洋不好再接茬，便硬着头皮说："俺回去想想。"拿人手短，吃人嘴软，梁田洋确实没有了退路。

陈仁伯站在刚建好的聚鸿纱厂前，盯着工人们铺设了一条新的街道，街道往西走数百米，南拐后再往西走数百米，就是庞氏家族所创办的同和纱厂。庞少南此时也正往聚鸿纱厂的方向瞧去。

"少南哥，我看你这亲家是和你较上劲了。"

庞少南一回头，见庞少霆朝自己走来，便说："陈仁伯想要投资入股同和纱厂，被咱们婉拒了。现在他又把厂址选在咱们厂的东北方，看来真是想跟咱们拼拼刺刀。"

庞少霆笑道："咱干好自己的事情吧。"

庞开尧和梁淑芳背着包袱到了济南。

梁淑芳觉得很新鲜，指指这里，瞧瞧那里，说："你看这济南，这么大，啥也有。"

庞开尧面无表情，他根本不想来济南，一介农夫咋能和这些大户人家平起平坐，而他之所以会跟着梁淑芳来济南，主要是想看看那个不争气的小舅子给没给玉祥面粉厂惹麻烦。

两人走到玉祥面粉厂门前，梁淑芳对看门的大爷说："我找庞少霆。"

大爷上下打量一番夫妻俩，问："你们是他什么人？"

梁淑芳赶紧说："我是他弟妹，这是他表弟。"

大爷还有些不相信，敷衍道："他不在厂里，你们去他家里找他吧。"

庞开尧上前一步说："大爷，厂里有个叫梁田洋的吗？"

大爷琢磨了一会儿说："有，在厂房干活。"

正在这时，刘珅从楼上看到了门口的庞开尧夫妇，赶紧下楼到了门前，对看门的大爷说："我来办吧。"

梁淑芳一见是刘珅，便有了底气，因为从始至终，梁淑芳就把刘珅当作庞家的下人，自己也是庞家人，自然身份要比刘珅高一点，腰板子一下子硬了起来。

刘珅将两口子带到庞少霆的办公室，说："你们先在这里坐一会儿，我去找一下庞老爷。"

庞开尧赶紧说："有劳刘管家了。"

待刘珅离开后，梁淑芳一会儿翻翻这里，一会儿摸摸那里。庞开尧赶紧阻止道："别乱动人家的东西。"

梁淑芳一脸羡慕道："这有钱人的生活就是好啊！"

庞开尧心里有些不是滋味，贫富之间的差距让他愣在原地，坐也不是，站也不是。梁淑芳倒是不拿自己当外人，直接坐在了沙发上，一会儿躺躺，一会儿半坐着。庞开尧实在是看不下去了，一把将梁淑芳拉了起来，严厉地说："这不是在自己家里，被人看见不好。"

梁淑芳骂道："瞧你这点儿出息，这是咱表哥的厂子，谁敢管咱们？"

庞开尧耐着性子劝道："不管是谁的厂子，都和咱没关系，咱就是来看看弟弟。"

刘珅出了厂后，就马不停蹄地寻找庞少霆，当走到光明里的时候，正好碰上了庞少海，刘珅凑了上去，说："先生，庞开尧来济南了。"

庞少海连忙问："人在哪呢？"

刘珅回道："在玉祥面粉厂。"

庞少海便转身直接去了玉祥面粉厂，庞开尧早就等得不耐烦了，见庞少海进门，赶紧凑了上去。

庞少海握着庞开尧的手说："表哥，你们来济南，也不提前说一声。"

在一旁的梁淑芳面对庞少海的无视，不免有些尴尬。庞开尧说："主要是来看看小舅子。"

庞少海对外面喊了一声："赶紧去把梁田洋喊来。"说完，他拉着庞开尧入座，自始至终没有搭理梁淑芳。

梁淑芳起身走到庞少海的身边，刚要说话，梁田洋进了门，见到庞开尧和梁淑芳，他惊讶道："姐，姐夫，你们咋来了？"

庞开尧问："在厂里干得还舒心吗？"

梁田洋回道："挺好的。"

庞开尧突然把目光对准了梁田洋穿在里面的一件棉袄，虽然有些脏兮兮的，但用的料子是上等丝绸，便问："你在厂里一个月能拿多少钱？"

梁田洋回道："3元。"

庞开尧看了一眼梁淑芳，心里琢磨着有些不对劲，这时梁淑芳开口了："不用急，玉祥是咱自家的厂，到时候让少霆哥给你安排个一官半职的。实在不行，去少海弟弟的同和纱厂。"

庞少海笑道："咱这厂里的员工都是沾亲带故的，安排个差事，可没那么容易。"

一盆冷水泼到了梁淑芳的脸上，庞开尧见状，对梁田洋说："如果待不习惯，就跟着我们回桓台吧。"

梁淑芳一听这话，火气就上来了，用愤怒的目光瞪着庞开尧，但她看了一眼身边的庞少海，又没敢把火发出来。

庞少海问："安排住的地方了吗？"

梁淑芳赶紧回道："咱都是一家人，住在家里就行，住旅馆还得花钱，不浪费那个钱。"

庞少海说："钱该花就花，我一会儿安排人订一间套房。"

庞开尧问："怎么没见少霆哥呢？"

庞少海笑道："他最近比较忙，手里的厂太多，又要忙活搬家的事情。没事，晚上我喊他一起吃饭。"

庞开尧继续问："少南大哥是不是住在庞家巷？我得去拜访一下他吧？"

庞少海回道："别这么麻烦了，晚上也把他喊上就行。"

第三节　无事生非

白雪飞扬，一艘艘船只在黄河岸边停泊。各色货物在码头上堆垛得像一座座小山似的，码头上的工人们有的扛包儿卸货，有的数着货物，忙得团团转。

好一阵子，有个人站在码头青石条上问："九爷在哪？"

另一个人指了指船的方向说："在上面卸货呢！"

而此时的姜九正干得起劲，突然听到背后有人叫他，便吆喝道："啥事？"

"你娘病了！"

姜九一听这话，赶紧跳下船，急忙跑回了家，看到躺在床上的母亲，姜九一下子背起母亲就去找村里的大夫。

大夫摇了摇头说："这种病虽说不是大病，但拖的时间太长了，天一冷就容易犯病。"

姜九看了一眼昏迷的娘，又问大夫："能治好吗？"

大夫说："虽说无大碍，但凡事都有个万一，这样，我给你写封信，你带着你娘去瞧瞧。"

姜九盯着大夫在纸上写好地址，然后扫了眼纸上的字，说："我不识字。"

大夫说："拿着这封信，去估衣市街的万和堂，赶紧带着你娘去吧。"说完，便摆了摆手。

姜九二话没说，背起他娘就往济南城的方向走去，大夫见姜九走后，算是松了一口气，他明知自己得罪不起这号在江湖上混的人物，一旦在医治过程中出现了什么闪失，自己的小命就不保了，但作为医者，又不能丧失医者的道德底线。

在朋友的帮忙下，姜九弄来了一辆板车。他把娘抱了上去，然后又给她盖上了厚厚的被子。

在家中，庞少海正在试穿着一身西服，余英笑着说："这隆庆祥的手艺真是不错。"

突然，耶鲁道"汪汪"叫了两声。

余英大笑道："它估计知道你要去英国了。"

庞少海只是淡淡地一笑，莉维亚微笑的画面隐约地出现在了他的面前，自从上次寄去信件，他就一直没等到回信，心里一直比较忐忑。

梁田洋安排庞开尧和梁淑芳去了便宜坊用餐，庞开尧环视了一下酒楼，劝道："以后咱们随便找个饭馆吃就行，这里虽说叫便宜坊，肯定不便宜。"

梁淑芳笑道："咱田洋能挣钱了，到时候再给少霆哥说说，给他涨点钱。"

而在这时，董雨芸、董焕德正准备出门，正好看到了梁田洋，便走过去说："田洋老弟也来用餐啊！"

梁田洋见到董雨芸，先是一慌张，然后假装沉稳道："董老板，好巧。"

董雨芸望着他，问："这两位是你的朋友？"

梁田洋回道："这是我姐姐和姐夫。"

董雨芸礼貌性地打了个招呼，又对店里的伙计说："这一桌饭钱，记在我账上。"说完，冲着梁田洋笑了一下，就离开了。

梁淑芳满意地笑道："你看咱家田洋，都认识大老板了，人家还请吃饭。"

庞开尧问梁田洋："你和这位董老板怎么认识的？"

梁田洋支支吾吾，低声说："刚来济南的时候认识的。"

庞开尧觉得这里面有蹊跷，刚要说话，被梁淑芳给怼了回去，梁淑芳说："这说明咱弟弟有本事，能认识大人物，你别耷拉个脸，得高兴点儿。"

此话一出，确实让庞开尧不知再说些什么，他胡乱吃了几口，便起身离开了饭馆。

在估衣市街路北，有一座极具西方特色的二层楼房建筑，这就是万和堂药店，它是整条街上最高大的店铺。在它的对面是老字号天德生药店，早在清嘉庆年间就属"五大药栈"之一。

姜九背着母亲进了万和堂，柜桌后面镜子两旁贴一副对联："修合虽无人见，存心自有天知。"姜九喊："大夫，大夫……"

一个跑堂的伙计来到姜九面前，阻止道："别吆喝，别吆喝，我带你进去。"

姜九背着母亲跟着伙计进了一间小屋子，大夫赶紧让他把母亲扶到床上，然后试了试脉，脸色有些为难，便问："你是这位老妇人的什么人？"

姜九赶紧说："我是她儿子，对了，这里有张纸条。"

大夫接过纸条，瞧了几眼后，说："病得不轻，恐怕……"

姜九急切地说："大夫，不用担心药钱，我去筹钱。"

大夫看了一眼姜九母亲苍白的脸色，安慰他道："难得你一片孝心，我尽力去医治。不过，你母亲的身子骨太弱了，就别来回跑了，找个近一点的地方住下吧。我先开方子，你去抓药。"

姜九摸了摸口袋，强烈的无奈感油然而生，一个江湖中让人闻风丧胆的汉子，这一刻居然败给了现实的穷苦。他想起了庞少海，拿到药方后，他又背起母亲出了万和堂，把母亲放在了板车上。内心挣扎之余，为了自己的母亲，他还是决定去找一下庞少海。

清音楼是位于华不注山的一处茶馆，环境幽静典雅，梅花盛开，竞相争艳，从楼上望去，是一大波的碧水。

庞少南与于耀西在楼上品茗，袅袅热雾中可见远处的山脉。庞少南瞧了于耀西一眼，问："怎么看起来一筹莫展？"

于耀西回道："英美烟草公司采取种种卑劣手段打压中国卷烟业，他们成立了稽查局调查各地民营烟厂的情况，还采取降价、赊销、倾销以及假冒民营烟厂产品、败坏其声誉等手段倾轧民营烟厂。再就是行贿国民党当局，增加民营烟厂赋税，现在烟草行业真是寸步难行。"

庞少南感同身受："国内市场就这么大，被这些红毛黄毛鬼子占了一大部分，这咋让人活啊？国民政府挥刀内战，向美国政府借购麦粉45万吨，于是美国、日本的商品大量涌进，咱们国内的面粉市场完全被外商操控着，致使国内各地小麦囤积滞销，面粉价格大幅度下跌。"

于耀西喝了一杯茶，眼神中充满着迷茫，他不知道接下来的路该往哪里走，就如同眼前那广阔的湖水，没了定力。湖水荡漾，芦荻瑟瑟，野风吹得四周荒野有一股鬼魅之气。

庞开尧在济南没住上几日，就想回桓台老家，可梁淑芳早已喜欢上了这衣来伸手饭来张口的生活。

梁淑芳劝阻道："你别提咱们要回桓台。"

庞开尧在旅馆的屋子里，一脸无奈地抽着旱烟，道："咱就是个种地的庄稼汉，整天耗在这里，让人家养着，心里过意不去。"

梁淑芳眼珠子一转，说："你和少霆哥，还有少海弟弟关系这么好，你提一提，也给你在济南安排个差事，这样咱两口子也留在济南城。"

庞开尧有些生气，怒视着梁淑芳道："这次咱们来济南，就是为了看看田洋惹没惹祸，没想到这小子表现还行，也该知足了，要是再提给我介绍个差事，我是张不开这张嘴！"

梁淑芳一瞪眼，说："你跟谁急呢？你张不开嘴，我能。"

庞开尧气得把旱烟在床头磕了几下，说："你要是敢提，我马上把你带回桓台。"

不知过了多久，姜九衣衫褴褛地来到了光明里，一脸疲惫，当他站在大院门前的时候，他鼓了好几次勇气，才敢迈进门槛。

路传荣赶紧阻止道："小伙子，别往里走了，一会儿我安排后厨给你打点剩菜剩饭。"

姜九解释道："我不是来乞讨的，我想见庞少海先生。"

路传荣诧异道："你先站在这里别动，我去给你叫。"

庞少海正在房间里收拾行李，听到路传荣喊自己，便走出了屋门，见到姜九后，他心里一惊，赶紧问："九爷，今日咋有空过来了？"

姜九忙说："我需要先生的帮助。"

庞少海继续问："这是遇到什么事了？"

姜九让庞少海跟着自己出门，庞少海见到躺在板车上的妇女，问："这不是你娘吗？这是怎么了？"

姜九回道："多年的毛病了，这次恐怕撑不住了，我在城里也不认识什么人，这次来就是想求先生帮忙。"

庞少海关切地说："我能做什么？"

姜九硬着头皮说："我借点钱，随便找个住的地方。"

庞少海思索了一会儿说："钱没问题，但目前你娘病重，一般的旅馆是不会让你们住下的，我哥的房子改造成了工人宿舍，人员芜杂，也不适合，我倒是有个好办法。"

姜九急说："先生，只要帮我娘渡过了这次难关，我姜九做牛做马跟随你。"

庞少海皱眉道："在经一路西首有一家若瑟医院，既能看病，又能住宿。你不用担心钱的问题，我要出去办点事，可能有些日子，你有什么事，直接找刘珅管家，我会和他交代好。再就是，我会让刘珅安排你到同和纱厂，具体干什么活，等我回来再说。"

姜九一听这话，扑通一声跪在了庞少海面前，说："先生，我跟定你了。"

庞少海赶紧扶起姜九，微笑地说："狂傲不羁的九爷，哪能说下跪就下跪。我帮你不是为了让你跟着我，是冲你这份孝心。你先把你娘拉到若瑟医院去，我马上派刘管家过去。"

若瑟医院的主楼设计精美，一共分为三层：一楼设有眼科、内科、外科门诊以及挂号室、手术室、化验室、女病房等；二楼是小病房，收费较高；西端隔开一部分，专做修女宿舍；三楼低矮一些，是仓库和预备修女、女工宿舍。

姜九哪见过这场景，站在医院门口，根本就不敢往里进，直到刘珅出现在他的面前，他才迎上去，说："刘管家，受累了。"

在刘珅的思维中，姜九就是个地痞无赖，但这句话从他嘴里一出，反而又像是个有教养的人。刘珅看了一眼躺在板车上的妇女，便说："赶紧进去吧，庞先生都交代好了。"

姜九赶紧拉起了板车，刘珅又嘱咐了几句："九爷，我多句嘴，这个医院呢，是教会医院，里面有很多修女，懂吗？"

姜九摇了摇头，刘珅接着说："她们都是女性，不和男人交往，所以一定要尊重她们的信仰。这个主楼后面新建了一排西式平房，分别是西餐厨房、中餐厨房、修女餐厅和男餐厅。你用餐的时候，切记一定要去男餐厅用餐。"

姜九应道："刘管家，放心，我不会惹麻烦的。"

庞少海去了同和纱厂，召集姜式彬、王励轩、蔡砥言三人到了经理办公室。

王励轩问："这么着急叫我们来，是出什么事了吗？"

庞少海对他们说："我要去英国一段时间，你们一定要协力盯好纱厂，尤其是技术方面。"

蔡砥言笑道："这点，你就放一百个心吧。"

第四节　风中之路

一缕阳光穿过窗帘射了进来。周凤菁揉着眼睛醒来，浑身酸痛。天已经大亮了，卧房里空空荡荡，旁边的炉火燃烧得正旺。

而这时，苏苓月从门外走了进来，喊道："你咋在藤椅上睡着了？"

周凤菁解释道："昨晚等了少霆一宿，等着等着就睡着了。"

苏苓月担心道："你身子骨本来就弱，可别着了风寒。"

周凤菁看了看炉子中的火，又加了点炭块，说："听说这阵子粮食价格被外国人限制住了。"

苏苓月摇了摇头，道："我听少南说了一嘴，咱们女人家就别掺和这些生意上的事了。"

周凤菁笑道："搬来这庞家巷，还不如住在光明里，至少离面粉厂近，少霆回家也近便。"

苏苓月岔开了话题："少海是不是出国了？"

周凤菁点了点头道："去寻找什么罗什么蒂的爱情去了。什么洋玩意，咱也听不懂。"

苏苓月担忧地说:"真要找个洋媳妇,说话都费劲。你这当嫂子的不劝劝?"

周凤菁赶紧说:"宁拆十座庙,不毁一桩婚,再说了,你也是当嫂子的,怎么不去劝劝?"

苏苓月叹气道:"我这个嫂子哪能和你这个嫂子比呢?"

庞少南、吴冠东、王扶九、韩秀泉、冯念鲁、张念初、周品三、庞玉荣、庞少霆、胡益琛、耿筱琴一共11人坐在大厅里,气氛非常压抑。

王扶九点了根烟,烟雾的味道让众人清醒了不少。庞少霆说:"少海去了英国,无法参加会议,咱们就先聊聊接下来同和纱厂的发展吧。"此言一出,众人的视线便都集中在他身上了。

周品三扭过头,微笑地看了大家伙儿一眼,道:"虽说同和纱厂一开始遇到了一些挫折,但人家少海顶着压力和骂名挺了过来,当初咱们这些人中间说什么的也有,说人家不靠谱,空有其表,现在看,确实有些小人之心了。"

韩秀泉附和着说:"就因为少海在国外学了真本事回来,就怀有嫉妒之心,是万万不行的。"

庞少南眼见大家伙儿都在为庞少海说话,便转移话题说:"现在日本人霸占了华北的市场,国民政府频繁征税,严重扰乱了棉花的价格。"

庞少霆接着说:"日本的大阪商帮、京都商帮、近江商帮、名古屋商帮、东京银座商帮,这五大商帮对咱们济南乃至整个山东的经济形成了巨大的冲击。"

周品三有些落寞,说:"要不就给工人们降降工资,目前这个情况下,能有份工作就不错了,他们应该知足。"

庞少霆看了一眼王扶九和吴冠东,问:"有什么建议吗?"

吴冠东转头瞥了一眼王扶九,说:"据我所知,厂子还是盈利的，给工人减薪的事情，先缓缓吧。"

耿筱琴咳嗽了几声，说："要不，咱们先看看其他厂子是如何处理的吧。目前要静观其变，不欲其乱。该'静'的时候静，该'变'的时候变，既可以顺其自然，也可以人定胜天。"

韩秀泉笑了几声："我看啊，今天也未必能聊出个办法，就先按耿掌柜的建议吧。"

大家伙儿，你看看我，我看看你，都没有想出特别的办法。

庞少海走在英国曼彻斯特的大街上，街道两旁混乱不堪，空气中飘着一股恶臭难闻的气味，大街上随处可见的是无家可归的流浪汉，一辆卡车卸下垃圾后，他们争先恐后地冲向垃圾堆。有的人用棍子扒垃圾堆，有的人则直接用手挖，甚至有人为争抢这些被丢弃的垃圾而大打出手。

庞少海约见了英国好友盖罗德，而这时白领盖罗德为了维持面子，仍每天西装革履去上班，可实际上他们不过是去挨家挨户推销一些小商品。

盖罗德在大象咖啡馆门前见到庞少海后，给了他一个深深的拥抱，但当庞少海要带着盖罗德进门的时候，盖罗德往后退了几步，庞少海疑问道："咱俩进去喝杯咖啡？"

盖罗德苦笑道："不不不，我……喝不起！一杯咖啡可能是我现在好几天的生活费。"

庞少海拍了拍盖罗德的肩膀，说："走，我请你。"

盖罗德勉强地跟着庞少海走进了大象咖啡馆，馆内虽没有特别豪华的装饰，但却到处洋溢着温馨的感觉，白色的粉刷与绿色的植物布置，使这里充满生气。

看了一眼没精打采的盖罗德，庞少海说："这可是咱们经常来的咖啡馆，这家的咖啡浓郁香醇。怎么看你提不起兴致？"

盖罗德解释道："整个英国的经济并不是很好，金融危机让市民苦不堪言，我现在也是吃了上顿没下顿。"

庞少海很是吃惊："我这才走了多久，就变成这个样子了。"

盖罗德皱了皱眉头，说："资本家为了维持垄断价格和高额利润，不惜大量销毁物质财富，破坏生产设备。他们用谷物代替煤炭充作燃料，猪牛羊这些牲畜被直接投入河中，棉花都烂在了田里。"

庞少海叹气道："你跟着我回中国吧，我们需要出色的技术工程师。"

盖罗德摇了摇头："我还是留在英国吧。我真的为你感到可惜，那么多人看好你，你却选择回到中国，你别忘了无论英国变成什么样，英国的纺织业在全世界都是数一数二的。"

庞少海笑着说："我当初从中国来到英国，就是为了学好技术，带着技术回到中国。"

盖罗德不理解地笑了笑。

庞少海喝了一口咖啡，沉默了一会儿，说："你见过莉维亚吗？"

盖罗德说："我们毕业后，同学之间联系得非常少，不过，我可以帮忙去打听一下。"

庞少海端起咖啡杯，说："用咖啡代表酒吧，先喝一口。"

盖罗德苦笑道："你还真是个情种。"

庞少海一想到莉维亚的笑容，心中就会生起暖意，他轻轻叹口气，那是惬意的叹息。

盖罗德坐在凳子上，也叹口气，满是沉重。

夜色渐暗，周围静悄悄的，夜风吹拂着树枝，月亮上面笼罩着一层薄薄的云雾。陈峻君与陈冬虞坐在屋中，陈峻君说："你三叔准备回桓台开家染厂，现在利德顺就靠着我和你树椿哥支撑着。"

陈冬虞满脸疑惑，问："爹，你有什么烦心事？"

陈峻君回道："现在市场对色布的渴求度非常大，咱们高薪聘请莱芜染布技师，生产大批优良色布，接下来咱们还需要扩大生产规模。"

陈冬虞若有所思，轻轻叹道："是不是白布货源不够？"

陈峻君摇摇头，说："有小清河这条黄金水道，白布会从老家桓台源源不断地运来济南，目前也不存在白布的供应问题。"

陈冬虞微微一笑，道："要不，我跟着爹做生意吧。"

陈峻君听了这话，心里一惊，说："千万使不得，咱家不能全是做生意的，你得读书。读的书多了，就算不走仕途，走商道，也能走得平稳。"说完，他开始憧憬起庞家的状态，他希望陈冬虞能像庞少海一样，带领利德顺开辟一片新天地。

另一边，董雨芸变得有些急躁，赶忙约见梁田洋，可让他没想到的是，梁田洋根本就没把这件事放在心上。

董雨芸顿时火冒三丈，但他知道现在不能对梁田洋发火，便忍气吞声道："我把你当兄弟，你却不把我的事放在心上。"

梁田洋品出了此话的味道，说："庞少海去英国了，听说纱厂生意也不好做，你碰这个纱厂干什么？"

董雨芸本想说梁田洋的见识太短，话到嘴边又收了回去，说："你只管拿账本，其他的用不着你来管。"

梁田洋继续应付道："我来试试吧。"

董雨芸拿出两包大洋，说："亲兄弟明算账，等事成之后，另有重谢。"

梁田洋见到这么多钱，内心有些不平静，刚要伸手去拿，又收回了手，说："你既然把我当兄弟，那这个钱，我就不能收。"

董雨芸心里有些不踏实，便说："是不是有什么顾忌？"

梁田洋解释道："俺在玉祥面粉厂，的确是个打工的，原先也以为依靠和庞家的表亲关系能干点好差事，没想到差点把饭碗给丢了。"

董雨芸趁机挑事，道："这不正是你报复庞家的好时候吗？"

梁田洋挤了挤眼:"可是这些日子,俺姐和姐夫来济南了,俺得安分点。 不过,俺早就知道'大庞家'和'小庞家'关系不好,咱们可以从这方面入手,把他们搅乱了,趁机拿出你想要的东西。"

董雨芸点头道:"主意倒是不错,容我考虑几天。"

庞少海为了见莉维亚,寻遍了大大小小的场所,都没有着落。晚饭随便吃了几口,到了睡觉的时候,他的肚子咕噜咕噜叫了起来,难以入睡。 他回忆起和莉维亚生活在一起的场景,突然间热血沸腾,起身开了灯,走出了房门。

盖罗德提着两瓶子烈酒,正好撞见了庞少海,便说:"这是要去哪里?"

庞少海失落道:"睡不着,出来走走。"

盖罗德叹道:"我口袋里的钱,也就只够买这两瓶酒的了,麻烦你去买点烤肉回来,咱们喝一杯。"

庞少海顺势说:"我也正好饿了。"说完,他直接带着盖罗德去了附近的一家餐厅。

庞少海刚坐下,盖罗德就给他把酒倒上了,问:"有个好消息,还有个坏消息,先听哪一个?"

庞少海略一沉思,说:"好消息。"

盖罗德也给自己把酒满上,说:"我打听到莉维亚的消息了。"

庞少海急切地问:"她在哪?"

盖罗德冷下脸来,说:"她不在曼彻斯特。"

庞少海一愣,道:"但说无妨。"

盖罗德举起酒杯,庞少海有点紧张,两只眼睛直盯着,等待着答案。 盖罗德喝了一口酒,如实回答:"莉维亚去了苏格兰,而且已经结婚了。"

庞少海愣住了,然后将杯中的酒一饮而尽,浓烈的酒精呛得他直咳嗽,眼泪也不由自主地流了出来,痴痴问道:"那……她过得好吗？"

盖罗德摇了摇头，说："不清楚，我能了解到的信息就是这些了。"

庞少海虽心灰意冷，但很快擦干了泪水，强忍悲痛道："来，喝酒。"

盖罗德抿了一口酒，说："不要太伤心，这人啊，能活着就有希望。"说完，他从皮包里拿出一沓信，递给了庞少海。

庞少海接过这一沓信，翻了几封，痛苦地说："我给她写的信，她都收到了。"

盖罗德说："如果当初你选择留在英国的纱厂，或许你们就在一起了。"

庞少海半响才回过神来，说："她有没有给我留下什么话？"

盖罗德一拍手，又从包里拿出一个物件，说："莉维亚知道你会来找她，这是留给你的。"

那是一个金子做的棉花挂坠，庞少海在手中摩挲了几下，随手递给了盖罗德，说："送给你了，你比我更需要它。"

盖罗德诧异道："这是莉维亚留给你的，我不能要。"

庞少海淡淡地说："当初我送莉维亚这个挂坠的时候，是在海边的一场音乐会上，而这场音乐会的氛围全是被悲观压抑笼罩着，这可能早就预示了我和她的结局吧。"

盖罗德把挂坠又推回庞少海的面前，劝解道："我可不想毁掉你的回忆。"

庞少海微笑道："回忆终究是回忆，人还得往前走，我这次来英国，已经想好了，或是带她回中国，或是彻底地结束这段恋情，只是没想到她已经提前给了答案。"

庞少海看了一眼挂坠，还是给了盖罗德，说："这个对你来说，或许真的有用，你看大街上这些难民，我可不想哪一天，我再回到英国的时候，在他们中间看到你的身影。"

盖罗德一听这话，差点把嘴中的酒喷出来，笑道："如果真的混不下去，我就去中国找你。"

庞少海笑嘻嘻地摆了摆手，说："我现在已经知道答案了，得准备回国了，这段时间给你添麻烦了。"

盖罗德面带着微笑，把挂坠展示在他的面前，说："也感谢你的礼物，祝福你。"

两人同饮，庞少海肆意感受着浓烈酒精带来的刺激，他把酒满上，对盖罗德说："兄弟，后会有期。"

当庞少海离开餐厅的时候，再也抑制不住内心的疼痛，街道上喝醉酒的醉汉、流浪的难民，还有漫天飞舞的纸屑，让他一刻也不想再停留。庞少海将手中的信封也抛向了空中，信封转瞬间被风刮走，这也许是他与莉维亚彻底的告别。

第五节　生而自由

天色灰沉沉的，屋顶上的草木在风中轻微抖动。庞开尧走进旅馆的屋子，说："刚才刘管家来告诉我，少海马上就要从英国回来了，咱们也收拾一下，住了这么长时间，该回去了。"

梁淑芳阻止道："急啥？有人给咱们出着钱，住着旅馆，这小日子过得多舒服。"

庞开尧焦躁地说："人家少海的钱也不是大风刮来的，看看你这几天的打扮，穿绸缎戴金银，这以后还咋下地干活？"

梁淑芳反驳道："咱们还下地干什么活，以后就吃在济南，穿在济南，住在济南……"

没等梁淑芳说完，庞开尧就把她打断了，说："等咱们见了少海之后，就赶紧回桓台，再住下去，我担心你连自个儿姓啥都不记得了。"

梁淑芳翻了一个白眼："还不怪你没本事吗？"

庞开尧辩解道："我从始至终就没有想过大富大贵，当然，我也没有那命，踏踏实实在农村守着自己的一亩三分地就行了。"

梁淑芳骂道："瞧你那点出息，我一会儿就去找少霆哥，让他先给我在济南谋个差事，你就自己回老家去吧。"

庞开尧有些不耐烦："别让我跟着你丢人。"

梁淑芳没有再搭理庞开尧，而是换上了一身华丽的衣服，画了妖艳的妆，准备出门。

庞开尧问："你这是要去哪里？"

梁淑芳呵斥道："你别管。"说完，她走出屋门，叫了一辆黄包车，直奔庞家巷而去。

在庞家巷，庞少霆的住宅富贵大方，高大的黑漆大门内，抱鼓石刻着精美的菊花图案，进门后是一条宽大的青石更道，更道尽头是正对大门的素面影壁，做工简洁。四合院阔绰大气，小瓦花脊的正屋古香古色。

梁淑芳见到这富丽堂皇的住宅，眼睛一亮。周凤菁定眼瞧了瞧梁淑芳，差点没认出她来。梁淑芳凑上去，说："嫂子，在家里忙活着呢？"

周凤菁一愣，闻到她身上有一股浓烈的胭脂粉味，忍不住咳嗽了几声，然后问道："开尧弟弟呢？"

梁淑芳不屑地回答道："他在旅馆睡觉呢，没啥出息。"

周凤菁冷冷地说："话不能这么说，开尧有自己的想法。"

梁淑芳环视四周，问："嫂子，这么大的宅子，怎么不请几个佣人？"

周凤菁看了一眼梁淑芳，耐着性子说："就这点活，我自己就能干了。"迟疑了片刻，她接着问："弟妹，是不是有什么事？"

梁淑芳毫不客气地说："我找一下少霆哥。"

周凤菁纳闷，回道："他在屋里呢。"

周凤菁话音刚落，梁淑芳径直冲着屋子走去。庞少霆正在屋里看报纸，一阵很浓厚的香味直扑过来，一见是梁淑芳走了进来，有些诧异道："弟妹一人来的？"

梁淑芳自然而然地坐了下来，说："你和嫂子真是两口子，问的话都一样。"

庞少霆笑了一声，放下手中的报纸，坐回到椅子上，拿起手边的西湖龙井，说："有什么事情就说吧。"

梁淑芳毫不掩饰地说："我想留在济南，有劳给安排个差事。"

周凤菁从梁淑芳面前走过，瞥她一眼，对庞少霆道："老三今下午回济南。"

庞少霆一脸忧色，对周凤菁说："安排刘珅去接一下他，今晚在家里一起吃饭。"

周凤菁埋怨道："老三刚回来，让他先歇歇。"

庞少霆嘴唇动了动，还是忍不住叹一口气道："我有急事找他商量。"

周凤菁应道："那我跟刘珅说。"

庞少霆接着问梁淑芳："你想留在济南干些什么？"

梁淑芳笑道："我什么活都能干。"说完，她摸了摸自己的玉镯。

庞少霆自然明白梁淑芳打的什么算盘，便说："馨德斋的后厨缺人手。"

梁淑芳犹豫道："管后厨，这差事是不是有点……"

庞少霆道："不是让你管后厨，是刷盘子洗碗，打扫卫生。"

梁淑芳一听这话，有些不高兴了，说："少霆哥，真会开玩笑。"

庞少霆笑道："我可没开玩笑。来我这里干活的人，哪一个不是从底层做起来的。"

梁淑芳有些不情愿，但也不好反驳，便说："念在咱们是表亲的份上，您给安排个体面的活儿。"

庞少霆喝了一口茶，说："无论是馨德斋还是玉祥面粉厂，我手下大大小小的厂，大部分都是桓台籍的庞家人，按你这么说，他们岂不是啥活不用干，光在厂子里混就行了？"

梁淑芳有些难言，但赶紧辩解道："我不是这个意思。"

庞少霆瞥了她一眼，冷冷地道："要想干点事，就馨德斋后厨这一个活儿。"

梁淑芳眼见争取不了什么大的差事，便灰溜溜地离开了庞家。周凤菁见梁淑芳走后，回到屋里说："咋看着开尧家的不高兴呢？"

庞少霆声音渐渐变得严厉："我打心眼里瞧不上这梁淑芳，开尧表弟是个本分人，辛辛苦苦把持着家，不止一次向我提过要回桓台，之所以没走，就是为了再见少海一面，毕竟他们来一趟济南也挺费事，他也想家里的孩子。你再看看梁淑芳，把济南这儿当成自己的家了，孩子都不管不顾了。我要给她安排了差事，下一步我的这些厂还不都跟着梁家姓。"

周凤菁笑了笑道："你看这是生哪门子气？你不是说瞧不上她吗？咋还把她说得跟能上天一样？不过，我也不喜欢这女人，总感觉不像个踏实的人。对了，我和刘珅说了，他安排时间去接老三。"

庞少霆应道："下午的时候，我让厂里来俩厨子，做桌子菜。"

周凤菁笑道："叫什么厨子，我做就行，我把余英喊来，搭把手。"

庞少霆摇了摇头道："你身子骨弱，再把你累着，歇歇去吧，我一会儿去趟面粉厂。"

俗话说："铁锅王，济南工。"济南自古出能工巧匠，尤其以铁锅闻名。章丘在历史上是有名的"铁匠之乡"，古有"章丘铁匠遍天下"之说。章丘铁锅采用纯手工锻打，其制造需经十二道工序、十八遍火候，并要经受高温锤炼，数万次锻打才能成型。其锅体如明镜，锤印清晰可见，但摸起来却光滑细腻，素有"锻打三万六千锤，勺底铮明颜色白"之美誉。

在山水沟大集上，有很多街边的小吃摊用的就是章丘铁锅，炒起菜来香气扑鼻，充满了烟火气。董雨芸约了马良和朱桂山在山水沟大集上见面，马良一脸狡诈相，见到董雨芸，便问道："前段时间咱们合计对付庞家的事情，办得如何？"

朱桂山也跟了一句："现在棉纱厂是大有利润。"

董雨芸说："马会长，现在日商对济南棉纱厂的冲击很大，他们现在日子也不好过，为什么非要盯准纱厂呢？"

马良笑道："你以为我们对准的是庞家的面粉厂和纱厂吗？我们对准的是他们的资产。而第一步要做的，就是拿到他们庞家的账本，这也是庞家海外取经最大的成果，我们必须拿过来。"

董雨芸瞬间明白了马良的野心，便说："我在庞家安了个眼线，我们就等他消息吧。但我有些不明白，凭马会长的职位和权力，直接给庞少海定个罪，把他抓起来，严刑拷打一番，目的不就实现了吗。"

马良严肃地说："万万不可，庞家和韩复榘的关系不一般，就算把庞少海抓起来，也会很快放出来，不光达不到目的，反而会暴露我们。"

而这时，从火车站走出来的庞少海被一群朝着纬八路刑场走去的百姓震惊了，他看到了不远处的刘珅，问："这是出什么事情了？"

刘珅回道："听说国民政府要在纬八路枪决共产党员。"

庞少海让刘珅把行李放到车上，说："咱们也去瞧瞧。"

刘珅劝阻道："先生，咱别凑热闹了，再出个意外，那我可交不了差。"

庞少海安慰道:"放心吧,没事。"

在纬八路刑场处,站满了围观的人,不远处,一辆大卡车飞驰而来,上面绑着九名共产党员,刑场四周满站着荷枪实弹的执法队,车马行人慌忙避开让路。

庞少海一头雾水,眼睛直盯着车上的九名共产党人,他们被拉下车,一步一个血印走向了执刑地,但他们的眼神中却充满着坚定。突然,他们唱起《国际歌》:起来,饥寒交迫的奴隶;起来,全世界受苦的人! 满腔的热血已经沸腾,要为真理而斗争……

枪声响起,九名共产党员倒在了血泊中,这让刚刚经历异国恋情失败的庞少海,内心更加蒙上了一层阴影。他转身往外走,骤然听得背后"砰"的一声枪响,他顿觉后背一虚,双腿一软,几乎栽倒在地,却听到周围又是乱哄哄的声音,心惊胆战地回头一看,原来是行刑人员又朝着尸体补了一枪。

刘坤赶紧扶住庞少海,让他回到车上,庞少海猛地跑下车,蹲在地上呕吐,刘坤说:"庞先生,我说不让你来吧,你偏不听。"

庞少海跌跌撞撞地站了起来,眼前一片眩晕,被刘坤搀扶着上了车。

刘坤自责道:"真不该让您来刑场,我们现在是回庞家巷,还是回光明里?"

庞少海闭着眼,仰躺在汽车的后座上,有气无力地说:"庞家巷。"

刘坤发动汽车,直奔着庞家巷而去。夜色逐渐暗了下来,刘坤从衣袋里掏出表来看了看,说:"庞先生,有个事情,我得和您说说情况。"

庞少海看了一眼刘坤,道:"什么事?"

刘坤淡淡地说:"姜九的母亲去世了,之后我就按照您的吩咐,把他安排到了同和纱厂的钢丝部,但很多工人因为姜九是江湖中人,怕无意间惹祸上身，就在背后造他的谣，诽谤他，不过姜九也讲义气，不吵不闹，自己走了。"

庞少海诧异道："走了？"

刘珅应道："走了不多久，庞老爷知道这件事后，责怪了我一番。"

庞少海问道："知道他去哪里了吗？"

刘珅回答道："不清楚，他走的时候，啥话也没说。"

庞少海缓了缓神，说："我会向哥解释你的情况。"

刘珅道："我不是为了让先生帮我解释什么，我是提醒先生，有可能老爷会过问这件事情。"

庞少海点头道："我知道了。"

汽车穿过西门，朝着庞家巷驶去，庞少海注视着护城河的河水，心里泛起了阵阵涟漪。

周凤菁早在家中布置好了餐桌，迎接庞少海的归来。庞少霆坐在沙发上，正看着一本书。

刘珅先进了门，说："老爷，我把庞先生接回来了。"

庞少霆放下手中的书，见庞少海进了门，便说："老三，赶紧洗把手入座。刘管家，也入座吧。"

刘珅看了一眼端着菜进门的周凤菁和余英，又看了看庞少海。

周凤菁接话道："刘管家，快坐吧。"

刘珅也去洗了把手，入了座，然后起身给庞少霆和庞少海斟满酒。

庞少霆问庞少海："这次英国之行顺利吗？"

庞少海眼神有些恍惚，道："莉维亚已经嫁人了。"

在一旁的周凤菁坐到庞少海的旁边说："老三，你可别难过啊！"

庞少海苦笑道："听到消息的时候，难受得厉害，现在好多了。"

庞少霆举起酒杯，把酒一口喝了下去，说："老三啊，你的婚姻大事，我们不干预，你受过西方的教育，思想和我们不太一样，但当哥的，还得说句话，过去的就让他过去吧。"

庞少海脸色有些苍白，周凤菁问："老三，你是不是不舒服啊？"

刘珅赶忙解释道："来的路上，先生非要去纬八路刑场，八成是吓着了。"

庞少霆生气地看向刘珅："刘管家，你怎么能让他去看枪决人呢？"

庞少海立马解围道："哥，是我自己执意要去的，不关刘管家的事。"

周凤菁问道："我去请大夫？"

庞少海赶紧摆手说道："嫂子，没大碍，咱先吃饭。"

第六节　群山回响

夜色愈发浓烈，周凤菁也点亮了院子里的电灯，繁茂的花木遮挡住了些许的光线，院子变得有些黯淡。

庞少海喝了几杯酒后，说："哥，我想把姜九再请回来。"

庞少霆直盯着庞少海，有些情绪："你让刘珅安排姜九进了厂，我是一无所知，当然，要是一个普通工人，也就罢了，你不知道姜九是什么人吗？"

庞少海解释道："姜九这人讲义气，正直，我觉得这人可靠。"

庞少霆对庞少海咆哮道："你觉得可靠，那为什么那么多工人都躲着他，甚至到股东那边去告发他？"

庞少海也按捺不住内心的火气，道："哥，从小我就生活在你的光环下，家里人都说你有本事，有出息，能顶起庞家这片天，我之前确实感觉生活在你的光环下挺踏实。可现在，我想干点事。"

周凤菁赶紧劝和道:"怎么吃着饭,又要吵起来?"

庞少霆严肃地说:"绕来绕去,你又回到原点了。现在世道不太平,社会上不乏纨绔懒散之辈,有些人都看不出才华与心志,怎么可以轻易托付? 我庇护不了你几年,你将来想办好厂子,靠的是自己的德与才。"

庞少海反驳道:"哥的良苦用心,我听明白了,但你不能光盯着姜九现在一无所有,那可不成。我凭着一腔学问与志向,沉沉浮浮走到今天,我知道什么样的人适合我的路。"

周凤菁打着圆场,说:"少霆,我觉得老三说的话有道理,他用人肯定是经过思考的。"

庞少霆沉思了一会儿,问刘珅:"刘管家,你觉得呢?"

刘珅看了一眼庞少海,然后对庞少霆说:"其实姜九这人不像厂子里传得那么坏,这人孝顺,对乡亲们特别好。之所以被人说成是地痞流氓,据我所知,是他见不得打工人受欺负,总是仗义相助,得罪了一些达官贵人,还有做生意的老板,之后就流传着一些不好的传闻了。"

庞少霆自饮了一杯酒,说:"姜九的事情,我就不管了。"

周凤菁看出庞少霆想和庞少海谈点正事,便对刘珅说:"刘管家,你和我出来端点菜。"又对余英说:"余英,你也来吧。"

刘珅不知情地跟着周凤菁走出了屋门。

余英担心道:"他们哥俩别再吵起来。"

周凤菁说:"他们哥俩要谈点正事,咱们就别跟着掺和了。"

刘珅关切地说:"你们也没吃多少饭啊。"

周凤菁问刘珅:"弟妹在家吗?"

刘珅回道:"在啊!"

周凤菁笑着说:"你去厨房拿点现成的菜,我们俩去你家吃吧,我也好久没见她了。"

刘珅说："就我们家那小地方，恐怕两位太太下不去脚。"

周凤菁打趣道："这是不欢迎我们啊。"

刘珅解释道："哪能啊！"

周凤菁催促道："那就抓紧吧。"

在屋内，庞少霆对庞少海说："开尧还没有离开济南，现在住在旅馆里等着你回来。打小你就爱跟在他屁股后面玩，你对他，要比对我亲。"

庞少海舒了一口气，说："开尧表哥不容易，只是我不太喜欢表嫂。"

庞少霆举起酒杯，与庞少海同饮了一杯，说："梁淑芳来找我给她安排个差事，我让她去馨德斋后厨刷碗，把她气走了。"

庞少海叹道："开尧表哥是个老实人，总想拉他一把，可他偏偏要拒绝。我每次回老家的时候，都会感觉到自己想念的不是家乡，而是小时候的日子，那时候，你和大哥都忙，也就开尧哥陪我。"

庞少霆眼望着酒杯，只是摇摇头，没有作声。

庞少海问："我走的这些日子，厂里怎么样？"

庞少霆眉毛一扬，说："股东们建议给工人降薪。"

庞少海说："现在厂里不是盈利的吗？"

庞少霆解释道："要有忧患意识。"

庞少海劝阻道："前几年，日企祥阳火柴厂对工人进行剥削，工人成立工会，要求增加工资，导致数百名工人失业，工人自发组织罢工。济南电气公司以经营不振为由，解雇了四十一名工人，造成了工人罢工。津浦铁路工人大罢工，迫使当局答应发年关'花红'，调走了杨毅。我们一定要团结工人，这样的教训还不够吗？"

庞少霆叹了一口气，说："如果反对降薪，咱们就是与股东为敌。"

庞少海坚定地说："我坚决反对降薪。"

两人谈话间，已经到了后半夜，天上的星星，东一颗，西一颗，闪烁着光亮。

次日，庞少海一大早就到了旅馆，见到了庞开尧，说："表哥，我带你去个地方。"

庞开尧说："你表嫂还在屋里呢。"

庞少海急匆匆地拉着庞开尧出了旅馆，说："今日我就单独带你逛逛，想必来了这么长时间，你都没有好好地逛过济南城吧。"

庞开尧说："我哪有什么心思逛济南城，早想着回桓台了，这不是想等你回来。"

庞少海摆手叫了辆黄包车，让庞开尧先上车，对车夫说："咱们去普利街。"

庞开尧赶紧对庞少海说："咱俩见个面就行了，跑那么远干什么？"

庞少海笑道："济南一直流传着'戴帽就上永盛东，穿鞋就去普华店'的说法。我先带你去永盛东帽庄，买完帽子咱就去普华鞋店再买双鞋。"

庞开尧赶紧把车夫喊住："浪费这个钱干什么，我一个干粗活的庄稼汉，穿着这么好的东西，还怎么干活？"

庞少海笑道："该怎么干就怎么干。"说完，嘱咐车夫先等一会儿，他从路边买了两瓶"济东"牌汽水，递给庞开尧一瓶，说："表哥，尝尝！"

庞开尧问道："这是什么？"

庞少海一口气喝了下去，满脸洋溢着幸福感，说："快尝尝，真的很好喝。"

庞开尧在庞少海的催促下，抿了一小口，品味了一下，说："有点甜，有点麻。"

庞少海笑着说："你一口气把它喝了。"

庞开尧还是有些舍不得,便说:"我喝了这汽水,也是浪费,你喝吧。"说完,就要把汽水递给庞少海。

庞少海一听就皱起了眉头,说:"让你喝就赶紧喝了。"

庞开尧见庞少海有些不高兴,便把瓶中的汽水一口气喝了,笑着说:"真好喝啊!"

庞少海笑道:"上车,咱们去普利街。"

庞开尧上了车,说:"我打算明早就回桓台。"

庞少海应道:"明早,我去送你。"说完,心里泛起了苦楚,他突然感觉到了与庞开尧之间的生疏感。

在同和纱厂,庞少霆与庞少南相对而坐,庞少南的脸色有些不悦,嘴里衔着一支烟卷,问:"少海对降薪是什么态度?"

庞少霆面色凝重道:"他不同意。"

庞少南把烟卷点上,说:"现在聚鸿纱厂维持着不降薪,勉强地活着,鲁丰纱厂估计快撑不住了。"

突然,庞玉荣从门外走了进来,说:"叔,张采丞老板来了。"

庞少南说:"赶紧让他进来。"

张采丞从门外走了进来,后面跟着他的儿子张葆生。张采丞转头对张葆生说:"葆生,见过各位长辈。"

张葆生行礼道:"各位叔叔好。"

庞少霆笑道:"葆生,快坐吧。"

庞少南问:"克亮兄,是不是有什么事?"

张采丞回道:"我最近一直关注机器制造业,不知两位是否感兴趣。"

庞少南来了兴致:"造飞机还是汽车?"

庞少霆接过话:"克亮兄可是仿造了济南第一辆老爷车,还试制过小型轮船,在小清河试过航。"

张采丞说:"我那是照着猫画猫,比着葫芦画葫芦,别提了,那辆老爷车，当时回家时因为太过兴奋，转弯竟不慎撞到了自家院墙上。 不过，我最近邀请了专业的技术人员，想在兴顺福铁工厂基础上经营机器制造。"

庞少霆赞道："克亮兄敢于创新、勇于探索，为振兴实业、为民族产业勃兴而奋斗的高尚精神，着实令人赞叹。"

张采丞谦逊道："少霆老弟就别取笑我了。"

庞少南抬起头说："现在同和纱厂的效益也不乐观，这样，容我们考虑一下吧。"

张采丞眼睛一亮，说："那自然，那我就恭候消息了。"

庞少海带着庞开尧买完帽子，就冲着普华鞋店走去，庞少海说："鞋店的老板吕振峰是个聪明人。 他接手前，鞋店是亏损2000元，无奈之下，天津厚记兴的掌柜就把他派了过来。 掌柜明确表示，吕振峰愿意干就接着干，干好了就是他的，干不好掌柜承担原亏损的2000元，再赔了，掌柜就不管了。 你猜后来怎么着？"

庞开尧摇了摇头。

庞少海继续说："吕振峰冥思苦想，分析研究寻觅出路。 他找到了原来亏损的原因。 主要是原来从天津厚记兴进货价格高，几乎没有利润。 他便在魏家庄德安里租赁了两个院子，高薪聘请绱鞋的能工巧匠，成立了绱鞋作坊，自己生产，大大降低了成本。"

庞开尧听得一头雾水。

庞少海若有所思道："这个世上没有天生的笨人，人不能轻易屈服于自己的命运。"

庞开尧恍然大悟："老三啊，你说的这些话，我算是听明白了，但我呢，没什么大志向，老婆孩子热炕头，一家人不愁吃不愁穿就行，没想大富大贵。"

庞少海有些黯然："来济南吧，有我一口吃的，就少不了你的。"

庞开尧摇了摇头："不给你添麻烦了。"

对于庞开尧的拒绝，庞少海是有防备的，便说："那你再陪我见个朋友。"说完，便叫了黄包车朝南新街方向驶去。

而这时的孙继洲正在给病人瞧病，神情有些呆滞，但精神全都投入了进去，庞少海领着庞开尧进了院子，孙继洲却浑然不知。

庞少海让庞开尧不要出声，两人随意找了个地方坐了下来，庞开尧本想问几句，但话到了嘴边，又咽了回去。

孙继洲给人看完病，刚走出屋门，便看到了庞少海，赶紧说："少海兄，什么时候来的？也不说一声。"

庞少海缓慢地起身说："来了有一阵子了，看你在忙，就没打扰。"

庞开尧也起了身子，孙继洲问："这位是？"

庞少海给孙继洲介绍道："这位是我的表哥，我带他出来置办点物品。"

孙继洲赶紧向庞开尧问好，把他们请到了屋子里，泡上茶水，对庞少海说："我听刘珅说你去了英国，本以为在济南要见不到你了。"

庞少海说："怎么能见不到我呢？昨天回来得太晚，又和二哥喝了点酒，这不今天得空就赶紧过来了。但继洲兄为什么这么着急见我呢？"

孙继洲微微一笑道："我要调到北京去工作，这几天就要走了。"

庞少海问："怎么这么突然？"

孙继洲解释道："我也该换个环境了，或许去一个新的地方，对我的医术提升有所帮助。"

庞少海很是感慨："继洲兄是有大抱负的人。"

孙继洲笑道："等我在北京安顿好，一定把地址告知少海兄。对了，纱厂怎么样了？"

庞少海一脸苦相道："遇到些困难。"

孙继洲点上了一根烟，烟雾弥漫，说："现在国家内忧外患，老百姓的情绪异常激烈，一定要团结一切能团结的力量，始终同工人站在一起、想在一起、干在一起，积极反映广大工人的呼声。工业发展的道路注定不会一帆风顺，要把工人利益放在第一位，团结带领身边工人。"

庞少海沉默不语，他很想和孙继洲深聊纱厂遇到的问题，但怕坐在一旁的庞开尧尴尬，他不懂实业救国，也不懂企业生存之道。

孙继洲看出了庞开尧的尴尬，问："老兄做什么差事？"

庞开尧有些拘束，说："我就在老家种地，没事的时候，干点杂活。"

孙继洲说："这年头啊，有门手艺比什么都强。"又问庞少海："你知道自己为什么整天忧心忡忡了吧？"

庞少海一脸疑惑，他拿出了一根烟递给庞开尧，庞开尧并没有接烟，而是拿出了自己的旱烟抽了几口。

孙继洲笑道："明白得越多，越不开心；见识越大，失望就越大。而你的表哥，就守着自己的一亩三分地，能吃饱饭就已经很知足了。人啊，就是痛痛快快地活着，别较劲，尤其是对待那些伤害过你的人。"

庞少海惊讶地问道："继洲兄，是不是听说什么了？"

孙继洲淡淡一笑，说："从我见到你第一眼，就发现你有心事，想必这次英国之旅不愉快吧。"

庞少海点头应道："有点惨！"

孙继洲问庞开尧："老兄，你会记恨伤害你的人吗？"

庞开尧抽了几口旱烟，道："伤害过我的人，我也不想让他得到报应，事情都已过去了，只希望他不要再伤害别人，人活一世都不容易，只是想法不同。希望认识我的和我认识的人都平平安安、顺顺利利地度过一生。"

孙继洲大笑道："这才是最朴实的想法。"

谈话之间，夕阳西下，庞少海与孙继洲告别后，与庞开尧走出了南新街。两个人的影子投在青石板路面上，夕阳将影子拉得很长。庞少海心里有些不是滋味，庞开尧试图打破这沉默的气氛，说："老三，送我回旅馆吧。"

心事重重的庞少海这才意识到有点冷落了身边的表哥，他稳了稳神，说道："我在聚华戏院订了座位，一会儿咱去看戏。"

庞开尧说："你陪我转了一天了，该回去歇歇了，听你和孙先生谈话，感觉厂子里还有事，别把时间都浪费在我身上了。"

庞少海脸上露出了笑容，说："事得做，戏也得看啊！"

聚华戏院重新进行了装修，比以前显得高雅许多，陈文胜见庞少海进门，赶紧迎上去，说："庞先生，好久不见。"

庞少海笑道："前段时间出去了一趟，刚回来，座位安排在哪里了？"

陈文胜亲自引路："跟我来。"

刚走了一半，庞开尧看见一个人，愣了一下。待庞少海催促，他才继续往前走去。

庞少海和庞开尧随着陈文胜上了二楼的雅座，陈文胜说："庞先生，有事就吩咐，我先去忙了。"

庞少海对陈文胜点了点头，又问庞开尧："在老家听戏吗？"

庞开尧说："听柳琴戏。"

庞少海笑了笑，说："我在国外很少听戏，都是看话剧，还有电影。"

庞开尧问："什么是话剧？电影又是什么？"

庞少海刚想给庞开尧介绍，又把话收了回来，他知道不管怎么解释，庞开尧都听不明白。

庞开尧见庞少海不回话，便问："那个人，你认识吗？"

庞少海歪头看到了董雨芸，回道："这是大观园的老板，不熟。"

庞开尧说:"那就奇怪了,他是不是姓董?"

庞少海应道:"确实是姓董。"

庞开尧吃惊道:"这么大的人物,怎么会认识田洋? 田洋请我和他姐吃过一次饭,是这位姓董的老板结的账。"

庞少海一脸疑惑:"你认错人了吧,梁田洋怎么能让董雨芸请客吃饭?"

这时,随着锣鼓声响起,舞台上的大幕拉开了,庞少海面带微笑地说:"咱们看戏吧。"

第五章

第一节　谁主沉浮

小清河绿荫夹岸，舟楫林立。明代诗人朱善来到小清河，写下了"小河萦九曲，茂木郁千章"的诗句。

庞少海与庞开尧夫妇站在黄台停靠点，望着河水，各自的内心都有些不舍，刘珅站在离三人较远的地方候着。庞少海看了一眼梁淑芳不乐意的脸色，转头对庞开尧说："表哥，有时间再来济南。"

庞开尧婉拒道："你们都是大忙人，我这个闲人帮不上什么忙，还老来打扰，不好！不好！"

庞少海忙说："不打扰。"

庞开尧顿了一下，说："我和你表嫂坐毛驴车回去就行，非安排我们坐船。"

庞少海解释道："赶毛驴回去慢，还是坐船快。这几年小清河有了客运，华通汽艇社的木质汽艇坐着也舒服。"

庞开尧脸上的肌肉僵硬地动了几动，黯然地说："老三啊，以后没事就别往桓台跑了，你忙，我们都懂，有啥事就让人捎个信，我还是那句话，你是干大事的人物，我们是一群穷人，穷了啊，就少走亲戚吧。 我们自己也尴尬，你们看着也难受。"

庞少海一听这话火了："表哥，你这是说的啥话，咱们肩并肩的情义是别人比不了的。"

梁淑芳用余光扫了下左右，对庞开尧白眼道："你说的这是什么话，老三和咱可不是外人。"

庞少海静了一静，对庞开尧说："表哥，有句俗话，'穷在闹市无人问，富在深山有远亲'。 而我想说，'富在闹市无人问，穷在深山有远亲'。 记住，我庞少海的家门，永远给你敞开。"

庞开尧本想说些什么，话到嘴边，又收了回去，说："行了，我们上船了。"

庞少海目送两人上船，挥着手与庞开尧夫妇告别。

而在同和纱厂，王励轩急匆匆地在寻找庞少海，当他见到庞少霆的时候，问："庞董事，见着庞经理了吗？"

庞少霆反问："有什么事？"

王励轩回道："咱们钢工部的机器出了点问题。"

庞少霆神情也严峻起来，说："庞经理去送人了，走，带我先去看看。"

庞少海从小清河离开后，直接去了黄河边上，他要去请回姜九。

阳光炽烈，天气已回暖。 姜九在大太阳底下满脸油汗，他身边还有几个小伙子，他们把东倒西歪的树扶正，并将树上多余的树枝砍掉，把土踩结实，才停下来。

庞少海站在他的身后，喊了一声："这大太阳的，也不歇歇？"

姜九赶紧转身一看，哭丧的脸上瞬间有了笑容："庞先生，您来了？"

庞少海用手摸了摸刚扶正的树，说："别硬撑着，想哭就哭吧。"

姜九强忍着悲痛，说："我对不住庞先生，我待在厂子里，会给您惹麻烦，我就自作主张，离开了厂子。 您放心，欠您的钱，我会还上。"

庞少海问道："谁说你惹麻烦了？ 谁让你还钱了？"

旁边的众人面色凝重，紧张地听着。

姜九没有回话，庞少海问："有菜有酒吗？"

姜九一愣，赶忙说："家里有。"

庞少海长叹一声："走，喝酒去，和你单独聊聊。"说完，他径直地走向刘珅，说："刘管家，你先回去吧，吃了中午饭来接我。"

刘珅说："我还是等着先生吧。"

庞少海笑道："我和姜九谈点事。"

刘珅应了一声，便转身开车走了。

出乎庞少海的意料，姜九在母亲离世后，把家里收拾得干干净净，并重新用竹篱笆把院落围了起来。 院子里，姜九搬出来一张桌子，一只手拿着一坛酒，另一只手拿着两个碗，放在桌子上后，说："我去炒几个菜。"

庞少海问："有花生吗？"

姜九忙说："有，不过是生花生。"

庞少海笑道："生的就行。 你也别忙活了，拌点野菜就行。"

姜九说："这好办，外面都是我种的菜，我洗洗，拌点蒜吃。"

庞少海看着篱笆外的菜园，道："九爷，那我去拔点菜。"

姜九一听这话，不好意思地挠挠头，说道："您可别叫我九爷了，曾经的九爷已经不在了，再说了先生的手怎么能干这些粗活，我去就行。"

庞少海爽朗地大笑起来："我的手没那么金贵。"说完，他就去篱笆外拔起了菜。

姜九看着拔菜的庞少海，说："以前我对有钱的商人很反感，但见到先生后，就另有一番想法了。"

庞少海突然来了精神，问："什么想法？"

姜九睁大了眼睛，认真地回答："平易近人。"

庞少海拿着菜从菜园里走了出来，姜九赶紧从水缸里舀出水，冲洗着庞少海手中的菜。

姜九感慨地说："我何德何能让您一趟趟地来找我。"

庞少海用力甩了几下菜上的水，说："来，咱们坐下聊。"

姜九给庞少海把酒满上，说："家里条件不太好，将就一下吧。"

庞少海劝说道："还是跟我去厂里吧，现在你母亲去世了，自己守着这房子也不是回事。"

姜九一听到"母亲"两个字，眼泪有点止不住，说："失去母亲最痛苦的不是当时的那一刻，而是日后想起她的每一刻。"

庞少海说："我们要学会接受这个世界上突如其来的失去，你是个孝子，也有家与国的抱负，但凭一己之力，确实很难做到尽善尽美，你娘也不想看到你在人世间活得这么累。"

庞少海的话让姜九深受触动，他长长叹了一口气，说："娘走后，我学娘的样子，按时做饭，收拾卫生，就好像她一直在这里，没有离开。"说完，姜九一怔，然后举起酒碗，和庞少海碰了一下，一饮而尽，又继续说道："我在黄河边上的名声并不好，说啥的也有，您对我有恩，我真的不想再给您添麻烦了。"

庞少海沉默着，姜九用深沉的眼睛凝视着庞少海，继续说："我现在已经不想和人争吵了，因为我开始意识到，很多人只能站在自己的认知角度上去思考问题，非要争个对与错，完全没必要。"

庞少海淡淡地看他一眼，说："一个人家境不好，并不表明他没有做事业的资本。对别人讲交情和义气，也是一个人做事业的资本。你重交情，讲义气，我看你好比虎落平阳，英雄末路，心里有说不出的难过，一定要拉你一把，才放心。"

姜九解释道："我的初心是好的，这些商人们在黄河交易，总是鱼肉百姓，欺负老实人，我不站出来，谁站出来？我只是想让黄河边的百姓过得好一点，少受点欺负，这有错吗？"

庞少海严肃地说："有句话说得好，当浑浊成为一种常态，清白就是错误的，你在黄河边确实名声很响，但你也成不了上海滩的杜月笙。我想我们可以从同和纱厂开始，尊重工人，团结工人，让工人们不会再受压迫。"

姜九缓了缓情绪，说："咱二人结交，是不是戏文里唱的'棋逢对手，将遇良才'？"

庞少海举起酒碗，猛地喝了一口酒，说："我这次去英国，其实也是遇到了很大的不顺利。"

姜九问："什么事？"

庞少海反问姜九："你谈过恋爱吗？"

姜九疑问道："什么是谈恋爱？"

庞少海又喝了一口酒，放下酒碗，从盘子里拣了几粒生花生，放进嘴里慢慢嚼着，说："就是搞对象。"

姜九竭力做出一个微笑，说："小时候订过一个娃娃亲，后来人家一家搬走了。"

庞少海把酒水又满上，说："我在英国有个恋人，这次去英国找她，发现她结婚了。"

姜九很惊讶，皱着眉问庞少海："庞先生，我能帮忙做些什么？"

庞少海摇了摇头说："虽然我很舍不得，可也无能为力，我们相爱了那么久，最后连一个像样的告别都没有。回国的路上，我琢磨了好久，或许有些人喜欢就好，不一定要拥有，放在回忆里也很美，人的一生很漫长，喜欢、合适、在一起，其实是三件不同的事。可天下之大，爱一个人怎么就这么难呢？"

姜九听得一头雾水，但还是硬着头皮安慰道："我娘说这辈子你最喜欢的人，就是上辈子最喜欢你的人，来的都是债，要还，还就还个干干净净，离开就是还清了。"

庞少海端起酒，说："你娘说得对，来，喝酒。"

庞少海和姜九一直谈到下午，太阳晒得让两人有些困乏了才止住。这时，刘珅开着车来到了篱笆外。

庞少海对姜九说："喝得很好。我给你安排个任务，如果想通了，要去纱厂的时候，带上四个人。"

姜九疑问："带这么多人干什么？"

庞少海笑道："你身边得有人，记住，要团结工人，不要与工人发生冲突，我相信你能办到。"说完，他就出门上了车。

庞少海坐在车里，回国这几天，他一直让自己处于忙碌的状态，想借此填补内心的空虚，但他明白，人生总会留有遗憾，没有人能停在原地，时间的洪流裹挟着社会、人情的种种羁绊，推着你往前走，无法回头。而庞少海向往的自由爱情，早已经迷失在曼彻斯特的街道。

刘珅轻声道："老爷一直在纱厂等你，我没说你和姜九喝酒的事情。"

庞少海问："知道是什么事吗？"

刘珅回道："好像是机器的事情，他倒是没细说。"

庞少海说："直接开车去纱厂。"

第二节　狭路相逢

风吹过，树叶偶尔会沙沙作响。

庞少海回到同和纱厂后，庞少霆正坐在经理室的沙发上，见庞少海进门，闻到一股酒味，说："大白天去喝酒了？"

庞少海赶紧问："机器哪里出问题了？"

庞少霆道："我要是能看出来，就不在这里等你了，你要先醒醒酒吗？"

庞少海知趣地说："先去厂房看看机器吧。"

姜式彬、王励轩、蔡砥言等人正围着机器，一个个闷闷不乐，庞少海进了厂房，问："看出什么名堂了吗？"

蔡砥言回道："咱们厂从英国怡和洋行购进的12英尺龙门刨床，经试验，效果一直不佳。"

庞少海走到机器旁观察了一会儿，问："这机器是谁采购的？"

庞少霆半晌才冒出一句："你去英国那些日子，少南哥安排玉荣进的机器。"

庞少海掩不住失望之色，说："我刚才检查了一下，刨床上用英文标着香港的代号，我们必须马上找英商交涉，要求退还机器，追讨赔偿金。"

庞少霆察觉到事情有些严重，便对庞少海轻声说了一句："咱们回办公室谈。"又对姜式彬说："你先放下手里的活，去把庞少南董事和庞玉荣监事叫到厂里来。"说完，他就带着庞少海去了办公室，问："送完开尧后，又去哪里了？"

庞少海勉强笑道："把你赶走的人再请回来啊！"

庞少霆皱起眉头："真是江湖混子，离了酒就办不了事了？"

庞少海解释道："是我跟姜九要的酒，从英国回来这些日子，我心里一直很憋屈，想找个人聊聊。"

庞少霆惭愧地说："这是我这个当哥的失误。"

庞少海摇了摇头，说："哥，你做生意雷厉风行，但说到男女感情，咱两个也聊不到一起去，你还是感谢咱祖坟上冒青烟，让你给我娶了这么好的嫂子吧。"

庞少霆起身道："你嫂子确实不容易，我一直在忙生意，这个家都是你嫂子撑起来的。"

庞少海问："咱们购买这批机器的协议在哪里？ 拿来我看看。"

庞少霆说："等玉荣来了吧，少南哥因为玉祥面粉厂的事情，对咱们一直有偏见，咱们哥俩不能因为这件事，再让他们从同和纱厂分离出去。 你等会说机器问题的事情，也含蓄一点。 玉祥面粉厂自从董事会改选后，发展蒸蒸日上，梅蝠双鹿牌面粉很畅销，让很多人眼红。"

庞少海喃喃道："少南哥真没必要离开玉祥面粉厂自立门户。"

庞少霆说："玉祥所用原料小麦，基本上都是来自津浦、胶济铁路沿线，黄河中下游，小清河流域及本省南四湖运河区域。 除本厂门市部及本市泰和祥、同聚恒、聚丰成等33处代销点外，也销往胶济沿线、黄河流域、小清河流域。 当初吴冠东也劝少南哥，要什么实权，能拿钱就行，可少南哥就是不听劝。 玉祥面粉厂在建厂后不久，就制定了各部办事细则，庶务、麦栈、粉仓、铁工、工人、苦力、门役、厨房等部门都有办事细则。 工厂依据细则对工人进行考核奖惩，同和纱厂也是借鉴了玉祥面粉厂奖罚分明的方式。"

庞少海说："同和纱厂开厂不久，没有赚钱，你就对副理张德忱、引擎房负责人刘承镦、铁工部负责人张佩孚等人，进行了奖赏。 这样一来，厂里的人对你无不感恩戴德。"

庞少霆哈哈大笑："我们要舍得花钱，而且要花的是时候，花得对地方。 和你说这么多，就是告诉你和少南哥谈问题的时候，要冲着双方都满意的结局，不要过分指责玉荣，毕竟都是一家人。"

庞少海应道："哥，放心吧。"

过了一会儿，庞少南和庞玉荣叔侄俩进了门，庞少南见面就问："少霆、少海，发生什么事了？"

庞少霆说："咱们厂从英国怡和洋行购进的12英尺龙门刨床效果很差，我让少海看了一下，发现不是正品，是香港制造。"

庞玉荣纳闷道："不可能啊，我是和英国人打的交道，才把机器弄了进来。"

庞少海说："玉荣,把咱们和英商的合同拿过来瞧瞧。"

庞玉荣赶紧出门,去翻找合同。

庞少海朝庞少南问道："少南哥,咱们济南有法律机构吗?"

庞少南一愣,他本以为这次是"小庞家"两兄弟要给自己下马威,没想到主动请教起自己,便说："咱们有济南律师公会。"

而这时,庞玉荣拿着合同走了进来,庞少海接过合同看了几眼,对庞少南说："这样,麻烦少南哥去找个律师,我先带着玉荣去找英商谈一下,但我估计谈下来的可能性不大。"

庞少霆看着庞少海处理起问题来游刃有余,心里很是满意。庞少海转头对庞少霆说："哥,你去请几家报社的记者,一旦英商耍赖皮,我们就得想办法,直接曝光他们。"

庞少南看了一眼庞少霆,说："我们就分头行动吧。"

庞少海和庞玉荣出了办公楼后直接上了刘珅的车。庞少海对庞玉荣说："到了之后,我来和他们交涉,这群外国人就会欺软怕硬。"

庞玉荣像是个犯了错的孩子,说："少海叔,咱们能追回损失吗?"

庞少海笑道："放心,在咱自己的土地上,还能容忍他们这些洋人胡作非为吗?"

谈话间,两人到了怡和洋行。庞玉荣对门口接待的伙计说："帮忙找一下约翰先生。"

伙计问："请问有预约吗?"

庞玉荣语气低沉地说："就说同和纱厂的庞玉荣求见。"

伙计行了个礼,就朝约翰的办公室走去,两人在大厅里等了一会儿,伙计回到大厅后,对两人说："两位先生跟我来吧。"

两人跟着伙计进了约翰的办公室,约翰赶紧起身,先和庞玉荣握手："庞先生,好久不见。"

庞玉荣和约翰握完手后，介绍身边的庞少海："这位是同和纱厂的庞少海经理。"

约翰又与庞少海握手，随后说道："两位先生请坐。"

庞少海问道："约翰先生，是英国人？"

约翰点头道："英国伦敦。"

庞少海向他拱拱手："我在曼彻斯特求过学。"

约翰惊讶道："幸会，幸会。"

庞少海开门见山："我们厂从约翰先生这里购进的 12 英尺龙门刨床，不是英国的产品，是香港制造。"

约翰听明白了，他站起来望向窗外，悠悠地说："我怎么不知道有这回事？"

庞少海让庞玉荣拿出双方签的合同，对约翰说："合同约定是英国产品，实际却是香港制造的，这属于违约。"

约翰脸色突变，坐回到沙发上，闭着眼睛，养了养神。

庞玉荣问："约翰先生，你的脸色不太好，是不是不舒服？"

庞少海叹了一口气："我希望约翰先生按照合同进行赔偿。"

约翰摇着头："我不认为我们提供的产品不是英国制造。"

庞少海说："不要紧，约翰先生可以随我到厂里看一下机器。"

约翰虽然心虚，但不信庞少海会看出什么破绽，便强词夺理道："我可无法确定同和纱厂有没有把我提供的真机器给换掉。"

庞少海向着约翰微笑道："我们已经请好了律师，也请好了记者，若约翰先生看完机器情况属实，但不执行，我们会通过法律解决，同时登报声明。若是我们同和纱厂在故意刁难怡和洋行，我们就在报纸上公开道歉。"

面对强硬的庞少海，约翰就随便地应了一句："我最近有些公务在身，等我有时间了，一定去厂里看机器。"

庞少海点头道："约翰先生，我们一定恭候您的大驾，我会把律师和记者请到现场，到时我派司机来接您。"

说完，两人便起身告辞。

庞玉荣手里一直捏着一把汗，直到走出怡和洋行才松了口气。庞少海看出了他的紧张，便说："玉荣，约翰比你紧张。"说完，笑着上了车。

第三节　风烟尽处

夜，浓深而幽邃。那些洒落在地上的月光，犹如一道道揉碎的银粒子，幽然静谧。夜，忽然在这一刻黑到了极致。

庞少霆摆了家宴邀请庞少南和苏苓月到家中做客。周凤菁笑着说："今晚的菜可都是大嫂一个人忙活的，我就打了把下手。"

庞少南笑道："她在家好久没下厨了，让她过过瘾吧。"

庞少霆说："可不能把嫂子累着，我来搭把手。"

苏苓月拒绝道："你们哥俩去聊正事吧，有凤菁在就行了。"

庞少霆一撇嘴，道："你看，人家还不用我。"

庞少南点了一根烟问："少海呢？"

庞少霆回道："刘珅早把他送回厂子了，少海今晚有事，估计是机器的事情，玉荣也有事要忙，就咱哥俩吧。"

庞少南点头道："咱哥俩也挺好，好久没单独聚了。"

周凤菁陆陆续续把菜端上桌。庞少霆从屋里拿出一坛子酒，说："这还是咱去上海的时候，窦舟卿老兄给咱俩的酒，我一直没舍得喝。"

庞少南笑道："我那坛早就喝完了。"

庞少霆喊了一声："嫂子，先入座吧。"

周凤菁对庞少霆说："你就别喊嫂子了，你们哥俩喝就行，我和嫂子忙活一会儿。"

庞少霆看了一眼庞少南，说："哥，我听说了一件事，不知当讲不当讲。"

庞少南闻了闻酒水，说："哪有什么不当讲。"

庞少霆沉思了一会儿说："我听说你的亲家陈仁伯，身体不是很好。这是你们的家务事，我不该管，但我觉得你们俩斗了大半辈子了，也该有个了结了。"

庞少南举起酒杯，一饮而尽，说："仁伯一直是个死脑筋，我明白他也不容易，可谁活在这人世间就容易呢？仁伯壮年得势，虑无不周，晚年境遇欠佳，除事业遭受挫折外，他的四弟遭绑架，二弟先他而逝，独生子又不幸早亡，天灾人祸使他忧伤成疾。"

庞少霆夹了几口菜，在嘴里咀嚼着，庞少南继续说："我这个亲家啊，做生意真是一把好手，你看他给聚鸿纱厂设计的商标多有创意，背景图案是棉桃和织布的梭子，上面浮着一张蜘蛛网，一位穿着时尚泳装的年轻美人依附在网上，取名'美人蜘蛛'。聚鸿纱厂生产了一种新的纱料，出口日本等国，便使用这幅'美人蜘蛛'的图案作为商标。蜘蛛网表示这款纱料轻盈，美人则寓意华美。这样的情调显然是为了迎合产品出口销售的国家，足见仁伯开阔的眼界和开放的头脑。他'自营、联营、代营'的灵活经营之道也使得顾客盈门，生意兴隆。"

苏苓月端着一盘菜出来，笑着对庞少南说："你和亲家真是英雄相惜，又互相看不顺眼。"

庞少霆竖起大拇指说："嫂子评价得极是。"

庞少南笑道："你们俩就别一唱一和了。"

周凤菁坐在了庞少霆的身边，说："要我说啊，咱们都该去看看仁伯大哥。"

庞少南应道："这样吧，我这几天忙完同和纱厂机器的事情，就去看亲家一趟，你们先别去了，别再被轰出来。"

众人大笑。庞少霆赶紧说："哥，你也别等着处理完机器的事情了，有少海和玉荣叔侄俩在负责，你明天就去看看仁伯大哥。"

庞少南点了点头后，问庞少霆："少霆啊！你说这次少海能把机器的事情处理好吗？"

庞少霆一听，倒愣住了，思考了片刻，回道："咱们应该相信少海。"

庞少南深有感触地说道："咱们做生意就讲究'诚信'两个字，保证按规格如期交货，也保证货真价实，咱们的粮栈能独揽广东客商生意长达二十二年，并且占据花生米交易的头把交椅，关键就在于诚信为本。后来，我的好友、实业厅厅长王芳亭经常在韩复榘面前替我说好话，韩复榘对我也颇有好感。有一次韩复榘问我为何不常来谈谈，我说，主席很忙，我出入省府也不方便。一听这话，韩复榘当即下令，以后我去省府不用通报，还给了我一个铜制特许出入证。韩复榘在同工商界人士开会时曾说，你们这些买卖人有一个最大的毛病，就是不讲真话。你们就不如庞少南，有啥说啥。"

庞少霆叹道："洋人做生意看重的是利益，他们才不管诚信。"

庞少南脸上有一丝的忧虑，端起酒杯，喝了一口酒。

夜已深，庞少海站在厂院里，望着皎洁的月亮，思绪万千。

姜式彬、王励轩、蔡砥言三人来到院子里，见到庞少海后，蔡砥言一头雾水地问："庞经理，深更半夜叫我们来厂子有什么事？"

庞少海没有回话，把三人领到了钢工部的机器旁，叮嘱道："现在就咱四个人，我有个大胆的想法，我们自己制作一台刨床，但要保密，厂里除了咱们四个人，谁也不能知道这事。"

王励轩担心地说道："我们没有这方面经验，能行吗？"

庞少海笑道："比着葫芦画瓢，咱们还不会吗？想当初张采丞都自己造汽车。"

姜式彬点头说道:"我看能行。"

蔡砥言也附和道:"外国人能造的东西,凭什么我们中国人不能自己制造,咱又不比他们少胳膊少腿。"

庞少海再次嘱咐道:"那咱们就行动起来吧,白天该干什么就干什么,我们晚上制造机器,一定要保密。"

姜式彬等三人慨然应允。王励轩说:"咱们可不可以借助一下外力?"

蔡砥言谨慎地问:"可否邀请一下玉祥铁工厂的张敏斋参与进来?"

庞少海说:"你可能不知道,起初,玉祥面粉厂铁工部负责人是张敏斋。随着铁工部的发展,我哥就想建铁工厂了。但建铁工厂必须得有产品注册商标,于是我哥决定在铁工部内由张敏斋负责另设一班人,定名为玉祥铁工厂,投资五千元,以制造衡器为主,以'宝鼎牌'为商标,并召集工人三十名,我哥亲自任经理。后来,我哥与张敏斋发生矛盾,张敏斋就将玉祥铁工厂迁至经二路纬五路,不再与玉祥面粉厂发生关系。"

蔡砥言赶紧解释道:"庞经理,我不知道还有这件事。"

庞少海笑道:"不要紧,我相信咱们几个人可以把机器造出来。"庞少海之所以说这样的话,并不是空穴来风,他很早就想打造一批自己产的机器,这样就可以摆脱对国外机器的依赖。

庞少海一早就对原来的玉祥铁工部进行了调研,玉祥铁工部的前身是修理部,一开始不过二三十人,是负责本厂设备安装和维修的部门。后来不断发展,开始自制设备,从台钳到车床、钻床、拉丝床、刨床、铣床都能制造,一直发展到拥有40多台6尺车床,工人也增至300多人。这时,修理部改名为铁工部。铁工部有"组织章程",除维修、制造机器外,还以培养铁工技术人才为目标,有一套独立的管理班子,并设铁工、木工两大股,工人待遇还优于制粉部,且有奖金。

王励轩看着愣神的庞少海问："庞经理，是不是不太舒服？"

庞少海叹了口气，回道："确实有点累，这一天过得和一年一样，不过，接下来，你们三人就要受累了。当初玉祥面粉厂之所以设立铁工部，就是为了本厂能独立制造设备。就拿钢磨来说，前几年铁工部就按照美机仿制了6部，在厂内安装投产后，性能良好，甚至比美国的机器还好用，从资金上说，当时进口同等设备需美金四万多元，而本厂制造的成本，加上配套设备，也才占进口价的三成。我们同和纱厂也需要往这方面发展，独立自主，这样咱们就不用看外国制造商的眼色了。"

蔡砥言笑着说："那我们就干起来吧。"

次日一早，庞少南凝神静坐了一会儿，将日久未修刮的胡子清理了一下，照着镜子自言自语道："这精气神真好。"

苏苓月嘱咐道："一说要去见亲家，你就来劲，我可和你说好了，这次你可千万别和亲家起冲突。"

庞少南应道："这事你就放心吧，我要是觉得不对劲，直接转身就走。"

苏苓月笑道："我一大早安排刘珅去买了糕点。"

庞少南打趣道："还是夫人想得周到。"

陈氏大院是一座规整的四合院，里里外外收拾得很干净。庞少南夫妇二人进了门楼，来到一间南屋子门口。庞瀚涛和陈玲秀见庞少南和苏苓月进了门，赶紧迎上去。庞瀚涛从苏苓月手里接过了礼盒，问："爹、娘，你们怎么来了？"

庞少南疑问道："陈家的门槛就这么高吗？"

苏苓月瞪了庞少南一眼，又对陈玲秀说："你去和你爹说一声，我们来看看他。"

陈玲秀应道："我马上去。"

庞少南站在院子里，有一股悲伤的情绪涌上心头，苏苓月对庞瀚涛说："秀儿刚没了弟弟，她爹又没了二弟，这陈家可是遭了罪了，你在这边多费心，不能和秀儿吵嘴。"

庞瀚涛对苏苓月点头道："娘，你就放心吧。"他转身又对庞少南说："爹，秀儿她爹让我去接手山西的面粉公司，你怎么看？"

庞少南说："这个厂自1920年成立以来，口碑一直不错，是时任山东督军的田中玉联合陈仁伯合资四十万银圆在太原兴办的。当然，当时田中玉也是看中了陈仁伯商会会长的身份，现在陈家遭遇大难，既然交给你，你就接着，但这个厂别给人家改了姓，还得姓陈。别让人家说咱们庞家不仁不义。"

父子俩谈话间，陈玲秀走到庞少南跟前说："爹，咱们进去吧。"

陈仁伯正与辛铸九聊天，辛铸九见庞少南进门，起身说："仁伯兄，你亲家来了，咱们的事改天再聊吧。"

庞少南赶紧上前说道："葆鼎兄，不碍事，我就看看亲家。快坐吧。"

陈仁伯道："哟呵！那可不敢当，让庞家亲自来看我这病秧子。"说这话时，语气带着火药味儿，接着又咳嗽了几声。

庞瀚涛也跟着陈玲秀走进了屋子，陈玲秀一边给庞少南夫妇倒茶水，一边对陈仁伯说："爹，我公公婆婆来看你，你就别端着架子了。"

陈仁伯脸色苍白，身上穿着一件略显旧的蓝色衣衫，两只手臂露在外面，瘦得像两截枯柴一样。庞少南见状说道："亲家的病，我看是一刻也不能耽搁。咱们去医院瞧瞧。"

苏苓月附和道："亲家，我一个女人家可不管你们生意场上的事情。身体是自己的，不能太大意。"

辛铸九看出了尴尬的气氛，便说："仁伯兄啊，我觉得少南两口子说得在理，你就去看看病吧，聚鸿还有我呢，就别担心厂子的事情了，我还有一点事，要回家一趟，你们先聊着。"

陈仁伯喊了一声："秀儿，去送送你葆鼎叔。"

屋里沉静了片刻，庞少南说："刚才儿子和我说，你要把山西的厂子给他管理，我是表示赞同的，我也嘱咐儿子了，厂子永远姓陈。"

陈仁伯笑道："姓不姓陈，这个不重要，我刚才和辛铸九在聊，想把我聚鸿纱厂的股份转让给瀚涛，我的命数快到了。"

苏苓月打断道："亲家，你这是说的什么话，我一会儿吩咐两个孩子，非把你送到医院去。"

陈仁伯推心置腹地说道："少南啊，我信任辛铸九。土匪孙美瑶曾经制造震惊中外的临城大劫案，峄县知事被革职，辛铸九临危受命，机智处理这一要案。此后枣庄中兴煤炭公司发生井下瓦斯爆炸，125名矿工丧生。辛铸九仗义执言，迫使矿主赔偿每个死难矿工遗属200元，得到当地人称赞。从这些事上，我觉得这人可交。你以后也要多和他交往。"

庞少南抿了一口茶，说："这一点，我听仁伯兄的。"

陈仁伯笑道："咱俩斗了半辈子，也该有个了结了。你说谁赢谁输？"

庞少南大笑道："我输了。"

陈仁伯摆了摆手说："咱就别谦虚了，前段时间少海来找过我，他说了很多办厂的思路，我觉得很超前。有些时候，你该多听听他的想法，他之所以在大局上选择沉默，是在捍卫你这个当哥的权威，当然也是为了维系大庞家和小庞家的关系。"

说完这话，陈仁伯又开始咳嗽起来。

苏苓月赶紧对庞少南说："咱们先走，让亲家休息吧。"

显然庞少南还有些话要说，但看到陈仁伯状态不好，便起身说："那我们改天再来看你。"说完，他便招呼苏苓月一起走出了房门。

庞瀚涛和陈玲秀跟在他们身后，一直送到大门口，望着他们的身影渐渐远去。

过了一会儿，陈玲秀听到里边屋子有咳嗽声，便返回屋子，只见她父亲望着门外，对她说道："秀儿，以后在生意上，你要多听公公婆婆的话。"他边咳嗽边说，那脸上的微笑渐渐收住，眼角上有两颗泪珠，斜流下来。

陈玲秀也感到心中一阵酸楚，泪水瞬间溢满了眼眶。

第四节　瓶中之水

清早，隔壁槐树上的喜鹊，在喳喳地叫着。庞少海已经醒了，路传荣把早餐给庞少海备好，耶鲁道"汪汪"地叫了两声。

路传荣赶紧安抚耶鲁道："放心吧，也给你准备了吃的。"

庞少海洗漱完毕后，坐在餐桌上用餐，整栋别墅都静悄悄的，前面的院子里是修剪得整整齐齐的草坪，石子铺的小路从草坪里延伸出来，直通到石块台阶下面。

庞少海和余英分别坐下后，余英又对路传荣说："过来坐下一起吃吧。"

路传荣喂完耶鲁道，坐到餐桌前，说："庞先生，我想请几天假，回家一趟。"

庞少海问："家里出什么事了？需要帮忙吗？"

路传荣回道："家里没出啥事，我得回去把自己嫁出去。"

余英一听，高兴道："找到婆家了？"

庞少海笑道："这是好事啊！稍等。"说完，庞少海拿出一沓钱，递给路传荣。

路传荣一愣，问："这是要辞退我啊？"

庞少海解释道："你想哪去了，这是给你的份子钱，快拿着。"

路传荣推辞道："不缺钱。"

余英继续吃着早餐，说："让你拿着就拿着，对了，男人是做什么的？"

路传荣笑着说："木匠。"

庞少海喝了一口牛奶，擦了擦嘴，说："让他来同和纱厂吧，你们结完婚，我去宿舍那边给你们申请夫妻宿舍。"

路传荣惊讶道："先生这么一说，我更不能收这钱了。"

三人谈话之间，刘珅进了大厅，说："庞先生，咱们得准备去厂里了，约翰先生半个小时后到达厂里。"

庞少海问："记者和律师都到了吗？"

刘珅回道："庞老爷已经安排好了。"

庞少海点了点头说："那咱们走吧。"刚出门，他又折返回来问路传荣："结婚的日子是哪天？"

路传荣回道："后天。"

庞少海微笑道："收拾完，就马上回去吧。需要我们帮忙就言语一声。"

庞少霆在办公室与约翰喝着茶，三位记者和一名律师也围坐在茶桌旁，从约翰的表情上，庞少霆看出了他的自信。

过了不多久，庞少海进了办公室，礼貌地和约翰握手："欢迎约翰先生来到同和纱厂，虽然是以这种不愉快的方式。"

约翰笑道："庞，前几日我太忙了，非常抱歉，耽搁了各位的时间，那咱们去看看机器吧。"

庞少海点头道："请。"

庞玉荣在厂子里候着，见一行人朝库房走来，便迎了上去："咱们里面请。"

约翰进了库房后，见到那台刨床，他仔细观察了一下，说："这确实是英国制造。"

庞少海笑着说："现在记者和律师都在现场，我给约翰先生讲几个要点。你看这后面的代码，这是香港制造的代码，再就是这机器运作起来，根本达不到预期的效果。"

蔡砥言喊了一声："大家离机器远点，我准备开机。"

待大家伙儿往后退了几步，蔡砥言打开机器的开关。庞少海说："这机器动静就不对，约翰先生，您觉得呢？"

约翰看了看身边的记者，又看了一眼庞少海，本想再力争一下，但理屈词穷，他悄悄对庞少海说："我同意如数退还贷款，并按照协议赔偿损失费。我会尽快安排人员把钱款送来，同时把机器拖走，但是请各大报社不要报道此事件。"

庞少海笑道："没问题。"

约翰有些沮丧，刚要走出库房，却发现了角落里的另外一台龙门刨床，他走过去看了一会儿，这把庞少霆和庞玉荣吓了一跳。约翰摇着头说："这台龙门刨床是怎么回事？"

庞少海也走了过去，对约翰说："这是我们厂自己生产的机器。"

约翰有些气愤道："这台机器是根据英国的机器仿制的，我们有专利权，同和纱厂这么做属于侵权。"

庞少霆瞪着庞少海，脸上有些怒火。约翰这次算是找到机会要翻转局面了。庞少海笑道："约翰先生，如果我们仿制您的产品，我们哪敢摆出来啊。在等您来厂里验货的这段时间，我和铁工部的技术工一起制造了这台12英尺的龙门刨床。我们自制的刨床，是结合瑞士和日本的产品研制而成。您可以仔细地看一下这台龙门刨床的底盘和螺丝，我们都进行了改造，与英货完全不同。"

蔡砥言和庞少海对视了一眼，内心充满着自信。约翰仔细观察了一下机器，摇着头走出了库房。

庞少霆舒了口气，对身边的庞玉荣说："你回去和你少南叔说一声,咱们能独立生产龙门刨床了。"说完,他面无表情但内心得意地走出了库房。

庞少海对记者说:"各位记者朋友,叫大家来到同和纱厂的目的,就是请各位记者好好报道一下同和纱厂自主研发的龙门刨床。"

三位记者赶紧走到机器前拍照,庞少海走到律师身边,说:"也麻烦您了,一会儿去财务把钱领了。"

律师笑道:"我也没帮上什么忙,比不上庞经理见多识广。"

庞少海想了想说:"以后少麻烦不了您。"说完,他对刘珅说:"刘管家,带律师去财务把辛苦费领了,还有三位记者,每人包一个大红包,再就是我家保姆路传荣这几天要结婚,麻烦刘管家派个人跑一趟,送点贺礼过去。"

刘珅应道:"庞先生,这事交给我,您就放心吧。"说完,他便带着律师去财务领钱了。

庞少海走出库房,看到院子里的庞少霆,他凑了过去,说:"哥,没想到吧?"

庞少霆开怀笑道:"老三啊,脑子够灵的。"

庞少海叹了一口气道:"国不强,商不立。我们创办企业,必须有底气与外国同类企业进行价格战,实现盈利。而必要的时候,我们必须与外商合作,实现企业的良性发展。"

庞少霆说:"说得有道理,你是留洋的实业家代表,同和纱厂能有今天,也说明你有见地、有魄力、有能力,具有创造性和现代精神,没有把利润最大化看作第一追求,而是有着更高的目标。这一点,我很欣慰。"

庞少海严肃地说:"任何时代都不缺成功的企业家,但我一直认为以救国为目标、不曾在国家困难时撤资跑路的企业家,才真正值得尊敬。商之大者,为国为民。"

庞少霆满意道:"老三啊,听你说了这番话,我心里算是踏实了。"

庞少海问道："少南哥怎么没来？"

庞少霆低声道："我和你嫂子劝他去看了一趟亲家。"

庞少海说："他俩不会再吵起来吧？"

庞少霆摇摇头："都这把年纪了，还吵啥呢？这两人最近处得不错，不过，仁伯兄的身体真是堪忧啊！"

话音刚落，门外出现了吵闹声，一个伙计跑了过来，询问道："庞经理，有几个人说要找您，让他们进来吗？"

庞少海往门外瞟了一眼，姜九喊道："庞先生，是我，姜九。"

庞少霆不满道："这就是你招的人，一群莽夫。"说完，他就回办公室了。

庞少海没顾得上和庞少霆解释，他朝着门口走去，喊了一声："都进来吧。"

姜九领着四个小伙子进了厂子，那四个人眼神在不停地扫视着厂子。庞少海看着姜九等人，一个个背着包袱，再看看他们的身上，衣襟上不仅斑斑点点，脏兮兮的，而且打着大片的补丁，实在不成个样子，只有姜九刮了胡子，显得干净利索。庞少海的脸上露出了笑容，问姜九："这是想通了？"

姜九介绍道："庞先生，不，庞经理，这位是谢志强，那个叫周伟，旁边那个叫黄建树，那一位叫郑周明。"

庞少海摇摇手笑道："喊庞经理也行，叫庞先生，我也高兴，一会儿呢，我让人带你们去厂里的宿舍先住下，不过，在住下之前，你们每人去买身衣服，工作服也不是说马上就能做好，总不能穿成这样进厂房吧。"说完，庞少海在身上掏出几张钞票，递给姜九吩咐道："赶紧带他们去买身衣服吧。"

四人一听买衣服，心里乐开了花，姜九却有些闷闷不乐，低了头，手上虽接了庞少海的钱，眼光可不敢直接和庞少海的眼光相碰。

姜九说:"你们四个去买衣服吧,我先和庞先生聊一会儿,随后去找你们。"他边说边把钱塞给了其中一个人。

四个人看了眼姜九,迟疑片刻后,便转身出门了。

庞少海问姜九:"你怎么不去?"

姜九心里有些过不去,回道:"庞先生,我带的这四个人都是种地扛包出身,这些技术活根本干不了,我担心给您添麻烦。"

庞少海笑道:"如果不想给我添麻烦,就好好干,争口气。"

姜九听了说道:"您让我干什么只管说,我一定努力去干。"

庞少海欣慰地说:"姜九啊!你来到厂里,是我真心请你来的,你要做的事情非常多,刘珅不容易,一直伺候着我哥,还得伺候我,不能累他一个人啊,所以下一步你要跟着刘珅管家学的东西还很多。"

姜九点头道:"全力以赴。"

庞少海继续说:"你那四个朋友,要从培训开始,慢慢学。"

姜九应道:"他们肯定很乐意。"

庞少海笑了笑,说道:"但是我对你们约法三章,不准在厂内惹事,不准欺负工友,不准招惹厂里的女工人。"

姜九许诺道:"您放心,我们一定认真遵守。"

庞少海说:"工厂对学徒有六字要求。一是勤,做事须向人前,不可偷懒;二是谨,谨则事事小心,不敢妄为;三是廉,廉则不贪,可以守分安身;四是俭,俭可以养廉;五是谦,谦则受益无穷;六是和,和则外侮不来。我们要求学徒要牢记在心,存于行箧。"

姜九一头蒙,刚要说什么,庞少海继续说:"我们还要求学徒要做到五戒。第一戒性情,性情宜温柔,待人和气,则事事讨便宜,人亦肯与你交好,受益匪浅;第二戒嬉游,嬉则废正事,放荡心性,游则荒荡,近小人,为君子所不齿;第三戒懒惰,终日悠悠忽忽,不肯操习正事,则一生成为废材,到老不成器;第四戒好胜,凡好勇斗狠，有伤身体，皆不可为，言语好胜，最易吃亏；第五戒滥交，朋友为五伦之一，人固不能无友，益友损友，心中需要看得明白。守此五戒，是个全人，一生安身立命，皆在于此。"

姜九顿了一会儿，说："庞先生，这么高深的道理，我都听不懂，何况是他们几个人呢。"

庞少海道："厂里办了夜校，你们有时间去学习一下。"

庞少海叹了一口气，继续说道："正好今天你来了，我跟你说道说道，厂里是事连着事啊，最近工人有很大的情绪。"

姜九纳闷道："为什么？这么好的工作环境，他们还不知足？"

庞少海皱着眉头说："现在董事会要给工人降薪，消息已经传开了，工人干活的心情都受了影响。你们来之前，我刚处理完机器的问题，这不马上又得处理工人问题。"

姜九说："厂子的管理，我不懂，反正需要我做什么，您只管吩咐。"

庞少海从口袋里又拿出几张钞票，说："好，芙蓉街上有个饭馆叫福寿楼，味道很地道，你带着那四个伙计去尝尝吧。"

姜九道："庞先生，您又是给钱让我们买衣服，又是拿钱请我们吃饭，我这心里真有点过意不去。"

庞少海把钱塞到姜九的手中，笑道："本来咱哥俩应该一起喝点酒的，但我得先去处理工人降薪的事情，不然厂子里会出乱子，你就代表我，去和他们吃一顿。"

姜九看了看手中的钱，又瞅了一眼庞少海，说："行，那我就先带他们吃一顿。"

福寿楼建筑工艺细腻精湛，明柱花窗，雕栏画栋，美妙绝伦。福寿楼的创办人，是号称"天下第一厨神"的郝爷，他收了两个徒弟，一个是高德生，另一个是陆松宇。高德生在郝爷去世后，接管了福寿楼，陆松宇凭借高超的厨艺被召进宫当了御厨，两个徒弟各有千秋。后来，陆松宇的儿子陆明诚娶了高德生的女儿高珊珊，两人一起经营起了福寿楼。

姜九五人哪进过这么豪华的酒楼，谢志强惊讶道："九哥，真是托你的福了，兄弟们还没来过这么高档的酒楼。"

黄建树迎着姜九说："这庞家真是有钱啊，这要是天天下馆子，得花多少钱啊？"

姜九这才向大家笑道："别做美梦了，这顿饭呢，算是庞先生给大家伙儿接风，以后大家都得服从工厂管理，不能惹是生非，咱们把丑话说在前面，谁要是惹事儿，就是不顾兄弟感情，可以直接走人。"

周伟向他丢了一个眼色，说："九哥，你就放心吧，你能把我们四个人带出来，就说明信得过我们，如果我们给你惹了事，自己卷铺盖走人。"

郑周明扯了下姜九的胳膊说："咱们快上楼喝酒吧，别傻愣在这里了。"

姜九咧嘴一笑道："好，咱们喝酒去。"

第五节　万物花开

当清晨的第一道阳光投射在同和纱厂，熹微的晨光下，林立的厂房、忙碌的工人，显得异常热闹。

庞少南、吴冠东、王扶九、韩秀泉、冯念鲁、张念初、周品三、庞玉荣、庞少霆、胡益琛、耿筱琴、庞少海等人坐在会议室里。庞少南点了根香烟，抽了几口烟后，说："咱们同和纱厂遇到了一些困难，前段时间少海去了英国，现在也回来了，那就先让少海说说想法吧。"

庞少海看了一下众人,说:"我的态度是反对降薪,我不是想当什么救世主,也不是想当老好人,而是从咱们厂的实际情况出发,从建厂投产到现在,工人已经有八百多人,纱锭一万七千枚,外部的环境确实对咱们的厂产生了一些影响,但我们的收入还是稳步上涨的。"

周品三打断道:"少海兄,现在很多厂子都已经在降薪了,工人们虽有怨言,但照样得老老实实干活,他们要是不老实干活,就会没饭吃。"

张念初担心起争执,便转移话题问庞少霆:"韩复榘主席实行面粉限价,但不限麦价,使各厂受到损害,现在也有人要联合去请愿,少霆兄和少南兄都有面粉厂,你们怎么看这件事情?"

庞少霆笑着说:"甭管他,垮上几家更好干。"

庞少南正在那里凝神,听了庞少霆的话,鼓掌叫好,然后说:"咱们还是把讨论的话题转移到同不同意给工人降薪这件事上来吧。"

庞少海沉思了一会儿说:"我觉得,工厂的管理也需要工人的支持,一旦激怒他们,后果不堪设想。想必各位都知道欧洲的三次工人罢工运动,我们千万不能酿成这样的悲剧。"

庞玉荣却先笑道:"少海叔,没那么可怕,工人需要这份工作养家糊口。"

庞少海严肃道:"我们也同样需要这些工人,没有了工人,我们的厂子也会垮的。"

庞少南向庞玉荣丢了个眼色,庞玉荣有点心虚,也不知道说什么好,屋子里静悄悄的。

过了有一会儿,王扶九说:"我有一个建议,我们可以取消按月加四天的奖励政策。"

庞少海十分沉着,没有做出回应。

庞少南扫视在座的人后,说:"大家表下态吧,同意取消按月加四天的奖励政策的请举手。"

大家慢吞吞地举起手来，庞少海没有举手，他看到耿筱琴也没有举手，松了一口气。

庞少南笑道："多数通过，咱们就取消按月加四天的奖励政策，散会吧。"

庞少海闷闷不乐地走出了会议室，在院子里踱步，院子里的人也慢慢散去，他一人站在广场中央发呆。

耿筱琴走了过去，对庞少海说："少海啊，是不是有种挫败感？"

庞少海微微苦笑，说："为什么明知是错事，还要继续坚持呢？"

耿筱琴笑着，眯了眼睛望着他说："你想知道的答案，在唐代诗人白居易《琵琶行》中就已经答复了，'商人重利轻别离，前月浮梁买茶去。去来江口守空船，绕船月明江水寒'。"

庞少海叹口气道："耿掌柜，谢谢你站在我这边。"

耿筱琴摆摆手道："你也不用谢我，我同意不同意，对大局没什么影响。你要多了解一下古人的经商理念和准则，你是从西方学了洋人的经商思想和习惯回到了国内，你想用洋人的思想去说服一桌子受中华传统思想熏染的商人，那肯定会受挫。吴中孚先生曾在《商贾便览·工商切要》开篇强调，'习商贾者，其仁、义、礼、智、信，皆当教之焉，则及成自然生财有道矣。苟不教焉，而又纵之其性，必改其心，则不可问矣。虽能生财，断无从道而来，君子不足尚也。'清代重刊的《贸易须知》也认为，'商亦有道，敦信义，重然诺，习勤劳，尚节俭。此四者，士农工皆然，而商则尤贵，守则勿失。'如果你用这些思想去说服在座的掌柜，或许会更有效果。"

庞少海感谢道："多谢耿掌柜指教，您真是博学多识啊！"

耿筱琴笑道："我只不过多看了一些古书而已，沉住气，坚守自己的本心。长山县有个叫王树臻的商人，白手起家，在当地赫赫有名。他告诉我，他一直以信用为本，坚守'诚者，天之道也；诚之者，人之道也'的诚信观。 他在商业运作过程中，不仅公平交易，光明正大，而且诚实无欺，重恩守信。 少海，你的出发点是美好的，要像王树臻一样坚持住。 有机会我介绍你们认识，我还有点事，改日再聊。"

他说毕，掉头朝厂门方向走去。 这时，一个伙计走了过来，说："庞经理，董事长叫你。"

庞少海一转头看到站在厂房门口的庞少霆，便走了过去。

庞少霆看了一下四周，对庞少海说道："是不是备受打击？"

庞少海摇了摇头，反问道："哥，你是不是早知道会是这样的结果了？"

庞少霆毫不掩饰地说："没错，之前我问过你关于降薪的看法，你一直在反对，但我不劝你，也是为了让你亲自感受一下挫败感。我们商人不是不讲义气，我也不是不懂'轻炎拒势，谓之正人；济弱扶倾，方为杰士'。 可是老三啊，我们是办厂子，一旦股东们不团结了，那厂子还怎么经营下去，这些工人更吃不上饭了，到时候我们都得喝西北风了。"说完，他便转身回了办公室。

庞少海待在原地，陷入沉思。 而在锦缠街 47 号，陈峻君却异常兴奋，虽然外面人声嘈杂，但他的笑声还是能引起院内人的注意。

陈峻君盯着报纸，大笑着自言自语道："冬虞争气啊，在刚刚结束的华北运动会上拿了 4 枚金牌，还有 1 枚铜牌。"说完，抬头一看，墙边的一棵丁香树，在日光下，正开得灿烂，忽然一阵风吹来，将丁香花吹落一大片，散落到地上。 陈峻君高兴地对伙计喊道："吩咐厨房，今晚加菜。"

话音刚落没多久，辛铸九走进了院落，见到陈峻君满脸的笑容，问道："陈掌柜，啥事这么高兴？"

陈峻君笑道："葆鼎兄，怎么有空到寒舍来了？"

辛铸九道："经文布店进了一批白布，要染色。"

陈峻君纳闷道："直接送到染厂去就行，这种事以后就不用劳烦葆鼎兄亲自跑一趟了。"

辛铸九摇了摇头道："这批布比较特殊。"

陈峻君恍然大悟，说道："来，进屋。"

两人进了书房，陈峻君问："说吧，有什么特殊的状况？"

辛铸九凑近一步，说："这一批布是给抗日战士准备的。敢接吗？"

陈峻君一愣，沉默了一会儿，道："我可以问一个问题吗？"

辛铸九道："请讲！"

陈峻君问："这批布的生产商除了聚鸿纱厂，是不是还有同和纱厂？"

辛铸九紧紧地盯着陈峻君，没有吭声。

陈峻君觉察出了辛铸九的紧张，便说："放心，我既然能说出这话，就不会出卖你们。"

辛铸九说："早在九一八事变后，日本侵略者就制定了一系列掠夺华北战略资源的政策，逐步将华北变为日本的原棉产地。日军因战备需要，在中国大肆盗伐森林木材，毁坏房屋，抢劫财物。日军对中国的工矿企业、农业产品进行了疯狂的破坏和掠夺。我们这些商人能做的，就是支持前线的抗日战士。"

陈峻君又问："你知道现在日军对各厂家盯得多严吗？"

辛铸九道："前段时间，《申报》报道了上海日商纱厂的资本家对中国工人的政治压迫和人身迫害，广大工人失去了最起码的生命安全保障。这是在我们自己的土地上，我们不能眼睁睁地看着战士们在前线抗日，而袖手旁观吧？"

陈峻君笑道："在济南城，半个大明湖都是辛家的。葆鼎兄既然能敢这么做，想必早已想清楚了，这样，把这批布秘密运来，千万别让这些日商发现，这批布就由利德顺来染，别的我也不过问了。"

辛铸九大笑道："我就知道陈掌柜一定敢接。对了，我女儿辛锐在济南民众教育馆举办了个人画展，并将义卖所得之款全部捐给了抗日将士和东北的流亡同胞，我也诚挚邀请陈掌柜参加画展。"

陈峻君应道："放心，一定参加。你也可以邀请一下庞少海，他懂书画。"

辛铸九点头道："我去安排。"

第六节 怪味沧桑

暖阳，草木葳蕤，泉水清碧，金菊、桂花等竞相开放，香气馥郁。

庞少南、庞少霆和庞玉荣边喝茶边聊天，庞少海坐在一旁看着报纸。

庞少霆问庞少南："仁伯大哥的身体怎么样？"

庞少南回道："不是很乐观，已经安排住院了。"说完，他对一旁的庞少海道："少海，过来喝点茶水。"

庞少霆说："少南哥，如果方便的话，抽时间我去看看仁伯大哥。"

庞少南笑着点了点头，庞少海手里拿着两份报纸，坐到了他们三人身边，说："《申报》上报道，潍县所产棉布在东北的销路断绝，日布又贱价来鲁倾销，济南布商倒闭十数家，累赔百余万元。《山东民国日报》也报道说，农业破产，经济不振，百业萧条，歇业者不计其数。全是不利的消息啊！"

庞玉荣伸手在口袋里摸出几根火柴，将一根擦着，给庞少南燃烟，随后说道："我听说华英美烟草公司改名为颐中烟草公司，夺得在中国的市场，吸收官僚资本，收买国民党政府官员，并通过法令，强令全国中小城市的民营烟厂迁往青岛、汉口、天津三地，否则不准生产。东裕隆公司和济南其他几个民营烟厂都接到迁厂命令。以于耀西为首的一些厂商，在地方法院打官司，反对迁厂天津，官司旷日持久。于耀西的公司由于受到种种挟制，入不敷出，于耀西忧愤成疾，情况不太乐观。"

庞少海一脸气愤道："在咱们的土地上，居然任由洋人胡作非为。"刚说完，姜九着急地跑到办公室门口。

庞少霆看着门口的姜九问："有什么事吗？"

姜九轻声道："我找一下庞先生。"

庞少海放下手中的报纸，走到了门外，问姜九："有什么事？"

姜九下意识地把庞少海拉到一边，环视了一下周围，确定没有人后，说："有些工人要组织罢工。"

庞少海脸上没有露出一丝的惊讶，反而比较镇静："我早就想到了，该发生的事情还是要发生。"

姜九问："庞先生，你说什么？"

庞少海看了一眼姜九，说："你先回去吧，有什么事情及时报告给我，一定要记住我的话，不要和工人起任何冲突，反而要和他们打成一片。"

姜九点头，转身回去了。庞少海看着姜九的身影，陷入了沉思，无奈道："我又能怎么办呢？"说完，他便走出了办公楼，向厂外的一条街巷走去。那条街上有很多商铺，有油条店、杂货店、包子店等。

庞少海买了几根油条，没吃几口，看见不远处一群人正在抢煤核。几个老妇人头发蓬乱，被风一吹，吹得满脸黑灰，又一阵旋风突起，将土堆上的煤灰刮起一阵黑雾，这些人都被卷到烟尘里，庞少海也拍了拍身上的煤土，有些懊丧，心里升起一股浓烈的酸楚。

从同和纱厂的工人决定进行总罢工开始，罢工组织者接连几天秘密地集结工人。锅炉熄火,机器停转,收到"罢工"信号的工人们拥入院子里,同和纱厂陷入瘫痪状态。同和纱厂取消按月加四天的奖励政策引起了六百八十名工人的激烈反对。

办公楼的大门敞开,有部分工人在众人簇拥下,来到办公楼,随后一行工人鱼贯而入。

庞少南和庞少霆等人在会议室里,一脸焦急。

庞少霆瞅了一眼庞少海,说:"老三,你有什么办法吗?"

庞少海思考片刻,说道:"现在出路只有一个,就是与工人谈判,答应工人的要求。"

庞少南硬气道:"还反了他们!"

庞少霆摇着头说:"看来这帮工人是铁了心要和厂子闹下去,我们厂子接了很多订单,一旦完不成,损失是非常大的。"

庞玉荣突然说:"要不咱们联系警察来镇压?"

庞少海瞪着眼睛,喊道:"还没闹够吗?就算警察来了,又能怎么样,把这些工人全部赶走,谁给我们干活,厂子就空了。"

庞玉荣沉着脸,没有答话。

庞少霆问:"老三,你能摆平这件事吗?"

庞少海皱了皱眉,又看了一眼坐在沙发上一言不发的耿筱琴,说道:"交给我吧。"说完,他走出了办公室,对挤在办公楼的工人们说:"你们都先到院子里。"

工人们你看看我,我看看你,不知所措。

庞少海一脸严肃道:"平时同和纱厂对你们也不错,非要这样闹下去,砸了自己的饭碗?"

姜九从院子里也挤进了办公楼,透过人群,他看到了人前的庞少海。姜九对工人说道:"我们听庞经理的,先回到院子里吧。"话音刚落,工人陆陆续续地走出了办公楼。

姜九赶紧上前去保护庞少海。庞少海脸色严肃道:"工人兄弟们，先安静一会儿，你们派两个代表来找我谈话。你们这样闹下去，最终的结局就是厂子倒闭，你们再去找活干，何苦呢？我向大家保证，只要是合理的要求，我庞少海一定全力去为大家伙儿争取。"

人群中一片乱哄哄，推选出来两个工人，神气十足地跟在庞少海后面，但是到了经理办公室，直面庞少海以后，他们就把头低了下来，说道："庞经理，我们也不想闹，但为什么厂子要剥削我们？"

庞少海安抚道："你们情绪也别这么激动，这样吧，恢复按月加四天的奖励，如何？"

一位工人诧异道："是不是有诈，怎么这么爽快？是不是想先安抚我们，再给我们一棒槌？"

庞少海笑道："如果不放心，欠你们那几个月的奖励，也补上。我马上就安排财务，可行？"

另一位工人愣住了，吞吞吐吐地说："这样……行。"

庞少海微笑道："回去复工吧，我这就去安排财务。"

两名工人代表略表怀疑，迟迟不肯离去。

庞少海说："不相信我？"

两名工人代表，你看看我，我看看你，最后终于选择离开。

庞少海见两名工人代表出了门之后，松了口气，踱步回到会议室里，说："事情解决了，工人们回去复工了。"

庞少南问道："答应什么条件了？"

庞少海回道："恢复按月加四天的奖励，同时，欠工人的奖励，今天就得补上。"

庞少霆叹了口气说："把那两个工人代表开除。"

庞少海摇着头说："哥，如果想让工厂持续发展下去，就别闹了，两个工人代表没有错。经商立业，有三不能赚，国难之财，天灾之利，贫弱之食。"

耿筱琴站了起来，说："我建议就按少海说的办吧，他能解决罢工问题，已经很不容易了，别再让同和纱厂背上坏名声。"

陈仁伯养病的疗养院在庞家巷的南边，屋子的前面接着一个长廊，陈仁伯住的病房窗外是一个小院，门两边各有一株木瓜树。院子里铺着各色的卵石，图形不一。有一座假山，水池中养着金鱼。

陈峻君带着礼品进了病房，笑着说："仁伯兄，气色不错啊！"

陈仁伯一见是陈峻君，便说："峻君兄咋有空来了？"

陈峻君回道："仁伯兄生病住院，我怎么能不来探望一下呢？"

陈仁伯赶紧让陈峻君坐下，说："你那么忙，还来看我，真是过意不去。"

陈峻君笑道："有什么过意不去的，下一步染厂就交给冬虞了，我现在得慢慢放权。"

陈仁伯脸上露出一丝犹豫的表情，羡慕地说："咱们先不比经商的业绩如何，人生不幸事，无后为大，我就占了。"

陈峻君意识到自己说错话了，道歉道："仁伯兄，我说错话了，千万别介意啊！"

陈仁伯摆了摆手道："不碍事，我说出来，心里还能舒服点。不过，我也幸运，有个好女婿，生意交给他，我也放心。"

陈峻君赶紧转移话题道："自从少霆兄身边有了少海，如鱼得水，厂子是越来越好了。"

陈仁伯苦笑了一下，说："这兄弟俩，一个刚，一个柔，组合起来，就是刚柔并济。"

陈峻君听了这话，大笑了起来，说："还是仁伯兄总结得妙啊！"说完，他不忍看到陈仁伯苍老的神态，转头去看窗外的假山，油然而生一种痛楚。

同和纱厂暂时恢复了平静,庞少海坐在办公室处理着文件,风从门外吹来,将姜九手中面条和包子的热气,吹到庞少海的面前,庞少海一闻,不由得喝起彩来:"香,好香! 一闻就是咱自家的面粉。"

姜九说:"庞先生,再忙也得吃饭啊!"

庞少海笑道:"真是有些饿了。"他接过碗,吃了几口面条,问:"现在工人的情绪如何?"

姜九把包子给庞少海放在桌子上,说:"情绪都基本稳定了,这件事情处理得真是好,庞先生的能力比那几位股东要强太多了。"

庞少海谦虚道:"别夸了,其实很多事情本无对错,只是立场不同。"

姜九给庞少海倒了杯水,说:"庞先生,我听说你以我的名义给黄河边上的人家募捐了善款?"

庞少海笑道:"不是以你的名义,是以同和纱厂工人的名义。"

姜九感激道:"让我说什么好呢?"

庞少海拿起一个包子,吃了几口说:"什么也不用说,好好干活就行了。"说完,他继续吃起了包子。

第六章

第一节 守望麦田

冬意渐浓，院子里散落几片凋零的树叶。庞少霆从西安开完"华洋义赈会"回到了济南，直奔庞少海的别墅而去。

庞少海正在屋子里，目不转睛地欣赏着舒同的一幅书法作品。路传荣在一旁忙活着擦桌子，笑道："庞先生，你都盯了半个小时了。"

庞少海一脸的欣赏相，说："这幅书法的水平高啊！"话音刚落，庞少霆从门外走了进来，庞少海一愣，赶紧迎上去："哥，我还以为你在西安呢，你回来也没让刘管家打个招呼。"

庞少霆笑道："这是收到什么宝贝了？"

庞少海把庞少霆拉到书桌前，说："辛铸九派人送来了一幅舒同的书法，这幅书法以颜、柳之楷为本，取各家各体之长，使圆浑之劲，用藏锋之功，寓巧于拙，借古于今，创独特风格，结体上楷、行、草、篆、隶五体各取一分，风格上颜、柳各取一分，听说这舒同才三十岁的年纪，真是天赋异禀。"

庞少霆瞧了几眼书法后说:"我有事和你说。"

庞少海跟着庞少霆坐到了沙发上,庞少霆说:"这次我去参加'华洋义赈会',顺道对西安的情况进行了考察,西安人以面粉为主食,所需面粉主要靠200余家畜力石磨加工。现在东部及沿海工业逐步地向西北转移,人口也在增加。西安的小麦价格每百斤才三元,济南的是四元,西安面粉每袋四十四斤销价三点五五元,济南则为二点五元。由此看来,在西安建厂大有可为。"

庞少海点着头笑道:"哥的这次西安之行,不仅嗅到了在西北重镇拓展面粉市场的巨大潜力和丰厚利润,而且看到了陇海沿线的丰富粮源及广阔市场,收获颇丰啊。"

庞少霆笑道:"我准备派于乐初赶赴西安考察建厂事宜,要行动就得抓紧时间。"

庞少霆喝了一口茶,继续说道:"我这段时间和其他董事也商量过在西安建立分公司的事情。"

庞少海问:"资金问题呢?"

庞少霆胸有成竹地回答:"咱们厂的力量绰绰有余,绝不用股东再担负款项!"

庞少海点头道:"既然哥已经信心百倍了,那我们就开始筹备吧。"

庞少霆大笑道:"你同意了,就好办了。"

庞少霆刚转身要走,庞少海又说道:"还有一件事情,这不也快过年了,我想安排刘珅和姜九去给桓台老家的亲戚送点年货,让他们过个好年。"

庞少霆应道:"本想今年过年回趟老家,结果事情一件接着一件,我也顾不上了,年货的事情,你来张罗吧。"

路传荣提了一大筐子蔬菜,在火炉旁择着。见庞少霆要走,她便端着一个彩色的纸盒子过来。盒子盖上印着动物的图案,活灵活现。她掀开了盒子盖，那里面还有一层油光纸，围了四周。盒子里面的糖果非常好看。她拿了糖交到庞少霆手上，笑道："庞老爷，吃几块我的喜糖吧。"

庞少霆一惊道："你结婚咋没通知一声呢？"

路传荣害羞地回道："哪能惊动庞老爷，都结了好些日子了，就等着庞老爷来，这些糖都是先生派姜九给置办的，您吃几块，沾点喜气。"

庞少霆赶紧吃了一块糖，笑着说："很甜。"

院内飘起了雪花，庞少海喜笑颜开道："瑞雪兆丰年啊！"

疗养院里，陈仁伯看到了外面的飘雪，从病床上下来，慢慢地站了起来，走了没几步，身子晃荡了几下，他赶紧扶住桌子。

庞瀚涛和陈玲秀走进了病房，庞瀚涛快步向前搀扶陈仁伯，说："爹，咱回去躺着吧。"

陈仁伯一脸苦相道："刚才我还鼓励自己，多活动，不然一直躺在床上就成废人了。"

这话一出，陈玲秀赶紧把头转过去，忍不住流下了泪水。庞瀚涛劝慰陈仁伯道："您可别这么想，这个家还指望您呢。"

陈仁伯坐到沙发上，笑道："瀚涛啊，虽说你姓庞，但秀儿嫁给你后，你就一直跟着我，之前我不让你插手陈家的生意，确实对你有提防，毕竟少南和我的争斗就没停过。不过，现在我发现，你小子是做生意的料，也得感谢少南培养得好。我签署了一份转让协议，请律师看过了，你拿过来。"

庞瀚涛把协议拿起来，看了几页，赶紧说："爹，您身体硬朗，把这么多家产都交给我，我可不敢接。"

陈仁伯笑了几声，说："我不给你给谁啊，虽说你是我女婿，但我一直把你当儿子看待。"

庞瀚涛解释道："这个我懂，但爹……"

陈玲秀赶紧对庞瀚涛说:"爹给你你就接着吧,别让爹着急了。"

庞瀚涛手里拿着协议,看了一眼陈玲秀,说:"那行。"

陈仁伯坐在沙发上,转头望着外面的飘雪,陷入了沉思,自言自语道:"今年的粮食又是好收成啊!"

下了一夜大雪,街道上覆盖了厚厚的一层,路传荣清扫着庭院和门口的积雪。

庞少南和庞少霆一起走在雪地里,脚下发出咯吱咯吱的声响,眼前一片雪白。庞少南漫无目的地瞧着雪景,原本秃秃的原野被厚厚的雪覆盖起来,他说:"雨雪充足,粮食肯定大产。"

庞少霆心里也乐道:"明年在西安建厂,小麦能保障了。"

庞少南笑道:"少霆啊,我们就佩服你的眼界和敏锐度。"

庞少霆欲言又止,他打心底里很佩服庞少南的人脉关系,但有些话不能轻易说,便换了个话题道:"家里的年货办得怎么样了?"

庞少南淡淡地笑道:"今年都去仁伯兄家吃年夜饭,你嫂子早已经过去置办年货了。"

庞少霆惊讶道:"这是太阳从西边出来了。"

庞少南脸上露出了一丝忧虑,说:"仁伯兄把手下所有的财产都交给了瀚涛。我已经嘱咐瀚涛了,如果仁伯兄真的挺不住了,就把财产转移到玲秀名下。"

庞少霆深呼了一口气,热气在空气中慢慢地消散,雪地反射出耀眼的光线,让他觉得有些刺眼,又有些恍惚。

几个小孩在光明里巷口跑来跑去,嘴里念叨着:"小孩儿小孩儿你别馋,过了腊八就是年……"

苏苓月在陈氏院子里清扫着积雪,陈玲秀在屋子里打扫着,庞瀚涛提着一大坨猪肉走进了院子。

陈玲秀喊道:"娘,咱家有这么多保姆,咱们怎么亲自动手啊?"

苏苓月笑道:"丫头,我们什么也不干,这年过得没滋味,记得我小时候，民间有'到了腊月二十三，过着小年盼大年'的说法。今天是腊月二十四，咱们不仅要彻底打扫室内，就连院子里也要全面清扫一遍，这么扫啊，目的是除旧迎新，将一切不祥之物都清扫出门。一会儿，还要糊花窗、剪窗花。"

庞瀚涛洗了把手，笑道："以前我在家里，每逢过年，忙活得我每天晚上腿都疼。不过，过年时娘都会做很多我爱吃的菜，炸藕盒、炸鱼、炸丸子，尤其是那酥锅，一做好了，整个屋里弥漫着酥锅特有的香味，让人还没有品尝，就觉得满嘴溢香。"

苏苓月笑道："就你嘴甜，快准备点饭菜给你爹。"

陈玲秀擦着门窗，问："年夜饭咱们是自己做还是请厨子过来？"

苏苓月思索了一会儿，回道："咱们还是自己做吧。"

庞瀚涛点头道："那我去疗养院，去看看爹。"

苏苓月应道："赶紧去吧。"

年货大集上，一个挨着一个的地摊儿，服装鞋帽、农具家具、珠宝首饰等商品一应俱全。前来购买年货的老百姓，与摊主神聊胡侃、讨价还价。另一旁的空地上，已经有很多人用板凳等物品占了地方，便于晚上看大戏。

董雨芸和马良走在大集上，两人脸上都有些忧愁，董雨芸说："庞家人现在干的是风生水起。"

马良冻得边搓手边说："庞家人在韩复榘主席心目中的地位非常高，而且他们的关系网很广。"

董雨芸谨慎地说："上次查庞家的账本，查出了那么多问题，结果人家还是平安无事。"

马良叹气道："鲁丰纱厂快撑不住了，估计济南的几个纱厂也有了危机感。"

董雨芸着急地问："那我们下一步从哪里入手？"

马良点了根烟，漫不经心地咧嘴笑道："静观其变。"

济南城的各大街巷洋溢着浓浓的年味，时不时地有锣鼓响起，庞少海带着姜九走进了陈仁伯的家中。

苏苓月见庞少海进门，问："老三，你咋来了？"

陈玲秀赶紧向前喊了一声："三叔。"

庞少海笑道："我来送春联啊。"说完，他让姜九把春联拿了出来。

苏苓月说："先进门暖和暖和吧。"

庞少海拉着姜九，对苏苓月道："嫂子，我还是先贴上吧，对了，我刚才去庞家巷给咱家也贴上了，这可是我跟王鸿钧先生求的字。"

苏苓月满意地点头说道："让王鸿钧先生写春联，估计也就你能张开这个口。你们去贴吧，我去屋里给炉子添把火。"说完，她便进了屋。

陈玲秀也跟着进了屋子，忙活着沏茶。

庞少海和姜九在门口贴春联，姜九说："庞先生，我来吧，你在一旁看着就行。"

庞少海笑道："不用，我也得沾沾过年的喜气。"

两人把春联贴好后，就直接去了屋里，屋里非常暖和，陈玲秀去锅炉房添了煤，热气弥漫。

陈玲秀端着杯子，说："三叔，喝茶。"

庞少海接过茶杯，对站在一旁的姜九说："过来坐。"

姜九看了看一旁的苏苓月，在原地一动不动。

苏苓月赶紧说了一声："姜九，让你坐你就坐，到家里没有外人，你随便坐，我们庞家没那么多规矩，自从你进了厂，刘管家算是轻松了许多，也有空陪陪家里人了。"

姜九坐在沙发上，喃喃说道："谢谢太太。"

苏苓月笑道："在陈家忙活的，都快成这个院子里的人了。"

庞少海说:"您都快成这个宅子的主人了。"

苏苓月摆摆手:"啥主人不主人的,老三,我和你说个正事,你也过来吃年夜饭吧,我和你哥商量好了,以前都是咱们一家人聚,这不特殊情况吗?"

庞少海愣了愣,说:"我就不凑热闹了,厂里有些工人不回家过年了,我就和他们一起过年吧。"

苏苓月说:"那就委屈你了。"

庞少海赶紧说:"这有啥委屈的。"

苏苓月说:"本来你哥想吃年夜饭的时候和你说,正好你今天过来了,我先跟你说一声吧,从初一开始我们要去拜访几位老朋友,你和少霆都得把时间空出来啊!"

庞少海应道:"放心吧。"

热闹非凡的纱厂食堂里,墙上的小黑板挂着菜谱——辣炒白菜、炖丸子、甜沫……因为要过年放假,又添了羊肉萝卜水饺。工人们拿着各式各样的大碗,排着长长的队伍。

厨师长走在工人中,大声说道:"大家伙儿都别急,回家过年的工人,吃完这顿饭,好好回家陪家人过个年,不回家过年的工人,今晚上咱们一起吃年夜饭。"

蔡砥言问厨师长:"张叔,你不回家过年啊?"

厨师长回道:"我和你婶说好了,我和孩子过年留在厂里继续上班,你婶来食堂过年,大家伙儿在一起热闹。"

姜式彬大笑道:"有张叔在,菜品有保障了。"

厨师长摆了摆手,说:"放心,我这就去和面,拌饺子馅。"

夜晚,天又开始飘雪花,天空上空绽放着烟花,在一阵阵鞭炮声中,庞少南踏着雪走进了陈宅,见苏苓月在厨房,便凑到锅炉房的窗子上问:"亲家还没来?"

苏苓月笑着说:"让瀚涛和秀儿去接了,等亲家回来,你可得好好说话，注意分寸，我可不想大过年的你们俩再闹起来，都那么犟。"

庞少南应道："这点你就放心吧。"

苏芩月一边忙活着一边说："今晚就咱两家吃年夜饭，亲家谁也不让来，家里的保姆、伙计早就被打发回家过年了。"

两人谈话之间，庞瀚涛和陈玲秀扶着陈仁伯进了门，庞少南赶紧迎上去，道："亲家，你可来了！"

陈仁伯开玩笑道："这是我家，怎么感觉我像客人？"

苏芩月从厨房走出来，喊了一声："瀚涛和秀儿赶紧扶你爹进屋，屋里暖和。"

陈仁伯进了屋子，坐下后，说："还是家里好啊，那个疗养院就给我退了吧。"

庞少南刚要给陈仁伯满酒，又把酒瓶放了回来，说："你就喝点茶吧。"说完，他给自己满上酒。

庞瀚涛也入座，给自己满上酒。苏芩月和陈玲秀陆陆续续端着菜上了桌。

陈仁伯喊了一声："秀儿，给我拿包烟。"

陈玲秀劝道："爹，你现在不能吸烟。"

苏芩月端着最后几个菜，放到桌子上，也坐了下来，说："亲家，这菜都是我亲手做的，不知道合不合你胃口。"

陈仁伯笑道："让你受累了。"

苏芩月赶紧回道："不累，秀儿一直在忙活着打下手。"

陈仁伯问："孩子们怎么没来？"

庞少南应道："都送到少霆家了，他们俩家里孩子多，让他们去凑热闹吧。"

陈仁伯笑道："都是为了我啊！"说完，眼睛直盯盯地瞧着庞少南。

庞少南明白陈仁伯的意思，便说："这是在陈家，亲家带头。"

陈仁伯道："老规矩，谁喝酒谁开头。"

庞少南端起酒杯，磨蹭了一会儿，才站起来，说："这几年我和亲家斗来斗去，都没喝过几次酒。"话没说完，被苏苓月拽了几下衣角。

庞少南瞪了一眼苏苓月，继续说："新的一年，以前的事情都翻篇了，我祝亲家早日康复，祝大家新年快乐。"

陈仁伯喝了一口茶水，对庞少南说："亲家啊，关于给瀚涛的财产，我希望你别再难为孩子了，如果我真有个三长两短，秀儿身边就只有你们了。"

苏苓月赶紧劝住："这说的什么话。"

陈玲秀站起身，走到窗前，帘子有些晃动，帘子上落了一只蜘蛛，趴在上面一动不动。她的眼角泛起了泪花，庞瀚涛赶紧上前安慰她。

庞少南劝慰道："吃年夜饭就要想开心的事情，这不把孩子弄得不开心了。"

陈仁伯强装着笑道："来，咱吃饭。"

在光明里，周学山、庞少霆和庞少海三人喝着酒，曲红瑛、周凤菁、余英早已离开了餐桌，在一旁嗑瓜子，孩子们在院子里放着鞭炮。

周凤菁说："你们仨少喝点啊！"

曲红瑛劝周凤菁道："让他们喝吧。"

庞少霆笑着说："经过我精心筹划，募集了六十万元资金，在西安购买了四十八亩地，我对这次的大西北规划蓝图很有信心，我还打算在陇海沿线的城市创建多个面粉厂、纱厂、电机厂，我也为这个计划做了人才和物资准备。老三，你怎么看？"

庞少海回道："我听哥的。"

周学山本来想说什么，又收了回去。

庞少海喝了一杯酒后，说："周叔，哥，我一会儿和余英要去厂子里和工人们聚聚，房间都已经收拾出来了，你们今晚住这里就行了。"

庞少霆有些不满："家人比不上那些工人了！"

庞少海说："哥，咱们虽然是生意人，对待工人也得有感情啊。"

周学山劝道："就让少海去吧，他代表的是庞家的脸面。"

庞少海穿上了棉大衣，说："我已经答应工人们了。"

周学山摆了摆手，庞少海出了屋门，带着余英直奔厂子而去。

同和纱厂满地的鞭炮碎屑，工人们在食堂把酒言欢，庞少海一进门，笑盈盈地说道："真够热闹啊！"

姜九赶紧把庞少海拉了过去，说："庞先生，来，喝酒。"

庞少海盯着姜九问道："没回家？"

姜九笑道："回去了，给爹娘上了个坟，一个人守着空屋子，还不如来厂里和大家伙儿一起喝点酒。"

庞少海一笑，大声说："大家不要看着我，该喝喝，该吃吃。"

厨师长端着一盘水饺，来到了庞少海面前，说："庞经理，吃点饺子，咱北方过年，不吃饺子哪行！"

庞少海接过盘子，笑道："好，我吃。"

女工人们把余英拉了过去，让余英吃水饺。

厨师长笑着嚷道："大家都喝起来吧，热闹热闹。"

庞少海找了个地方，坐了下来，一边吃着水饺一边看着碰杯喝酒的工人们，他们都沉浸在节日的喜庆中，外面的鞭炮时不时地响起，屋里欢笑连连，洋溢着节日的气氛，庞少海的心里涌出了一股暖意。

第二节　如戏人生

　　凌晨时分，曙光刚刚泛起在一望无垠的茫茫雪原之上，庞少南和庞玉荣就已经在同和纱厂等着庞少霆和庞少海的到来。

　　街道上，时不时地传来鞭炮声，庞少霆和庞少海乘坐刘珅驾驶的车到了工厂。庞玉荣从窗户里看到车驶入工厂院子，说："叔，他们来了。"

　　庞少南往下瞅了一眼，对庞玉荣说："咱们直接下去吧。"

　　风中有些寒气，庞少海刚一下车，就冻得打了个寒战，说："真是冷啊。"

　　庞少霆戴上了棉帽，随后戴上手套，说："咱们赶紧上楼吧。"

　　话音刚落，庞少南和庞玉荣朝他们走来，庞少霆惊讶道："这么早就到了？"

　　庞少南笑道："昨晚和亲家聚餐，他一口酒不能喝，我自己喝了个闷酒，一晚上也没睡着。"

　　庞少霆问："仁伯兄的身体如何了？"

　　庞少南摇了摇头，没有回话，庞少海见状道："咱们出发吧。"

　　庞玉荣对刘珅说："刘管家，你去歇着吧，我来开车。"

　　刘珅把钥匙递给了庞玉荣，庞少南赶紧说："快上车吧，这天真冷。"

　　同和纱厂的工人陆陆续续进了库房，汽车随着阵阵机器声驶出了厂子，一路上多了一丝喜庆的味道。

　　吕北玖所住的四合院在胡同深处，屋檐上布满了积雪，院落重叠，内院石山下的水已结冰，花木众多，但只有蜡梅盛开。客厅里有许多宾客坐在那里谈话，庞少南一行人进了客厅，吕北玖赶紧起身道："几位老板来府上，有失远迎了。"

庞少南笑道："吕校长，过年好啊！"

吕北玖招呼道："过年好，快坐。"

其他几位宾客见来了客人，便起身与吕北玖告辞。

而这时，一阵悠扬的钢琴声传来，庞少海不自觉地循声走出了大厅，看见不远处的房屋里，一个穿着中式旗袍的姑娘坐在那里弹着钢琴，她那双修长的手在键盘上游走，声音穿透了庞少海的内心。

吕北玖把几位宾客送出门后，对他们说："这是小女在弹钢琴，让大家见笑了。"

庞少海听到吕北玖的话后，赶紧回屋坐下，喝了口热茶，祛了一下寒气。 吕北玖问庞少南："仁伯兄身体如何？"

庞少南摇了摇头："苍老了许多。"

吕北玖说："聚鸿纱厂是仁伯兄一手操办起来的，同和纱厂也得鼎力相助啊！"

庞少霆应道："那是当然的，我们需要同舟共进。"

庞少海的注意力完全不在他们说的话上，沉浸在欢快的钢琴曲中。 庞少霆觉察出庞少海的出神，便大声说："少海，以后你要多向吕校长请教。"

吕北玖笑道："那可使不得，少海是国外留学归来，我还得向他请教。"

庞少海回了神，说："吕校长，请教谈不上，多交流。"

吕北玖问："今年是有什么打算吗？"

庞少霆回道："进军大西北。"

吕北玖大笑道："大西北是块宝地啊！"

在众人的谈话中，新年的第一缕阳光冲开重重云层，将光线打散在地上。 陈仁伯坐在客厅里，望着院内的阳光，内心感到了一丝的温暖；而同样沐浴在阳光中的于耀西在忧愤中闭上了双眼。

陈仁伯得知于耀西去世的消息后,心情也随之悲痛了起来,更多的时间不言语,独自一个人坐在窗前发呆。这可把庞瀚涛和陈玲秀急坏了,但又束手无策。陈仁伯的眼睛里闪过一丝悲哀,脑海中浮现着自己打拼下的商业王国。而他在临终前,也下了最大的决定——回桓台。

回归了家乡,就像回归了母体,陈仁伯仿佛回到了自己的少年时代,雪终于化了,他让陈玲秀给他拿了一个粗些的萝卜,从中间切开,挖掉糠心的肉,皮完好地留下来,萝卜皮用三根线吊着,拴在一根小小的木棍上。用棉花捻出灯芯,倒上些花生油,制作了一个萝卜灯。

陈仁伯对陈玲秀和庞瀚涛说:"以前每到正月十五的晚上,我们就提着点燃的萝卜灯,在家里四处照着。按照大人们的说法,家里每个旮旯里,都可能会藏着不干净和不好的东西。正月十五的晚上,用这种萝卜灯一照,这些东西都会被照没了、照跑了。我很小的时候,完全相信小小的萝卜灯能这样神奇,连家里的老鼠洞都要去照一下。"

庞瀚涛笑道:"爹,我们再做几个萝卜灯,咱们一起照一照。"

陈仁伯点头道:"秀儿,你爹这辈子没什么大能耐,唯一感到自豪的就是把你嫁给了瀚涛,嫁到了庞家。"

陈玲秀的眼泪"哗"地一下子从眼角流了下来,爹这一句话,说到了她的心疼处,眼里的泪止不住,嘴上却仍然较着劲说:"爹,你会好起来的。"

陈仁伯一脸不甘心的表情,不再言语。

济南城中满街灯笼,到处花团锦簇,灯光摇曳。街头巷尾,红灯高挂,有各式各样的花灯,吸引着观灯的老百姓。与之相比,陈仁伯的老家雅和庄显得冷清了许多。喧闹了没多一会儿,就只剩下清冷的月光,无声地照着寂寞的村庄。

没过多久，陈仁伯病情加重，饮食骤减，生命垂危，他跟庞瀚涛和陈玲秀嘱咐后事说："我出身贫寒，幸至现在不患冻饿，但致富莫忘济贫，我想捐地三十亩，一半给族人，一半给乡里以作济贫扶困之需，汝等切记务代兑现，莫负我嘱。"说完了，他把手放在桌上，头枕在手臂上，想休息一会儿。其实他是可以上床去睡的，可是他心里也警戒着自己，怕睡得太舒服了，一旦睡过去，就真的起不来了，还是伏在桌上，闭闭眼睛，稍微休息一会儿就算了。可是这一闭眼，就再也没有睁开。

一阵寒风吹过，又夹杂着雨雪，陈玲秀与庞瀚涛一起守灵，未燃尽的纸灰，涂满松油的棺材，门外摆放的花圈，一切都那么苍白凄冷。

得知陈仁伯去世，山东省财政厅厅长王向荣、山东省教育厅厅长何思源、好友辛铸九、亲家庞少南、庞少海等人急忙赶往桓台。庞少南悲痛之中，撰写了挽词："仁伯姻兄大人像赞。珲金璞玉，霁月光风。川岳灵秀，独钟是翁。精神矍铄，态度雍容。在昔弃官，商业经营。每操胜算，富埒陶公。茑萝忝坿，晨夕过从。胡天不吊，遽丧老成。载瞻遗像，仰之靡穷。姻愚弟庞少南敬题。"何思源也为陈仁伯题写了挽词："仁伯先生千古，於休先生，道德丰隆。经商裕国，管晏同功。振兴学校，抚恤孤穷。善则称亲，尤世所崇。高年溘逝，归真太空。至今济洛，永著高风。何思源敬诔。"

辛铸九叹了一口气说："结识了很多年的好友，就这么突然不在了，永远见不到他了。"

何思源眼角还残留着泪水："搁谁心里都是空荡荡的。"

许久，大家静静地站在院子里，彼此不说话，面无表情。

庞少南忙前忙后地照应着宾客，接着一连串的雷声，雨肆无忌惮地下了起来，庞少南对庞少海说："这雨会把花圈淋湿，不吉利。"

庞少海看了一眼庞少南，说："哥，我去想办法。"路过灵堂的时候，庞少海看到了目光呆滞的陈玲秀，他走过去说："秀儿，你去屋里躺一会儿吧。"

陈玲秀没有抬头，低语道："叔，我想陪着。"

庞少海没有再劝，转身没多久，又听到了陈玲秀在低声哭泣，他心头不由一酸。

次日，天空放晴，送葬的人多得数不过来，街道站满了人，庞少南对站在身边的庞瀚涛说："我这亲家人缘真可以！"

庞瀚涛低声道："爹，我岳父在去世前说把秀儿嫁到庞家是他这辈子最自豪的事情。"

庞少南一听，内心的愧疚感油然而生。有那么一阵儿，他开始有些茫然失措，轻声道："以后要好好照顾秀儿，你是她这辈子唯一的亲人了。"

庞瀚涛应道："爹，你放心吧。"

庞少海和庞少霆站在一起，目光呆滞地看着眼前的一切，庞少海感叹道："人生真是不过几十载啊。"

庞少霆伤心道："少南和仁伯两位大哥，是硬生生地把我在商界拽起来的。我记得仁伯兄和我说过一句话，任何人的开导，都不如自己经历后的大彻大悟。"

庞少海问："哥，你觉得少南哥和仁伯大哥，谁在商界的地位高一点呢？"

庞少霆思索了一会儿，回道："不分伯仲。"

庞少海感慨道："在商不言商，都说商人重利轻别离，但我想做个有情义的商人。人本来就有生有死，活着挺难的，但活着挺好。"

庞少霆有些惊讶，本想多说几句，但一时又觉得无从说起，只是点了点头。

两人在悲痛中沉默了一会儿后，庞少海说："哥，我想回家给爹娘上坟。"

庞少霆神色黯然,他平复了一下心情,说:"一起去吧。"

长盛街上有一座迎春庙,大殿内供奉春神塑像。明清以来,每年立春之日都在这里举行打春牛的仪式。街上百姓围观,几人架着一头用纸扎的黄牛,一个人执春鞭打牛,并且念念有词:"一打,风调雨顺;二打,地肥土暄;三打,三阳开泰;四打,四季平安;五打,五谷丰登;六打,六合同春。"

在这么热闹的场景中,百姓们谈起了陈仁伯去世,聚鸿纱厂的命运也成了各大商家的谈资。处理完陈仁伯的丧事之后,聚鸿纱厂召开了股东会议。聚鸿纱厂在短短的时间内,遇到了从未有过的瓶颈期。

与此同时,同和纱厂的股东们居安思危,庞少海在家中坐立不安。这两年,水旱频繁,棉花贵纱布贱,营业非常困难,虽然同和纱厂稳步发展,还获利十多万元,但纱厂之后该如何发展,生产如何增加,消费如何节俭,机器如何改善,工作如何考核等一系列问题在庞少海的脑海中浮现出来。

陈峻君走进了庞少海的别墅,见庞少海正在书桌前发呆,故意咳嗽了一声。

庞少海一见陈峻君,便起身让其入座,并让路传荣上茶。

陈峻君笑道:"这是聚精会神地想什么呢?"

庞少海一笑:"仁伯大哥去世后,聚鸿纱厂遇到了困难,我也在担心同和纱厂的前景。"

路传荣端上茶具,问庞少海:"先生,喝什么茶?"

庞少海看了一眼陈峻君,问:"碧螺春可以吗?"

陈峻君回道:"有福尝尝少海老弟的茶叶了。我本来要去找少南兄,结果他去找韩主席了。"

路传荣在一旁忙活着沏茶,庞少海叹道:"前些日子,可把他忙活坏了。"

陈峻君点了点头说道："听说日商东洋纺要在凤凰山私自购买300多亩土地，准备建立纱厂，少南兄了解后，去找韩主席，让日商退地。"

庞少海笑道："也就少南哥有这个魄力。"

陈峻君顿了一下，道："现在济南的日本人和洋人越来越多了。"

庞少海给陈峻君倒上茶水，问："陈掌柜应该是无事不登三宝殿吧？"

陈峻君笑着回道："什么也逃不过少海兄的眼睛，仁伯兄去世后，我也是坐立不安，虽说利德顺有我们几个陈家兄弟经营着，但我那几个兄弟不是做生意的料，我打算接下来交给冬虞，还得请少海兄多提携。"

庞少海应道："如果有用到我的地方，尽管开口，可染坊和纱厂毕竟不是一个行业。"

陈峻君清了清嗓子，说道："孟洛川给了同和纱厂大批的订单，鲁丰纱厂已经濒临破产，聚鸿纱厂在仁伯兄去世之后，元气大伤。现在的济南城，也就剩下同和纱厂的生意蒸蒸日上了。"

庞少海笑道："来，咱喝茶。"

官扎营一带的一个地摊，挂着陈旧泛黑的布条，写着看相、算命、测字等字样。算命先生五十来岁，抽着旱烟。

庞少霆陪着工务局局长张鸿文在街上散步，张鸿文一脸惆怅道："少霆兄啊，南北天桥街、丹凤街的路，还需要筹资修建啊！"

庞少霆说："现在以玉祥面粉公司为召集人，由玉祥、同和、华庆、宝丰、魁盛、粮业公会、聚鸿、鲁丰等8家企业集资3.2万元，即将对南北天桥街、丹凤街进行修建，路面全用青砂石。"

张鸿文紧皱的眉头舒展开来："我从未质疑少霆兄的号召力。对了，和你说个事情，国民党政府要实行币制改革，将中央、中国、交通、中国农民四家银行所发行的钞票，定为法币，并集中发行。其他银行不得发行新币。"

庞少霆一脸不解："实行币制改革，刺激了物价上涨，现在还无法判定是机遇还是挑战。"

张鸿文看了一眼庞少霆："有你在，一切都是机遇。"

庞少霆不由感叹："阴阳运，万物纷纷，生意无穷尽。"

第三节　百折不挠

在同和纱厂，一包包的棉花进入了清花间，用机器抓了打松，卷成棉花卷，然后把棉籽打下来，形成大概二三厘米直径的棉条；八根棉条并在一起，经过条子间，拉长之后，再进入粗纱间，然后进入细纱间，就成了一根棉线；再经过筒子间，把棉线卷成圆筒状；接下来，进入布机间织布；最后进入布房间检验。机器声在整个厂区响起，工人们按部就班地干着手里的活。

维生大药房的老板管晓峰、杂货铺老板王益臣一起来到同和纱厂的经理办公室，庞少海对于两位客人的到来有些惊讶。

管晓峰开门见山道："少海兄，我们俩打扰了，前不久，我们看中了官扎营的王树升家一亩菜地，准备建一座基督教堂。我们得知庞经理也信奉基督教。"

庞少海一听这话，明白了二人的来意，便笑道："现在济南民族经济艰难发展，中国人自办的教堂估计也没有几座。不过，在官扎营建一座教堂，这事的确可行。"

王益臣说："我和管老板，每人准备捐资500元筹建教堂。王长泰也要为教堂建设出资出力，他是泰安肥城人，早年在美国留学。"

庞少海说："那我捐资1000元。但纱厂最近的事比较多，我哥那边又去修路，又去改建玉祥面粉厂，少南哥的利裕面粉厂也离不开人，具体筹建事宜还是得请二位前去办理。"说完，他对门外喊了一声："姜九！"

姜九走进经理办公室，问："先生，有什么吩咐？"

庞少海开了个单子道："你带着两位老板，去财务拿1000元。"

姜九接过单子，对管晓峰和王益臣说道："两位老板，跟我来吧。"管晓峰和王益臣与庞少海告别后，跟着姜九出了经理办公室的门。

庞少霆在玉祥面粉厂的大院子里，看着施工的队伍，吕北玖也进了院子，笑着说："少霆兄，这投入可不小啊！"

庞少霆面带笑意，一边领着吕北玖逛新修的厂区，一边介绍道："现在玉祥面粉厂的交易额直线上升，必须得扩大规模了。在原来五层制粉楼的基础上，续接为六层，上边安装容量为60吨的水箱。这样，制粉楼的高度可达七层。修建好后，会有麦仓32间，每间可容小麦3000余袋，粉仓两所，可容20万袋。还有麻袋、麸皮仓两所，引擎房、锅炉房、木工房各一处。另设铁工部。各股室办公室23间。职工宿舍共有4个区，楼房、平房总计211间。当然，还有职工子弟小学、大餐厅、浴池、武术训练场、娱乐室、阅报室等配套设施。"

吕北玖眼中充满了羡慕，说："现在正在修建的路，也是少霆兄召集的吧。"

庞少霆笑道："商人们挣了钱，就该投入社会中，为社会做贡献。"

吕北玖频频点头，表示十分赞同。

庞少霆问："现在聚鸿纱厂情况如何？"

吕北玖回道："有辛铸九和马伯声在打理着，算是回到正轨了，工人的情绪也稳住了。"

庞少霆笑道："凡事都没有想象的那么糟，有问题就有解决的方法。"

吕北玖说:"瀚涛这孩子不错,能干,踏实。"

庞少霆说:"少南哥本没想让他去接手亲家遗留的产业,但事已至此,也没什么办法了。"

吕北玖摇头道:"人死如灯灭,那段时间,很多合作方都打算取消与聚鸿的合作,我也知道少霆兄拒绝了与他们的合作,才让他们只能延续与聚鸿纱厂的合作。"

庞少霆一脸严肃:"商道有规矩,不可断人家后路,再说了,仁伯兄这辈子不容易,到去世的时候,身边的亲人就一个闺女。"

吕北玖说:"人各有命,而命运这东西,谁也想不到。"

庞少霆问:"吕校长来厂里,不单单是看一下库房吧?"

吕北玖回道:"鲁丰纱厂已经支撑不住了,韩复榘主席准备召集济南各大纱厂的股东筹备收购事宜。"

庞少霆说:"我已经听到风声了。鲁丰纱厂的1600多名工人要面临失业的问题,这必定会引起一定的动荡。"

吕北玖无奈道:"聚鸿纱厂已经无力去接手了,估计韩主席对准了同和纱厂。"

庞少霆一脸苦笑:"是福不是祸,是祸躲不过。"

吕北玖说:"其实我更想听一下你对纱厂在济南商业市场的分析。"

庞少霆说:"这方面一直是少海在负责。"

吕北玖笑道:"少海真是个商业奇才。"

僻静的小巷,夕阳斜照。庞少南抱着一个精致的小本子,与庞玉荣并肩默默地走着。微风轻拂,庞少南的脸上露出了笑容:"这次咱们的面粉厂收益不错,小麦百斤价格回升到4.5元,面粉每袋价格回升到2.8元。利裕这一年不仅弥补了过去亏损的50万元,还获纯利35万元。"

当他们走到利裕面粉厂门口的时候,一辆汽车正停在门口,一个高大的男子站在车旁。庞少南有些恍惚,赶紧上前走了几步。男子问庞少南:"请问是庞少南先生吗?"

庞少南一愣,应道:"我是,请问有什么事情?"

男子说:"请庞先生上车,我们主席要见您。"

庞少南诧异道:"哪位主席?"

男子回道:"韩复榘主席。"

庞少南赶紧上了车。韩复榘正在办公室看着手里的文件,待庞少南进了办公室,迎了上去。

庞少南行礼问:"韩主席喊我来,有什么吩咐?"

韩复榘把一沓材料递给庞少南,说:"鲁丰全厂1600多名工人面临失业,连同工人家属即达五六千人之多,没有工作就难以维持生活。他们推举工人代表,多次到省府请愿,要求迅速开工,解决吃饭问题。你拿到的文件就是他们的请愿书。"

庞少南听完,心里猜出了个八九不离十,他看着手上的请愿书问:"韩主席,是不是有什么安排?"

韩复榘让庞少南坐下,面对面说:"我想将鲁丰租予同和纱厂经营。"

庞少南刚要开口,被韩复榘打断:"我认真地考虑分析过了,我这么做的原因主要有三点,第一点是迫于社会压力,急于解决工人失业问题;第二点,我很担心鲁丰落于日本人的手中;第三点,同和纱厂办事谨慎。你也是济南实业界的代表人物,我觉得同和纱厂最合适。"

韩复榘见庞少南没有表态,便接着说:"我相信你,要不是你的帮忙,当初说不定我就被蒋委员长裁掉了。"

当时韩复榘与蒋介石意见不合,韩复榘给蒋介石去电报,假意辞掉第三路总指挥和省主席职务,电报发出后,三天没有消息。当时的情况是各省主席凡有呈请辞职的,蒋介石都回电表示挽留,而这次蒋介石不回电，即有意辞掉韩复榘。于是，庞少南带头，约集山东士绅百余人，去电挽留，蒋介石才复电留韩复榘，韩复榘得以保住宝座，所以他对庞少南特别感激。韩复榘曾亲自提议让庞少南当省府参议，两人交往甚密。

庞少南开口道："我得回去召开一下同和纱厂的董事会，我尽力去说服其他的几位股东。"

韩复榘察言观色，见庞少南基本默认了，便心里有数地大笑了出来。

而这时，庞少霆鉴于沿海各地的面粉厂有些过剩，遂向内地发展，筹建了玉祥面粉厂西安分厂。玉祥两个厂实有资金已达136万元。修路出了钱，也得了些好名声。张鸿文致函庞少霆："素仰台端，急公好义，众望所归，登高一呼，群山定皆响应也。"得到张鸿文如此夸赞，庞少霆也喜在心怀。

第四节　花好月圆

群山中，放眼一望，青山如黛，远处三两间房屋点缀。庞少南、庞少霆、庞少海、庞玉荣四人沿着溪流而行，溪水蜿蜒数里，在一座山下汇成一个水库。一湾绿水沿山环绕，风景怡人。四个人驻足，庞少南一脸惆怅道："韩复榘主席找过我了，要同和纱厂承租鲁丰纱厂。"

庞少霆惊讶地问："你答应了？"

庞少南从口袋中拿出一根烟，风很大，他划了两三根火柴都没有把烟点上，又把烟放回了烟盒。他说："我还没答应，这不先把你们叫出来商议一下。"

庞少海首先表态："同和纱厂刚步入正轨，而且鲁丰纱厂的技术工人水平令人担忧。"

庞少霆打住庞少海，问庞少南："少南哥，你怎么想的？"

庞少南回道："我觉得这事拒绝不了。"

庞少霆接着问："那打算怎么办？"

庞少南试探着说："我希望咱们一起说服各大股东。"

庞少霆说："这是个烂摊子，我调查过鲁丰纱厂，当初是由潘复、靳云鹏等人发起创办的。由于不懂商情，欠债累累，无法周转，从1933年开始，鲁丰商得民生银行的同意，以厂产抵押借款用作周转，结果仍难维持。前不久，因厂内生产不景气，生意萧条，到年底竟连工资都发不下去了，为此厂内还发生了工潮。鉴于厂子陷于绝境，靳云鹏等人还企图将鲁丰卖于日本的东洋株式会社。这样鲁丰纱厂既可还债，个人又可将余款私分，一举两得。但他们没想到，这件事被政府出面阻止。民生银行总经理王向荣眼见鲁丰所借款项无力归还，将鲁丰纱厂告到法院。"

庞少南回话道："这些事情，我也知道了。"

庞少海思索了一会儿说："如果没有退路，就想想如何承租吧。"

庞少南说："咱们先说通股东们，然后一起想个方案。"

庞少霆说："咱再等等消息吧。就算真的要承租鲁丰纱厂，也要看一下官司的情况，如果处理不好，我们一旦承租，会面临很大的风险。"

庞少南站在原地，望着近处的群山，脸上露出了一丝的惆怅。

在聚鸿纱厂，辛铸九和马伯声两人促膝长谈，屋里弥漫着浓烈的烟雾。吕北玖进了屋子，差点被呛出去，取笑道："你们两位老兄，要把厂子给点着了！"

辛铸九大笑道："也不差你这一根烟枪吧，点上吧。"说完，他递给吕北玖一根香烟。

吕北玖点上烟，说："真没想到于耀西去世后，虽然东裕隆破产了,但大明湖牌香烟还能继续经营下去,这也算是个奇迹。"

马伯声说:"在济南这座城市,多少企业起起伏伏,于耀西生不逢时啊!"

吕北玖一愣,说:"现在鲁丰纱厂承租的事情有了眉目,韩复榘主席明确要同和纱厂来接手。"

马伯声接话道:"现在同和纱厂完全有能力接手这个厂子,鲁丰纱厂资本中,官僚军阀的出资占了很大比例。潘复、靳云鹏、王占元、庄乐峰、田蕴山、陈秀峰、章瑞亭、张雨亭、张萝潮、曹仲珊、张勋、熊秉三、李赞宸等人是鲁丰纱厂创办时期的股东。1928年注册时的常务董事黎绍基,是黎元洪的儿子。"

辛铸九摇头道:"你们看看鲁丰纱厂这些早期的股东,几乎个个都是响当当的人物。潘复曾任内阁总理,黎元洪曾任中华民国大总统,靳云鹏曾任国务总理,田中玉曾任山东督军兼省长。几位大股东中,张勋曾经被称为'辫帅',拥立溥仪复辟帝制;张雨亭是称霸东三省的张作霖,曾任陆海军大元帅,代表中华民国行使统治权,成为国家最高统治者;熊秉三就是熊希龄,曾任内阁总理……一个小小的纺织企业,起点之高实属罕见。但他们忽略了一点,商业智慧很重要。鲁丰纱厂走到今天这地步,绝非偶然。"

辛铸九把烟掐灭了,继续说:"真没想到,我们聚鸿纱厂能这么快缓过来,这也得感谢同和纱厂在背后的帮忙。"

吕北玖点头道:"想要成功,需要的是朋友;想要巨大的成功,需要的是敌人。一旦同和纱厂一家独大,他们的道路也会受阻。这一点,他们比谁都清楚。"

马伯声问:"那我们和同和纱厂到底是敌是友?"

辛铸九神色有些严肃道:"很难说。"

吕北玖说:"庞家能如此飞黄腾达,当然不无原因,这原因有内在的,也有外在的。所谓内在的原因,即庞家人学有专长,经商头脑实属强；所谓外在的原因，说俗了就是朝中有人好做官，庞家在省内外的朋友太多了。"

辛铸九说："庞少霆和庞少海这两兄弟性格互补。庞少海行事沉稳，而这恰恰是庞少霆所欠缺的。其实，庞少海本来是一个生性倔强、天不怕地不怕的人，也是个急脾气。后来他发现，心急最易坏事，才渐渐改变急躁的毛病。"

马伯声接话道："人生活在世上，常常感受到现实生活的庸俗，但很多的人虽看到了这一点却缺乏去改变现实生活的勇气和信心，更不能为改变自己的生存环境立下高远的志向。而庞少海与这些人的不同之处在于，他看到生活庸俗、颓废的一面后，迅速觉醒过来，为改变自己的生存环境、实现自己的人生理想，立下远大志向。真乃大才。"

吕北玖说："现在庞少霆和庞少海要联手跃进大西北，估计已经酝酿很久了。庞少海办事主张从长远考虑，稳中求进，这是他高明之处。因为考虑长远，就不可不慎，办起事来会更有计划性。如果贪图迅速，个别地方可能有利，对大局而言可能造成不利影响。而庞少霆在做了进军大西北的计划后，也一直在听取庞少海的意见。"

三人谈话间表现出对庞家人的赞赏。不久后，鲁丰纱厂的命运成了济南各大商家茶余饭后谈论的话题。法院依据民生银行与鲁丰纱厂所订抵押合同的规定，依法对鲁丰全部财产予以审查扣押，并宣告其破产。随即由法院函请省建设厅，派人到鲁丰纱厂实地勘估核价，分三次拍卖。结果因标价太高，无人问津。

董雨芸带着马良走进了一家老字号古玩店，后堂收藏有上千件的古字画，真真假假、琳琅满目。

董雨芸笑道："这个烫手的山芋真要落到庞家了。"

马良脸上写满了得意，道："等着看笑话吧。"

董雨芸走到古玩店老板跟前，吩咐他拿出一幅画，是经亨颐先生的《墨竹图》。他从老板手中接过画，递给了马良，说："这是我送给马会长的礼物，前几日我就预定了。"

马良接过画作，乍一看，从用笔用纸到用墨，都是经亨颐的风格。马良渐渐沉浸在这幅画当中，突然，他感觉有些不对劲，便说："快把放大镜拿过来。"

董雨芸有些诧异，赶紧把案上的放大镜递过去。马良接过放大镜，看了许久，才道："可惜了！"

"什么？"董雨芸瞪大眼睛问。

马良两眼专注地看着画，边摇头边说："可惜这幅画是赝品。很早的时候，太平戏院每天排的全是尚派的戏。我记得有一次，经亨颐送给尚小云一幅自己的作品，上面的章印虽与这幅画上的相似，但有个缺陷，章印多了一刀。"

董雨芸哪能了解这个细节，便对老板说："老板，收起来吧。"

马良一笑道："那幅李苦禅的画是真迹，就拿那幅吧。"

董雨芸向老板摆了摆手，老板赶紧拿出来递给马良。董雨芸虽然知道马良喜欢书画，但没有想到马良研究得这么透。当然，令他更想不到的是马良家里有两间屋子的珍藏书画。

第五节　血色残阳

湛蓝天空下，同和纱厂车间内，各生产线正有序运转。在会议室，纱厂正准备召开股东大会。庞少霆和庞少海看着窗外的工人，心里泛着苦水。

股东们陆陆续续进了会议室，庞少南最后走了进去，其实他一早就到了厂里，心里忐忑不安，一直未踏进会议室。

庞少霆见大伙儿到齐后，便开口说："想必大家都知道鲁丰纱厂的状况了，现在政府想让我们来承租鲁丰纱厂，摆在大家面前的文件是省府训令，鲁丰纱厂经营不善，无法开展生产活动。当局要求我们迅速开工，以维持工人生活，大家都说说自己的想法。"

会议室一片安静，庞少南打破沉默，说道："我知道大家都有自己的想法，现在同和纱厂的发展势头很猛，很担心一旦承租鲁丰纱厂，会影响后续的发展，可现在的问题是，政府点名让我们厂承租。"

众人也从庞少南的口中听出了话中之意，甚至掺杂着一些威胁。耿筱琴点上了一根香烟，抽了几口说："结果很明显了，政府既然有意让我们接手，我们也很难拒绝，但我们是商人，追求的是利益，大家一起商量一下，在承租鲁丰纱厂的问题上，怎么把利益最大化。"

庞少南看了一眼庞少霆，庞少霆又看了一眼庞少海，庞少海摇了摇头。但众人见耿筱琴发话，也纷纷表示认同。

在桓台，王氏家族是一个从平民之家发展起来的官僚世家。明中期，这个家族以科举起家成为望族，此后凭借孝悌好学的家风、良好的家庭教育、经世治学的处世哲学等创造了"科甲之盛，海内新城王氏第一"的仕林佳话。尽管新城王氏家族在仕途上取得如此显赫的成就，但是在新城镇却长期流传着这样一句话："新城王半朝，不如耿家一根毛。"耿氏家族重学崇儒、人才辈出，明清时期多位族人为官，其家族共出了7名进士。耿氏家族在科举上也取得了很大的成就，但从清后期至民国，耿氏家族主要以商业为主，成为当时新城最有势力的家族，其工厂和店铺遍及济南、张店等地。至清代耿曰桐时，新城耿家拥有土地720亩，并承包学田200亩。清末在周村创建庆和永批发庄和德庆银炉。耿筱琴继承祖业后，在周村以经营纺织业和金融业为主，发展成为资金达数十万两白银的民族资本家。耿筱琴在济南创办了德和永印染厂，成为名扬桓台、济南等地的商界名流。耿氏家道富足，耿筱琴为福怀仁，乐善好施，捐建多处学堂，经常周济灾民，并出资修桥铺路，泽被乡里。

吴冠东一手撑着桌子，另一只手点着香烟，看着窗外的垂杨发呆。

张景韩问庞少南："少南兄心里已经有想法了吧？"

吴冠东回过神，补充说道："商海中要保持清醒，一个工厂无论有多大的实力，它总会受周围环境及诸多因素的制约，不可能独善其身，如果是一意孤行，最后吃亏的只能是自己。所以，要知进退，识好歹，明时务，我同意承租。"

庞少南完全没有想到，因为耿筱琴的一句话，会议的局势一下子扭转了过来，便对张景韩说："咱们在座的人，都有很多年的从商生涯，对商场的险恶看得很清楚，能同意承租鲁丰纱厂，肯定是经过权衡利弊的。我说说自己的想法，我们能做的就是从租价入手，先经营一年试试，如果亏损严重，我亲自去找政府，请求撤出承租。"

耿筱琴问："租价多少合适？"

庞少南回道："每月 3000 元。"

吴冠东点头道："同意！"

另外几位股东也表示同意，董事会决定由庞少南代表同和纱厂，与民生银行签订合同，以每月 3000 元的租价，以 75 万元取得鲁丰全部产权，改名为同和分厂。

但鲁丰纱厂的股东靳云鹏，两次到高等法院提起上诉，说庞少南以 75 万元之数，即获得价值 200 余万元之鲁丰全部财产，同一债务，政府对鲁丰纱厂蓄意为难，派人驻厂监视，并勒令停机，立逼现款；对庞少南则无不通融，实属不公。

在光明里的家里，庞少海感觉到了这块烫手山芋真的是不好接。庞少霆和刘珅进了大厅，庞少霆说："现在承租鲁丰纱厂遇到了这么多的问题，让很多股东产生了质疑，内部开始躁动。我真是担心出事啊！"

庞少海说:"我已经让姜九去接少南哥和嫂子了,一会儿他们就过来。"

庞少霆对刘珅说:"你去把太太接来。"

刘珅应道:"我这就去。"说完,他转身就走了。

庞少海对路传荣说:"你去请两个厨子,大家伙儿都在这里用餐。"

在凤楼,董雨芸和马良高兴地喝着茶,朱桂山进了门,笑着说:"庞家可真够折腾的啊!"

马良也兴奋道:"他们一旦撑不住,我们的机会就来了。"

董雨芸吆喝了一声尉颖慧:"姑娘们呢?"

尉颖慧赶紧招呼姑娘,搔首弄姿道:"你们这些姑娘,要把三位爷伺候得舒舒坦坦的。"

一听这话,姑娘们纷纷扑了上去。

在光明里,庞少海抽起了一根雪茄,说:"哥,承租鲁丰纱厂这才多长时间,就闹出了这么多幺蛾子,严重影响了生产,再就是机器设备太落后了,就算没有这些乱七八糟的事情,也很难提高效率。"

庞少霆盯着庞少海道:"话中有话啊!"

庞少海说:"这个厂子如果想发展,就得更新换代,需要投入的成本非常多,依目前的经营状态,肯定是亏本的。"

庞少霆一脸的惆怅,从包中拿出一沓材料道:"少南哥也是进退两难。 趁他没来之前,我们聊点西安建厂的事情。"

庞少海说:"王星辰是同和纱厂副理张景韩的亲戚,也是我的同级同学,张景韩向我推荐王星辰,我就派他去西安玉祥面粉厂任职了。"

庞少霆点头道:"王星辰这人能干。 西安玉祥面粉厂吸收了济南总厂过去的经验,采取边基建、边投产,加速流通,逐步扩大的经营策略。 从基建开始,我便把主要精力放在西安。 从一砖一瓦动工开始，直到机器安装完毕投产，我都一直盯着。刚开始投产时，从济南总厂运去老式引擎1部，36寸的钢磨8部，日产面粉2000余袋。当时厂里有职工80余人，其中职员30余人。除副理于乐初主持日常工作外，全厂的产、供、销由业务长贾顺符负责，下设文书、庶务、工务、麦栈、粉栈等股。"

顿了一会儿，庞少霆继续说："前不久，我购进大型美产发电机1部，打算创建西安同和分厂后两厂合用。最近厂里又增设了大型40寸钢磨，现在共有钢磨25部。除增加了动力设备，厂里还增设了铁工部。职工人数也增加到200余人。面粉厂现在进入了生产的高峰期，工厂在外地广设收麦栈庄，主要在绛帐、郡县、虢镇、渭南等地。麦栈存麦在10万包以上。货源充足，生产达到了顶峰，日产等级粉1万包左右。但问题是西安的面粉厂逐渐增多，有了竞争对手之后，我们的分厂除先占领西安市场外，必须延伸到咸阳等地区，还得与济南总厂挂钩，外销徐州、蚌埠、天津等地。"说完，他把材料递给庞少海。

庞少海接过材料说："面粉厂需要粮食，而纱厂需要棉花，必须得解决货源问题。"

庞少霆笑着说："凡事开头难，但我有信心。"

庞少霆的信心，完全来自西安分厂打开当地市场的经验。

西安城的市民吃的是石磨面粉。因为玉祥是西安第一家开业的面粉工业，机制粉上市销路不好，有人说有铁味，有人说有锈味，甚至怕中毒不敢食用。庞少霆得知后，从济南专程赶来西安，研究解决办法：一是贴广告做宣传；二是蒸了馒头放在厂门口请大家品尝；三是到市内各机关、商店、工厂、学校等单位送样品，和石磨粉样品进行对比；四是用小纸袋加印说明，装上一公斤面粉，到集会地点散发。这些办法果然见效，不过一个多月就改变了局面，由滞销变成了畅销。

不一会儿，庞少南和苏苓月进了院子，庞少霆赶紧起身去迎接道："少南哥，赶紧进屋。"

庞少南问："弟妹呢？"

庞少霆说："让刘珅去接了。"

庞少海把材料放到了一旁，给庞少南和苏苓月倒上茶水。

庞少霆问庞少海："家里有酒吗？"

庞少海起身说道："有，我去拿。"说完，他便去里屋拿酒。

庞瀚涛和陈玲秀提着礼品进了院子，周凤菁随后也走了进来。

庞少南说："我让俩孩子过来的。"

庞少霆说："聚鸿纱厂的产品质量在国内首屈一指。瀚涛去了之后，个人能力也展现出来了，聚鸿纱厂有了瀚涛真是如虎添翼。"

庞少南笑道："我也没想到这小子做生意是一把好手。"

庞少海说："是你管得太严了，没有给他充足的空间。"

庞瀚涛赶紧进门打招呼，解释道："冯玉祥将军在聚鸿纱厂题字，耽搁了。"

庞少霆问："题的什么？"

庞瀚涛回道："实业救国。"

庞少海喊了一声："咱们入座吧。"

姜九刚走进院子，见刘珅和路传荣在院子里聊天，便说："刘管家，要是没什么事，我就先回厂里了。"

话音刚落，庞少海出来说："你们也来入座。"

路传荣赶紧摆手道："厨子还没走，我们仨从厨房里弄点吃的就行。"

庞少霆也走了出来，说："别磨蹭了，快入座。"

三人进了餐厅，姜九和刘珅依次给众人倒酒。

庞少霆说："咱们庞家没有那么多规矩，你们不要拘着。"

周凤菁注意到了路传荣的肚子，便问："是不是有身子了？"

路传荣害羞道:"有仨月了。"

庞少海说:"她要回家生孩子,我怕耽误活,就把她留下了。"

庞少南笑道:"我从家里给你派个保姆,一起搭把手。"

庞少海婉拒道:"不用了,她丈夫没事也过来帮忙。"

庞少霆端起酒杯,说:"今儿不过年也不过节,把大家叫到一起,就是聚聚。"

大家伙儿一起举杯,一饮而尽。

庞少霆说:"今年局势较为平静,秋收丰稔,农村经济复苏,购买力上升,棉花有供不应求之势。"

庞少海也接话道:"今年形势确实喜人。 全厂职工也非常努力,鼓足干劲忙生产。 按16支纱计算,每日产纱达57件,每件成本仅30元,今年所获纯益可达37万元,创造了近年来的新纪录。"

说到兴奋处,大家伙儿又共同举杯喝起酒来,庞少霆甚至借酒兴唱起了戏曲。

这时,夜已深,周凤菁大笑道:"你唱戏能把人吓着。"

苏苓月提议道:"凤菁、秀儿,还有小路,咱们去听戏吧,让他们这群大老爷们喝酒吧。"

庞少海说:"姜九,正好你没喝酒,你去开车,把她们送到戏院门口。"

姜九赶紧起身,跟着四位女士出了门。

第六节　天高地厚

天空铅块般的乌云,迅速地飘动,原野里都是灰蒙蒙的雪雾。同和纱厂迎来了开机以来最赚钱的一年,于是各大股东更加积极筹备资本,争认股份。 庞少海利用这一形势说服股东,将红利扩充股数，一些职员也纷纷入股。资本积累超过150万元。

同和分厂的官司法院以靳云鹏理由不足，予以驳回，维持原判定案。股东们本以为同和纱厂的盈利能带领同和分厂也走向正轨，但没想到在棉贵纱贱、内部管理混乱的情况下，同和分厂亏赔9万多元。这引起了董事会的不满，不少人要求退租。

在此情况下，庞少南感到为难，遂找到韩复榘。

韩复榘忍着情绪，安慰庞少南说："我不能强迫同和纱厂继续承租，但又无法应付工人的请愿，我提议让你个人承租。"

庞少南一脸无奈，默不作声。

韩复榘问："有什么难处？"

庞少南拿出一根香烟，划着火柴，但又把火柴熄灭，说："其实，我当不了同和纱厂的家。"

韩复榘反问道："你当不了同和的家，还当不了你自己的家吗？"

庞少南也觉得韩复榘说得有道理，但还是感到实力不足。

韩复榘当场表示道："我知道你的难处，这样我找王向荣一起研究一下。"

庞少南从韩复榘办公室离开后，直接去庞家巷找了庞少霆，又派庞玉荣把庞少海叫了过来。

四人坐在客厅中，脸色都有些凝重。庞少南说："我去找韩复榘主席说了不再承租鲁丰纱厂的事情。但他的意思是绝对不会让这个厂垮了。你不接，会有别人接，咱们也有可能会错过机会。现在虽然纺织业不景气，棉贵纱贱，但这只是暂时现象。至于鲁丰的亏损，主要是内部问题，只要改善管理，还是有利可图的。"

庞少霆问："少南哥，你怎么想的？"

庞少南说："我想再试试。"

庞少霆说："我正在计划继续进军西北市场，资金上可能有点周转不过来。"

庞少海插话道："接是可以接，但我们得总结一下为什么会经营失败。"

庞少南说："少海，你来说说。"

庞少海分析道："在一年内，同样面临棉贵纱贱的状况，但同和纱厂一直是高收益，我们可以借鉴同和纱厂成功的经验。"

庞少南两眼直盯着庞少海，庞少霆和庞玉荣也有了兴致。庞少海为他们分析同和纱厂成功运营的经验，说："第一，也是最基本的原因，是由于劳动力过剩，同和纱厂可以以最低的工资来招募工人，尤以招募适宜于纺织工业的青年女工为多。公司从第一年开始，就接收了大量的女工和童工，占工人总数的82.6%。同和公司在民族危机的背景下，提出'共维国难'和'与外资竞争'等种种口号，通过实行考勤奖、年终分红等方式，调动了工人的生产积极性。"

庞少霆示意庞少海继续说，庞少海看了一眼庞少南，继续说道："第二，同和纱厂采用了边生产边补充资本和自制生产机器设备的经营之道。工厂竭力主张盈利再投资、扩大再生产。每年的公积金占红利的1%。每年的股东股息和红利的利用，都要服从扩大再生产的需要，有时甚至全年的酬金、股息和红利都一律入股。与此同时，同和纱厂由于扩大了铁工部的生产能力，大力仿制各种纺织机器，既降低了成本，又扩大了生产。这种自主全面生产各种纺织机器的做法，是其他纺织工厂比不了的。自制机器成本要比进口的便宜得多，更重要的是可以根据自己的需要来生产，而不至于造成资金积压，还能使公司的生产设备不断得到补充和更新。"

庞少南听得正起劲，燃尽的烟灰烫了他的手一下，他把烟熄灭，让庞少海继续说。

庞少海喝了口茶水，继续说："第三，同和的股东中，有许多是花纱布庄的商人，他们能随时掌握花纱布市场的行情进行交易。另外，同和的股东又有一些是经营面粉公司的，这些面粉公司所需要的面粉袋，以前全靠外购，同和成立后，面袋厂当然就包销同和的面袋布了。面粉袋不需要好布，同和是从农村低价采购次白棉作为原料。纱厂生产的'泰山牌'粗纱，就是掺入了次白棉所制成的产品。同和与济南复聚泰、同顺等面袋厂订立合同，由同和供应'泰山牌'粗纱，由他们加工成面粉袋。合同规定，不管纱价涨落如何，均按比市价低3%的价格提供。同和销在这方面的棉纱占总产量的20%—30%，这方面的销量很稳定。此外，同和为适应农民和各土织布厂的需要，向他们直接推销用次白棉纺成的纱，也是很受欢迎的。同和赚钱多，与大量利用次白棉也有一定的关系。"

庞少海点上了一根烟，又说道："第四，同和在管理厂子方面，有一套自己的管理办法。比如我会尽量缩减非生产性开支。全厂各科营业人员不过二三十人，我会尽量让股东来充任。同时我还鼓励通过亲属、同乡亲友关系，把亲信、亲属安排在各车间、各科室，形成一套严密的管理网络。综上四点，同和纱厂才能稳步盈利。"

听了这一席话，庞少南茅塞顿开，他考虑再三，最后决定接手鲁丰。庞少南说："听了少海的话，我知道该怎么办了，同和纱厂的股东对鲁丰纱厂的承租事宜已经有抵触情绪了，我自己筹资吧。"说完这话，庞少南陷入了沉思。他心里明白，自从同和纱厂建成以后，庞少霆仍掌握企业大权。同和纱厂的各重要部门均由玉祥面粉厂调来亲信人员负责，庞少南和庞玉荣只是徒有虚名的董事长和常务董事，其实早已矛盾重重。

庞少霆劝道："咱们有那么多的厂子，为什么非要碰这个烂摊子呢？"

庞少南舒了一口气，说："我准备退出同和纱厂的股份。"

庞少海与庞少霆对视了一眼，庞少海问："这是为什么？"

庞少南回道："一来，我是需要一部分资金周转；二来，现在同和纱厂的股东对我意见很大，咱们都是庞家人，我不能牵连到你们。"

话虽然说得好听，但庞少霆还是明白庞少南心里打的什么算盘，便没有再作声。

庞少南对庞少海说："我个人租下鲁丰，没有技术人员，需要征得你的同意，把同和分厂人员全部留下。"

庞少海点头道："这个没问题，只要技术工人们没意见就行。"

庞少霆又劝道："少南哥，我觉得你还是把同和纱厂的股份留一部分吧，现在纱厂的生意正旺。"

庞少南不想正面回答，便转移话题道："日本政府提出丰厚的条件诱惑韩复榘主席保持'中立'，韩复榘主席非但没同意，还下令让驻济日本领事馆人员及侨民撤走。"

庞少海拿出了一份报纸，说："这上面报道，驻济日本领事有野、武官石野率最后一批日侨267人，搭乘胶济路专车离济赴青返国。驻济日本领事馆人员及日侨已全部撤离。"

庞少霆长舒一口气："没有了这些日本人的捣乱，济南各大商家能平稳发展了。"

庞少南心里盘算着，终于要有属于自己的纱厂了。不久后，庞少南便和庞玉荣离开了大厅，出门去筹集资金。

庞少霆见庞少南走后，埋怨道："玉祥面粉厂经营不久后，少南哥就自己独立门户建了利裕面粉厂。同和纱厂经营状况正好，他又要自己去办纱厂。"

庞少海说："少南哥一直跟咱们小庞家较着劲呢。"

庞少霆摇了摇头，无奈地说："他的面袋厂都开到西北去了，对咱们的西安玉祥面粉厂冲击很大。"

庞少海苦笑："内忧外患啊！"

庞少南凑齐资金后，便由侄子庞玉荣，与民生银行副总经理宋谷雨商讨签订了租赁和贷款合同，主要内容是："由民生银行将鲁丰全部资产，租予庞少南经营，租价仍为每月3000元，租期暂定一年；由民生银行贷予成大纱厂信用透支30万元，以庞少南在利裕全部股权及房产向民生银行抵押借款50万元；由民生银行派会计员、仓库管理员驻厂监督。"

从此，庞少南把鲁丰纱厂改为成大纱厂。俗话说，头三脚难踢。庞少南为了改变厂风，打开局面，亲自召开座谈会，听取职工意见。他发现原鲁丰纱厂，因管理方法陈腐，激化了厂方和工人的矛盾。要缓和矛盾，必须从改变管理办法入手。

庞少南对庞玉荣说："我通过调查发现，原鲁丰的有些规定非常不合理，比如女工产期不发工资，工人吃饭不停车等。很多工人代表曾向厂方提出抗议，厂方不但不予答复，反而开除了一些工人，解雇了怀孕的女工，这激起了广大工人的极大愤慨，他们曾连续罢工7天。最后潘复只好签字，答应了工人们的合理要求。"

庞玉荣说："我也去调查了一下，工人现在担心最多的就是福利问题。"

庞少南眉头紧锁道："当务之急是要缓解与工人之间的矛盾。我们可以先从各部门的主任、组长入手，给他们增加奖金；再就是给工人提高计件工资标准，扩大福利分配。"

这些做法果然有效地刺激了生产，增加了利润。当时的产量，由鲁丰时期的日产16支纱60件，提高到73件。庞少南见机，把16.5把的16支纱，改为16.8把，让用户多得点实惠，同时他还注意精选原料，提高质量。很快，成大纱厂的"凤山"牌棉纱，在市场上打开了销路。这年纱价开始回升，庞少南看出了这个势头，便放手储存原料，仅两个月的时间，即获利15万余元。

而这时，韩复榘接到一个重要命令，为了抵抗日军南侵，铁路工人将津浦路济南至德州间线路破坏。济南新城兵工厂迁往西安，济南乡师、济南师范、济南高中、济南初中等公立学校南迁。

山东省立图书馆馆长王献唐找到了庞少海，请求庞少海派车把馆藏的重要古籍及珍贵文物转移。庞少海非常诧异，日本商人都已经撤出济南了，济南城内也没有日本兵，情况也相对平稳，怎么这么着急要转移物品呢？

王献唐也是一头雾水，表示不知情，只是接到了上级的指示。庞少海也不再多问，赶紧从厂里派了三辆车跟着王献唐去了图书馆。凝重的气息被梅兰芳来济南巡演打破了，梅兰芳突然来到济南，海报还没贴出来，济南城大大小小的报纸上先披露了戏目。顿时，北洋大戏院门前的大街上，人都挨肩靠膀的，在戏院门前看刚张贴的海报，任那熙攘往来的人车那么闹哄，也冲不破这群人的狂喜。

小孩子争着问大人："梅兰芳到底是男的女的？"

大人们也模棱两可，有的说是男的，有的说是女的。

庞少海一大早就派姜九驱车在北洋大戏院门口候着，梅兰芳一身平民打扮出了门，直接奔车而去。

姜九笑道："梅先生，您这身装扮，愣是让这些戏迷没认出来。"

梅兰芳松了松领扣，说："要是被围观，可就脱不了身了。"

当车驶入光明里的时候，庞少海早已经在门口等待，见车来了，赶紧迎上去，车停稳后，庞少海为梅兰芳开了车门，笑道："鹤鸣兄，有幸有幸。"

梅兰芳礼貌地回礼，说："多位友人给我写信，来济南务必见一下少海兄。"

庞少海赶紧说："快请。"说完，庞少海让姜九在前面引路，两人进了院子。

梅兰芳把外套脱了下来，说："咱就在院子里吧，这大衣穿着喘不动气。"说着就脱掉大衣，姜九从梅兰芳手中接过大衣，路传荣端着茶具上桌。

庞少海说："早就听闻鹤鸣兄喜欢喝花茶，这是我托孟家从京城带来的东鸿记茶庄的茉莉双窨。"

梅兰芳脸上充满笑意道:"这茶香而不腻,缺点就是不耐时候,沏过三泡就没味了。"

庞少海笑道:"我可不是买了一点儿,好几罐呢。"

梅兰芳说:"我也喝红茶,冬季喝的多是锡兰红茶。这茶要煮,煮开了以后,倒入牛奶,再加两片柠檬,喝后浑身热乎乎的。冬天上场唱戏,碰上条件再差的戏园子也心里有底,不会感到冷。"

呼吸着茶香,沐浴着微风,两人心情大好。

梅兰芳问:"少海兄喜欢什么戏?"

庞少海说:"我留洋英国,接触的话剧多一点,但鹤鸣兄的《生死恨》《女起解》,我真的是去听过。"

梅兰芳点头道:"我来济南赈灾的时候,登台唱过这些戏。济南是个好地方。济南的美食总引人吮指遐思,奶汤蒲菜、泉水豆腐、黄河鲤鱼、打卤面等香气四溢,想起来就忍不住咽口水。"

两人交谈甚欢,空气中弥漫着茉莉花香的味道。而此时,庞少霆、王扶九、张景韩开始设想在西安至兰州间陇海铁路沿线的每一主要城市,都筹设一个面粉厂与一个纱厂。但万万没有想到,这个宏伟的"大西北实业计划"因日军侵华破灭了。

第七章

第一节　此去经年

　　济南城在日本敌机的狂轰滥炸中摇摇欲坠。许多炸弹从云中落下，济南市民惊慌失措。敌机穿破密云急速俯冲，一架又一架，一队又一队，在济南城穿梭一般掠飞，对准城内的重要军事设施进行猛烈轰炸。城内警报汽笛声大作，炮声和炸弹爆炸声混成一片，死亡控制了这个古老的城市。

　　济南城内的秩序十分混乱，商埠内日侨被封的商店、正在着火的仓库，均被抢劫一空。

　　陈峻君和陈冬虞坐在利德顺的生产车间，内心焦急如火。陈峻君骂道："乱世当道，济南道院这些资产阶级的假慈善机构和商会的部分人员，为了他们自己的生命财产和妻妾子女的个人安全，竟出面'维持秩序'，研究商讨迎接日寇、'慰劳皇军'的办法，这真是耻辱。"

　　陈冬虞说："爹，济南市律师公会会长张星五派救护队长朱朴如，通知全市商民代表人物，立即到经二路普利门集合，迎接日寇进城。"

陈峻君愤慨道:"我可不去丢这人。"

日军的轰炸直到韩复榘不战而逃才告终。不到一个月的时间,山东各大城市皆落入日军之手。占领济南的日军士兵,站在济南城门楼上举着旗子欢呼。

而此时的马良意识到自己的机会要来了,彻夜兴奋到难以入眠。1928年"五三惨案"期间,他就为日本人当过维持会长。以他为首的一批旧军阀、失意政客及市井无赖甘心依附,开始筹备成立维持会。他们不仅为日寇带路,还积极帮助日军筹集军粮。

不久后,日军参战各部队在济南城内举行了声势浩大的入城式,来炫耀他们的胜利。入城式上,街头挂出了"欢迎皇军入城"的横幅。何素朴带着道院和佛教会的一帮人,商会有王子丰、韩纯一、李伯成、傅雨亭、张冠三等人。日寇到时,他们夹道鞠躬,状极不堪。欢迎日军入城的仪式上,几个胡子花白的老头非常扎眼,马良和日本军官紧紧地握手。

日军司令原野进驻经二路大陆银行新厦后,以大陆新厦作为日军司令部,并把山东邮政管理局的大楼列入日军司令部的规划中。日本特务机关长中野进驻津浦大楼。前任日本驻济南总领事西田及当任总领事有野,还在经三路日本领事馆原址。

庞少海看着满目疮痍的济南城,内心悲痛不已,而他更担心的是企业的安危。不出所料,日商东洋纺一直记恨着庞少南,也知道当年他们在凤凰山私购土地,准备建立纱厂时,是庞少南搅的乱。他们趁着日本军队侵占济南之际,直接向日方告发了庞少南。

庞少霆在同和纱厂的董事长办公室里,粗声大气吼道:"狗日的日本鬼子!"

这话一出,正好被准备进门的庞少海听到,他赶紧劝阻道:"哥,现在政局不稳,厂里人多嘴杂,咱说话得小心。"

庞少霆听了满心烦闷："韩复榘逃就逃吧，他还放火焚烧济南城里各政府机关、商埠各大仓库货场，一直烧了两天，真是令人发指。"

庞少海气愤道："这些日本人太嚣张了，进入济南，就如同入无人之境。枪都没打几响，就占领了济南。"

突然庞玉荣跑了进来，喘得上气不接下气，喊道："少霆叔、少海叔，成大纱厂被日本兵围住了。"

庞少霆仿佛早已经预料到了，不慌不忙地站起身子，看了一眼庞少海，然后说："日商要开始猖獗了，他们会要成大就会继续要同和。"

庞少海说："那我去喊着姜九吧。"

俗话说，"锦上添花易，雪中送炭难"，各大商家一听说庞少南的成大纱厂被日本军队盯上了，一时间，纷纷断绝了来往。

庞少南算是有骨气，他临危不乱与日本军方对峙着，并语气坚定地拒绝了日本的合作要求。当庞少霆和庞少海赶到的时候，完全被这阵势给吓到了，一排排荷枪实弹的日本兵把成大纱厂围得水泄不通。

中野与庞少南在会议室面对面坐着，气氛一片肃杀。庞少南见庞少霆和庞少海进了门，心里有了些底气，说："我的态度依然不会变，拒绝与日方合作。"

庞少海觉察出来，这些日本兵不像是来谈判的，弄不好，就会出人命，便对中野说："关于合作的事情，我觉得有谈的必要，但是谈合作，没必要动这么多士兵。"

中野大笑道："愚蠢，我不是来找你们谈条件的，而是命令你们合作。当然，不止这个纱厂，还有其他纱厂。"

庞少霆假装着镇定自若，说："凡事都有个商量的余地，真的没有必要动刀动枪的。"

中野刚要说话，跑进来一个士兵，在他耳边嘀咕了几句话，中野脸色大变，二话没说，就带着士兵离开了成大纱厂。

庞玉荣一头雾水道："这日本人怎么办什么事都这么莫名其妙？"

话音刚落，突然听到外面传来了几声枪响。

庞少霆骂道："小鬼子又去杀人了。"

庞少海严肃地说："日本人不会善罢甘休的。"

姜九从门外走了进来，说："日本人追杀了几名抗日人员。"

庞少海说："这帮畜生，杀人就如同儿戏。"

庞少霆赶紧劝道："少说话，别让日本兵听到。"

在街上响了几枪后，中野并没有再回到成大纱厂，而是去了日军司令部。原野看着中野进门，便说："我军要南下，济南城里只留下了少数驻军，社会秩序混乱，必须马上成立维持会。"

中野应道："原野司令，放心。"

原野摇着头说："我看中了德高望重的辛铸九先生，想让他出任省长，但他拒绝了。"

中野气愤道："我会给他点颜色看看。"

辛铸九也预料到日本人不会轻易放过他，便着手安排后事。陈峻君匆匆忙忙地赶到辛铸九的公馆，叹了一口气道："葆鼎兄，我刚听说你拒绝了日本司令部关于省长的任命，我敬佩你，但你得出去躲躲了。"

辛铸九怔了一怔道："是福不是祸，是祸躲不过。"

陈峻君听了这话，先是默然，随后半昂了头，点上一根香烟，缓缓地抽着，说："咱们还有一句老话，叫好汉不吃眼前亏。"

辛铸九勉强地笑道："裕鲁当被焚烧是我心中的痛，纵火之前，我和当铺监事李新儒、常务董事李天倪曾当面向韩复榘提出反对意见。韩复榘答复，中央让焦土抗战。李新儒说，我们不是抗战而是焦土！这下触怒了韩复榘。李新儒当晚回泰安，第二天早晨，韩复榘电令泰安驻军将李新儒就地正法，所幸李新儒避居山里逃过一劫。李天倪立遭暗杀，我也被韩复榘拘留一昼夜。自此，裕鲁当的事没有再敢问的，所有珍贵当品及金银首饰，均被张绍堂和薛经理等拿走，韩复榘自谓便民的事业，结果坑害了商民！焚毁裕鲁当的主谋是韩复榘的秘书长张绍堂、军法处处长魏汉章，目的是掩盖他们窃掠当铺高档当品的罪行。"

陈峻君气愤道："日本士兵到处烧杀，日本浪人乘机窃掠商店，社会一片混乱。尤其是马良，狗仗人势，为非作歹。"

辛铸九说："日军使尽各种伎俩拉拢我出山，可我不愿为虎作伥。我准备避居济南东郊洪家楼教堂，来个金面银面不见面。"

陈峻君回复道："这或许是个好办法。"

辛铸九继续说："我多次以年老多病为由拒绝。估计日军也看出了端倪，他们仍不死心，就派我的朋友邵锡忱登门劝我暂时应付一下，以保全身家性命，也被我严词回绝了。国家危在旦夕，我子孙男女十人逃出城市参加抗日，如我当上伪官，将来有何面目见我的子孙！"

陈峻君对面前的辛铸九由衷敬佩，也对现在的局势感到担忧，他说："日本特务成立了济南治安维持会，马良和朱桂山分别任正副会长。更可气的是，济南治安维持会还集结大批汉奸，裹挟着百姓在中山公园举行了所谓的'皇军感谢会'。"

辛铸九骂道："这些投敌叛国的汉奸，认贼作父的行为必将被永远钉在耻辱柱上。"

就在这时，飞机轰鸣的声音传来。两人走到院子里一看，有一群飞机在上空盘旋，空气中隐隐能嗅到炸药的味道。

第二节　天缺一角

　　天空湛蓝，阳光明亮得有些刺眼，院子里树木随风摇曳，庞少海走进了辛铸九在洪家楼的住宅。

　　焦灼的辛铸九预感到要出大事。窗外日本人和国民党特务时隐时现，他日夜坐立不安。他心里明白，日本人的耐心是有限的，让他当山东省省长，他拒绝了。现在退其次，让他当财政厅厅长，他仍然拒绝。下一步，如果他还是这个态度，日本人是不会对他客气的。日本人还在逼他做出选择，他们需要他的态度。而山东商界人士也需要他的态度，说白了，那就是给不给日本人当汉奸的问题。他的脑子里再次浮现好友蔡公时被枪杀的情景。如果自己坚持回绝日本人，必定会遭到同蔡公时一样的下场。

　　辛铸九见庞少海进门，赶紧站起身子迎了上去："少海老弟怎么有空来了？"

　　庞少海一脸焦急："日本人到处在打探你的消息。"

　　辛铸九坚定地说："即使对我下手，我也不当汉奸！我已经下定决心，不与日本人合作。"辛铸九没有跟着韩复榘撤走，这显然得罪了国民党。作为韩复榘政府的参议员，却不与韩复榘共谋，这一举措很冒险。当然，共产党那边也派人来做他和辛葭舟父子俩的工作，希望他们跟着共产党走。来做统战工作的是二孙子辛树明的高中历史教员。辛铸九暗暗盘算着，老家章丘还开着一个纱厂，一个面粉厂，他想让儿子辛葭舟带着家人先回家乡，在那儿避避风头再说。他最担心的是，自己对日本人的态度，可能会牵连到家人的安危。

　　庞少海说："现在马良之流虽然忠心为日军效劳，但日军仍不满意。不满主要来自两方面，一是马良在山东臭名昭著，威信扫地，无论是山东济南本地的官绅还是普通老百姓，提起马良都是痛恨异常，所以导致马良的命令几乎走不出济南城，这给日本人的统治造成了极大的麻烦；二是这时期山东抗日活动风起云涌，日伪政权推进缓慢、局势不稳。马良也因此常受到日军责难，甚至侮辱，而马良此人原本就是一个旧军阀，当军阀的人当得久了会有一种戾气，看起来桀骜不驯。所以日本人对于马良的好感日趋下降，日军还是认为你是他们的最佳人选。"

辛铸九点了一根烟："我已经给家人想好了出路，要么回老家章丘，要么去临沂县城。"

庞少海问道："听说韩复榘要带你离开，你怎么拒绝了？"

辛铸九摇头叹息："我怀疑国民党救不了中国的商人，更救不了中国。"

庞少海沉默了一瞬，刚要说话，又看到了北方的天空中，几架日本飞机在上空盘旋。

日本兵对生活在鹊山附近的老百姓展开新一轮的屠杀，日军先是借着清缴中国军人的理由，挨家挨户地搜索抢劫，找年轻的女孩。反抗的村民直接被日本人用刺刀刺死。有些妇女不堪受辱，纷纷跳井自杀。

济南城内的街面上混乱不堪，仍有人在砸抢银行仓库和车站货场。在济南开当铺、卖洋货、卖鸦片烟的日本浪人返回济南后，也都有恃无恐地随同日本军队掠夺。

商户多半都不开门营业，一则怕人抢劫，二则怕日寇强行取用不付价款。街上仅有卖山楂、柿饼、羊枣、糖块的小商贩。日本兵嗜甜如命，然而他们吃了任何东西都不给钱，其后小商小贩也都不敢摆摊了。各食品商店均关门停业，这让日本兵非常生气，便砸了泰康食品公司和上海食物店，继而又砸一般的点心铺。

商户纷纷聚集在商会，辛铸九作为商会会长坚决不露面，仅有理事傅雨亭、张冠三、韩纯一、李伯成、刘子成等五人出面应付。

"这日本人太猖狂了，以后生意还怎么做啊？"

"赶紧想想办法啊！这么下去，都得喝西北风了。"

"现在能活着就不错了。"

……

大家七嘴八舌地议论了起来。

"你说这辛会长自己躲起来，逍遥自在，也不顾大家死活了。"

"大家静一静，听听张冠三理事怎么说。"

屋子里安静了下来，张冠三对大伙儿说："日本人要求我们保障供应。"

大家伙儿愣住了，然后互相看了几眼。

"我们是让商会想办法阻止日本人的抢夺，怎么还得伺候他们？"

有人忍不住抗议起来，张冠三不慌不忙地说："如果不供应日本人，不光生意没法做，估计连命都不一定能保住。"

张冠三说完后，看了一眼大家伙儿的表情，心里得意，把身边的一名中年男子拉到了面前，道："魏寿山先生想必大家都很熟悉，他是澡堂业工会会长，接下来他将联合日本人在济南成立联合供应站，目的就是稳定市场，老少爷们都有钱赚。"

"这比明抢还可恨！"

"一年挣不了仨瓜俩枣，这不全送给日本人了。"

张冠三打断道："如果各商户不同意，后果就是你们连这仨瓜俩枣也拿不到，我劝各位还是回去考虑一下吧。"

各大商户虽有怨言，但也不敢多说话了，各自垂头丧气地离开了商会。不久后，魏寿山与日军成立宣抚班，负责特务和宣传工作。各大商户也忍气吞声，不敢多言，城门外时不时响起的枪声，让他们心生恐惧。

与此同时，庞少霆的馨德斋也受到了重创。日本人喜欢以榨菜解酒，要求馨德斋的榨菜必须按照日本人的需求生产，而日本人给馨德斋的价格连成本价都不够。庞少霆气急败坏之余，又无可奈何。不光馨德斋遇到了日本人的生产压榨，其他几家酱菜园也受到了日本人的迫害。

庞少霆一脸愁相道："这魏寿山真是狼心狗肺，协助日本人成立联合供应站，按日侨日军的需要，供应大米、调料、肉食、鱼虾、蔬菜，他亲自协调各行各业分担货源。日兵人取货记账，不付现钱。不到半月，日商便相继开业，原来都是小商小贩的日本商人，此时也强行侵占房舍，把从咱们手中敲诈来的物资陈列出来，一跃成为巨商。现在所有日侨、日军需用物资，统由他们供应。供应站虽然已被取消，但中国商人也没什么生意可做了，于是日商们大发起中国的国难财。"

庞少海说："日本公然违背国际条约，大肆在济南城内制造了骇人听闻的大屠杀，日本外务省还发表声明称：日本的行动是自卫措施，相反的倒是中国被赤色势力所操纵，顽固地实行恶性的排日政策，违背了非战公约。就没人出来管一管吗？"

庞少霆骂道："韩复榘的出逃，已经严重影响了老百姓对国民党的信任度，一个只顾自己活着，不顾老百姓死活的政党是难以存活下去的。"

庞少海面色凝重，他感觉到了事情的严重性。辛铸九也引起日本人的怒火，直接被"请进"日军宪兵队。

辛铸九一脸茫然地问宪兵队头目水磨："你们凭什么抓我？"

水磨说："通匪。"

辛铸九心中早有预料，幸亏他早早地安排家人离开济南。他望着审讯室外天空的一角，深深地舒了一口气。

辛铸九的儿子辛葭舟早就对韩复榘统治下的国民政府有很大成

见，但自己的小日子还算过得下去。只是现在，父亲既得罪了国民党又惹恼了日本人，想保持中立难上加难。可逃向何处，也成了难题，老家章丘已经是日本人的地盘，去了等于自投罗网。而且现在日军正血洗临沂城，去临沂县城这条路也已无望。他想明白一个道理，躲避不是办法，只有打鬼子才有希望过好日子，他必须做出新的选择。

第三节　清水洗尘

千佛山下运动场铺的青石砖块有的已经破碎，日寇宣抚班的业务此时也改为专事宣传活动。魏寿山等汉奸穿着白衣裳，手执口哨，尾随日军之后。那副如丧家之犬的奴才相，观者无不嗤之以鼻。

姜九开车路过千佛山的时候，庞少海望着车窗外，问："外面这是举行什么活动？"

姜九瞟了一眼，把车停在路旁，说："我过去瞧瞧。"说完，他便下了车，朝着人群走去。人群中大多数是青年，有些人用简单的日语在交谈着。日本人在一旁撒糖，让一些青年和儿童哄抢，旁边的日本摄影师"咔嚓咔嚓"拍个不停。

庞少海在车里盯着人群，向姜九摆了摆手，示意他赶紧离开。

姜九赶紧上了车，骂道："这些青年真是没有民族气节，帮助日军收集群众的反日言论，向日寇军部供给情报，当日寇侵华的帮凶。"

庞少海脸色凝重道："愚弄群众，欺骗幼童，迷惑视听，麻痹青年，实属卑鄙！"

姜九问："咱们现在去哪？"

庞少海顿了一会儿回道："我去一趟玉祥面粉厂，找一下我哥。"

姜九发动了汽车，庞少海看着墙上张贴的乱七八糟的标语，内心产生了强烈的反感。济南郊区的老百姓也习惯了日本飞机的空袭，隔一段时间，就会有大量的炸弹从天空落下，猛烈爆炸，泥土和砖石到处飞腾。

庞少海坐在车上，隐隐约约地能听到远处的炸弹声。他对姜九说："南京沦陷，有很多南京的商家朋友也联系不上了。"

姜九心里有些忐忑不安，道："我想抽时间回一趟村里，虽说爹娘走了，但还有几个亲戚在。"

庞少海一顿，说："等把我送下，你就去同和纱厂，让周伟几个人一起陪你回去，多个人多个帮手，更何况他们的家人也还在村里，实在不行，你就安排他们把家人接过来。但切记，不要和日本人发生冲突，保护好自己。"

姜九脸色有些凝重，双手用力地攥紧了方向盘。当车驶进玉祥面粉厂的时候，陈峻君早已在庞少霆的办公室喝着茶，脸上的严肃感有些逼人，见庞少海进屋，赶紧起身道："少海老弟，正要派人寻你去。"

庞少海诧异道："陈掌柜找我有什么事？"

陈峻君回道："葆鼎兄被日本兵带走了。"

庞少海看了一眼坐在沙发上的庞少霆，若有所思地说："迟早的事情，葆鼎兄心里也早有准备。"

庞少霆说："我们得先想办法把他救出来。"

庞少海建议道："可以找一下少南哥，他认识的官场人多。"

陈峻君想了想，说道："自打日本人进了济南，少南兄的情绪一直很低落。他也不想和日本人打交道，这条路估计走不通。"

当三人陷入一片沉寂的时候，姜九已经同周伟等人到达黄河滩上的村庄。

庄稼早已经被日军的队伍踩倒一片又一片。男男女女、老老少少，成群结队地带着锅碗瓢盆，还有些衣物，向城外躲逃。所有的船只、驴车以及平板车，此刻都不够用，甚至有的人家用水桶作为工具，带着家人，蹚着黄河水过河。

姜九对周伟等人说："你们各自回家，能把家人接走的赶紧接走，我也回家一趟。"说完，他便匆匆朝家走去。

家里虽然有些狼藉，但一切还算平静。原来挂在墙上的母亲照片掉落在了地上，姜九将照片捡起来，重新挂到墙上。炉台子上有一盏小油灯，布满了灰尘。姜九拿出一盒烟，心中沉思。房屋肯定被日军扫荡过，后背不免涌上了一丝凉意。

忽然院内有骚动声。他从炉台子上拿起木棍，没等出门，便听到谢志强大喊："九哥，咱村子早被日本人扫荡过了。"

姜九放下手中的木棍，边走向院子里，边问："家里人还好吧？"

谢志强回道："没什么大碍，没等鬼子进村他们就躲到了防空洞。"

黄建树和周伟陆陆续续地进了院子。姜九打量了他们一番，便知道家中无事，而郑周明却迟迟没有出现。姜九看了一眼周伟，问："郑周明呢？"

周伟一愣，其他人赶紧朝郑周明家的方向走去。郑周明瘫坐在一口缸边，两眼无神。姜九想上前扶起郑周明，刚走到缸前，看到了里面一丝不挂的尸体。周伟和黄建树也凑了上去，一看到尸体，震惊和愤怒，犹如烈焰腾空。这具女尸是郑周明的妹妹郑华。

姜九慢慢地将郑周明扶起来，问："叔婶呢？"

郑周明摇了摇头，呆滞的表情中透露着绝望。周伟和黄建树直冲着屋子里而去，屋内凌乱不堪，但寻不到人的痕迹。

姜九将郑周明紧紧地抱在怀中，郑周明压抑的情绪一下子迸发了出来，眼泪哗哗地流淌。姜九示意周伟赶紧把郑华从水缸中捞出来，然后用凉席盖住。

姜九对郑周明说:"让妹妹入土为安吧!"

黄建树出去找了一辆破损的板车,和周伟一起把郑华的尸体搬运到板车上。 黄建树劝郑周明:"看样子,华华在缸里也不是泡了一天两天了,咱们还是赶紧让她入土吧。"

郑周明缓解了一下悲伤的情绪,拍了几下姜九的肩膀,对周伟说:"帮我打几桶清水吧。"

周伟不知所措地拿起了两只木桶,黄建树也凑了上去,说:"走,我陪你去打水。"

两人去了井边,郑周明对身边的姜九说:"妹妹一直爱干净,当哥的得让她体面地走。"

姜九悲伤地说:"当年咱们横冲直闯黄河滩,没人敢管,没想到被小日本给欺负了。 这仇,我们一定得报。"

郑周明从身上扯下一块布,沾着水擦拭着郑华脸庞上的灰尘。其余三人站在一旁愣着,一动不动。 空气在此刻变得异常凝重。

在日本领事馆,日本人正为弄不到泰康糕点发愁。 泰康糕点虽然是济南的老字号,但早已移居到了上海。 泰康糕点的创始人乐汝成是宁波人,南方人的故土情结和归属感成为他积极向南发展的原动力。 在泰康糕点发展扩张的轨迹上他一直沿现在的京沪线向南挺进。

乐汝成常常用一句话来描绘自己的宏图大略:"占领济南就赢得山东,站稳上海就占领了全国。"每当他站在胶济线、津浦线的地图前筹划泰康的发展道路时,总能让他激情澎湃。 他常常用"有柴米才是夫妻,能赚钱才是伙计"的话来影响周围人。

当日本人在济南寻找泰康糕点的时候,乐汝成早已带着康泰糕点奔赴了繁华的上海滩。 至于很多学徒自立门户开设的糕点小作坊,根本满足不了日本人对正宗泰康糕点的渴望和需求。

第四节　大地芬芳

在古老的中国，一个人要光宗耀祖，必须勿毁家声，勿败家产。只有这样，才能说明修身治国平天下的重要，也不会遭后人唾弃。

庞少霆仔细想过，他和庞少海最好留在家。毕竟他一个人担不了这些厂的重担。他准备让周凤菁带着孩子们先回桓台，在这种年头儿，年轻的妇道人家会招麻烦的。

馨德斋里面除去榨菜也没有什么可抢的，而且铺子一直关着门，局势不见好转就一直不开门。前几天，几家洋行被抢了，里面的摆件都被砸碎了，一片狼藉。

辛铸九被"请进"日军宪兵队的三十七天里，受尽了审问拷打、残酷折磨。终于在朋友的奔走营救下，他才得以逃生。

庞少南看着面目沧桑的辛铸九，问："有什么打算吗？"

辛铸九面无表情，语气缓慢地说："我想办慈善教育，不想再参与商界和政界的纷争了。"说完，他站起身子，看着窗外的光景，陷入了沉思。

庞少南接着说："你先静一静，歇一歇。"

辛铸九一语不发，三十七天的牢狱生活让他受尽折磨，斗志也消失殆尽，只想简简单单活下去。

在同和纱厂，庞少海坐在办公室里，明显感觉到了不对劲。姜九跑了进来，面色凝重地说："郑周明想离开同和纱厂了。"

庞少海盯着姜九问："你是怎么想的？"

姜九回道："妹妹被害，家人没有下落，换作谁也接受不了。"

庞少海定了定神说："世道不太平，你们几个盯好他，千万别出乱子。"说完，他望着窗外昏黄的天空，沙尘笼罩着房屋，焦虑感涌上心头。眼前浮现出一幕幕日本人祸害济南城的画面，压得他心口喘不过气来。

日本人自打侵占了济南城，经常侵入民宅，以检查为名，侮辱妇女。魏寿山等人为了讨好日本人，特约了马良、朱桂山，在经二路济南市商会对门设房间，摆满了各类菜肴招待，还特意让尉颖慧从凰楼挑选了无论从身材还是长相都是头等标准的姑娘陪酒。

魏寿山满脸笑意地一边给"皇军"倒酒，一边夸赞着"皇军"的酒量。中野三人的眼神从始至终没有从女人的身上离开过。

马良忙着夹菜，朱桂山谄媚地说："三位太君，皇军招待所已经设好了，门口有专人执勤，里面的姑娘三位太君可随意享用。"

魏寿山也附和道："确实已经安排好了。"

马良担任维持会会长后，便在维持会下设秘书处、警察局、民政科、财政科、教育科、建设科。名义上不是政府，实际上却代行政府职权。朱桂山为副会长，张星五为秘书长，晋子寿为民政科科长，郝书暄为教育科科长，李时涛为财政科科长，赵君弼为警察局局长。在维持会之外，还另设评议会，以张宗昌旧属之第四军军长方永昌及济南电灯公司创办人庄式如等为评议员。这一批久已失意的军阀、政客，此时又卷土重来。

待中野三人离开饭桌后，马良脸色变得有些凝重，他说："我们当下必须解决经费问题。我提出让商会每月供应警察面粉两千袋，由警察局局长赵君弼直接向商会当局索取。但张冠三、傅雨亭、李伯成、韩纯一、刘子成等人，都不愿分担这个担子。于是我找到了面粉业同业公会会长庞玉荣。庞玉荣答应根据玉祥、利裕、谦惠、丰年、宝丰、华庆、魁盛等七家面粉商的磨子的多少照成分担。其中魁盛厂因停机已久，无人负责，就按月由利裕代垫面粉两百包。"

朱桂山笑道："我们可以推荐庞玉荣担任商会的会长。"

魏寿山一脸淫笑道："我得出去快活快活了！"说完，他哼着小曲走出了屋门。

夜色正浓，庞少海和庞少霆在同和纱厂的办公室，弄了点猪头肉，正准备小酌几杯酒，突然有人进来，说："庞经理，商会通知明天去开会。"

庞少海一愣，纳闷道："这不过年不过节的，开什么会呢？"

庞少霆仿佛感受到了一股煞气，琢磨道："现在商会基本上被日本人霸占了，日本人的野心太大了。"

庞少海摆了摆手，让报信的人先出去。他拿起酒瓶，将酒倒满，说："是福不是祸，是祸躲不过，先喝酒吧。"

清晨，寒冷的空气中，有了一丝怪异的味道。

日本特务机关长中野坐在济南市商会的会议室，在座的有济南各大企业的代表，利裕面粉厂庞玉荣、玉祥面粉厂庞少霆、谦惠面粉厂张印三、华庆面粉厂赵静愚、宝丰面粉厂李锡三、丰年面粉厂孙墨村、同和纱厂庞少海、聚鸿纱厂马伯声等十余人。

在座的人沉默不言，中野拍了拍手，说："欢迎各位老板的到来，现在由我向各位宣布一个消息，日方将分批对各厂实施军管，下一步日本企业'三菱''三井'等洋行将带人前往各厂，先行查封，接收账目、房产、设备、原料、成品、现金。同时有皇军随往，立即占据。"

话音刚落，在座的人，你看看我，我看看你，心里充满着不满。孙墨村站了起来，质问中野："这些厂子都是我们辛辛苦苦经营下来的，怎么能说军管就军管呢？"

庞少海刚要想说话，瞟了庞少霆一眼，刚到嘴边的话又咽了回去。

中野大笑道："孙掌柜，为了实现大东亚繁荣发展，我们每个人都有责任服从命令。"

孙墨村刚要反驳，被张印三按住了。

庞少海站了起来，问："那我们的工人们怎么办？"

中野回复道："只要听话，继续在厂里干活，我会保证他们的人身安全。"

庞少海继续问："那厂子的收益如何分配？"

中野开始收敛脸上的笑容，说："你们觉得还有和大日本帝国谈判的资格吗？"

李锡三冷笑道："那看来今天这个会议，不能叫会议，是来下通知了。"

庞少霆率先离开了座位，被日本兵拦住。中野摆了摆手，示意让庞少霆离开，其他人也陆续离开了会场。

庞少海直追上庞少霆，说："哥，日本人要下狠手了！"

庞少霆面色凝重道："回去想想办法吧。"

庞少海疑问道："这么多人，怎么就没人站起来说真话呢？"

庞少霆冷笑道："谁愿意说真话啊，傻子才说真话，说假话多好，不得罪人，大家心知肚明，多和谐。"

庞少南深感世事变幻无常，对庞玉荣说："这日本人欺人太甚，在咱的土地上撒野。"

庞玉荣劝道："我们还是别惹他们了，他们狠起来，能直接把咱们的厂给毁了。"

庞少南无奈地叹了口气，也无法掩盖内心的愤怒。

第五节 尘埃飞扬

在通往北城门的大道上，有一条长长的围墙，上面有些积雪，站在街道上可以看到城门的一角。城门周围已经长满杂草，呈现出一片乡野的荒凉光景。

路上行人稀少，戒备森严。日军拿着长枪，坐在卡车上来往巡逻。车辆驶过，尘土飞扬，很多商店都关了门。

前面一辆小轿车，后面跟着一辆辆卡车，很快到了成大纱厂大门前，停了下来。日本军队进了厂内，这让庞少南和庞玉荣有些措手不及。随着两声枪响，工人们也停下了手中的活，迅速地向院子里集合。

只见从小轿车上下来一个日本商人，他走到军队的前面，问："哪位是庞少南董事长？"

庞少南两眼冒着怒光道："我是。"

日本商人笑道："我是日商东洋纺的丹羽庆三，奉命接管工厂。"

一听这话，工人们开始议论纷纷，突然一位日本兵举起枪支，又向天空开了两枪。顿时，人群中鸦雀无声。

丹羽庆三笑着说："和气生财，大家伙儿在今后的日子里，还要一起共事，何必大动干戈，以至于伤及性命呢。何况利裕纱厂私藏了四十支枪，这事可非同寻常！"

庞少南朝工人们喊了一声："都回到自己的厂间继续干活。"

庞玉荣见工人们不动弹，赶紧说："大家伙儿都散了吧，这里的事情，我们来处理。"

工人们陆陆续续地返回车间。

因成大纱厂地处济南北郊，在韩复榘执政时期，治安不好，庞少南就通过济南地方当局有关部门购买步枪四十支，作为护厂武器，并且办理了备案手续。在日寇侵入济南之前，厂方怕因枪惹出不必要的麻烦，因此全部扔到厂内的水井中。济南沦陷后，厂方又向伪警察局办理了登记，以为再没有什么问题了，不料日本宪兵队特务却又想借此生事。

由天津随日寇侵略军一起南下的日本宪兵队特务杨志祥，到济南之后不久，认为成大纱厂有钱可敲，就派人向庞玉荣放风说："庞家对于日军不利，问题很多，其他一些绅商也有不利日军之处，所有有关人员，都将被依次抓捕，庞玉荣首当其冲……"

庞玉荣闻此风声，心甚惶恐，终日提心吊胆，但又一时摸不着底细，不知怎样应付。

杨志祥见庞玉荣没有给自己好处费，于是便以成大丢在井里的四十支步枪为起因，兴师问罪起来。

宪兵队、宣抚班一起到成大厂进行检查，扬言除井中四十支步枪以外，还有其他枪支。他们一方面把厂内职工集中在一起，进行野蛮拷打，一方面敲墙、刨地。事实上墙内、地下并无枪支，检查结果当然也就一无所有。但他们并不因此善罢甘休，痛打了厂内职工之后，又将护厂队长赵玉璞等八人逮往宪兵队关押。不过他们的目的并不是捕人，而是要钱，因此接着又派人找庞少南算账。

此时庞少南正在德华医院治病，经育生医院院长杨育生的老婆代为婉言交涉，请求以庞少南之侄庞玉荣代表负责。宪兵队便又立即电告市商会，让庞玉荣在第二天早上10点到宪兵队去。庞玉荣知道宪兵队的官司不好打，是进去容易出来难的地方，他便只能拿出一万元现款，托张冠三、晋子寿等代为设法疏通。真是有钱能使鬼推磨，这笔钱帮他们渡过了这一难关，不仅庞玉荣本人没有在宪兵队受刑受苦，甚至连同之前被他们抓去的护厂队长赵玉璞等八人，也被放了出来。

当庞少南和庞玉荣听到枪支的事情后，内心不由得一颤。庞少南对丹羽庆三说："咱们去办公室说吧。"

丹羽庆三毫不客气地在庞少南的引领下走进了办公室。他环视四周，注视着一幅梅花国画，说道："梅花显得妖娆，还是日本的樱花美丽啊！"

庞少南和庞玉荣根本没有接丹羽庆三的话，直接问道："成大纱厂由日本人军管，到底是如何管理呢？"

丹羽庆三笑道："看来庞董事长对这次大日本皇军施行的军管政策还不是很熟悉啊，那我就讲解一番，我们今天到了这里，就是向庞董事长宣布成大纱厂要改名为鲁丰纱厂。"

当庞少南听到"鲁丰"两个字的时候，心里一惊，两眼无神地盯着丹羽庆三。他万万没有想到，自己花 85 万余元收购的纱厂，仅过了半年便落入日本人之手。

成大纱厂改名鲁丰纱厂的消息很快在济南城传开。陈峻君坐立不安，对陈冬虞说："日本人之所以第一个对成大纱厂下手，也是有渊源的。之所以改叫鲁丰纱厂，一方面是因为日商东洋纺曾在成大附近凤凰山私购地皮 300 余亩，准备建立纱厂，事经庞少南告密，韩复榘迫使其退地，因而与之结怨；另一方面，成大纱厂前身是鲁丰纱厂，当时的董事长靳云鹏在京津沦陷之后，向敌伪机关控诉庞少南借韩复榘的关系霸占鲁丰纱厂，并当即在天津与日商东洋纺签订了《中日合办鲁丰纱厂合同》，日本人这是憋着气要把庞少南的产业置于死地呢。"

陈冬虞疑虑道："那我们的利德顺也处于危机之中了。"

陈峻君惆怅道："尽快将公司的账目封存转移，女性员工全部离开厂子。"

陈冬虞不解地问："这些女工干得挺好的，为什么要赶她们走？"

陈峻君解释道："这些日本兵见了女人就迈不动腿。咱们利德顺就凭后院那两杆政府发给用于自卫的长条钢枪，是斗不过这些日本兵的。要是日本兵闯进来，我们根本拦不住啊！"

陈冬虞听出了父亲话中的意思，便说："我马上去办。"

陈峻君看着儿子的背影从视线中消失，心里五味杂陈。连庞少南这样能在济南城呼风唤雨的人物，在日本兵面前，都迫不得已低下头，他又有什么能耐与日本人斗呢？

自打成大纱厂改名鲁丰纱厂后，济南城的各大厂主也慌了起来，说不定哪一天就轮到自家了。

西田派军队进驻各个工厂，没收了所有工厂的枪支和弹药，并发出告示：在工厂私藏枪支弹药者，格杀勿论。

顿时，各大厂子关门的关门，歇业的歇业，一片萧条景象。厂子被日本兵军管，庞少南一气之下病倒了，卧床不起。

苏苓月一脸愁相，擦了擦眼泪，走了出去，正好被刚进门的周凤菁碰了个正着。周凤菁安慰道："嫂子，咋还哭上了？"

苏苓月抬头一见周凤菁，赶紧擦拭着眼睛，没等开口说话，庞少霆也从门外走了进来，一边走一边骂道："咱们这泱泱大国怎么了？小鬼子满街跑，厂子被人占了没人管，百姓疾苦无人问……"

没等他说完，苏苓月就把他拉到了一边，说："嚷嚷啥，事情本来就没消停，你非再闯点祸出来。"

庞少霆埋怨道："这个年，我看也甭想过好了。"说完，他便朝屋子大厅走去，从大厅又进了卧室。

庞少南侧躺着，听到庞少霆的声音，也无力回应。

庞少霆本想多说几句话，见庞少南沉默的态度，明白了他的心境，就只对庞少南说了一句："别总是心疼别人，问问自己，有人会心疼你吗？"说完，他又转身回到了大厅。苏苓月赶紧沏茶倒水，说："先喝点水吧，你哥这几天一直躺在床上，不吃不喝的，可愁死个人了。"

周凤菁看了一眼庞少霆，无奈地说："你别光愣着，想想办法啊！"

庞少霆欲言又止，自己的厂子也将面临同样的困境。街上乱哄哄的一片，有些人开始趁机盗窃店铺，有些人更是肆无忌惮地闯入民宅行窃。只有大观园生意超前的火爆，日本人占领济南后，强行霸占大观园。此时靳云鹗的儿子靳怀刚接管了大观园。靳怀刚秘密加入共产党。日本特务对他有所怀疑，靳怀刚就在党组织的安排下奔赴了延安。临行前,他把大观园的房产一一拍卖,其中多数被董雨芸拍得。董雨芸依仗着马良的势力,迅速地在大观园周围集结了一群狐朋狗友,整日吃喝玩乐,勾结日本人做后盾,没人敢招惹他。

庞少海正在大观园的茶楼与陈冬虞喝茶,不远处的董雨芸见到了庞少海,根本不正眼瞧他。

陈冬虞小声骂道:"一副狗奴才相!"

庞少海说:"咱们桓台商人一直秉承着郑观应《盛世危言》中所说的'以商立国'的商战理论,谁承想遇到了国内忧患的境遇。我当初去英国留学,学了一身本事,刚要有用武之地,结果就遇到了战乱。"

陈冬虞说:"叔,少南伯伯的厂子已经被日本人占了,这不明抢吗?"

庞少海感叹道:"一个国家不能没有英雄,一个民族不能没有先驱者。可现在谁能站出来呢?"

陈冬虞的眼神中,已经透露出利德顺少东家的姿态,他说:"前段时间,日本人将目光对准了咱们的鲁锦,还有蓝印花布,派兵去利德顺抓了染织师傅。"

庞少海愤恨道:"这些技术不能让日本人偷学了去。"

陈冬虞说:"传统加工业真的落后了。一战之后,日本取代了德国在山东的特权,利德顺不可避免地与日资企业、日本政府发生了冲突。利德顺曾通过仿制日本织机获利。就冲这一点,日本人也不会轻易放过利德顺。"

庞少海不免感慨:"那可得嘱咐你父亲多加注意,现在少南哥被日本人气得卧病在床。"话音刚落,他接着问道:"你这是要和你父亲一起从商了?"

陈冬虞说:"利德顺是我父亲的心血,虽说有几个亲人也能打理,但他终究还是不放心啊!他还是觉得我合适。"

庞少海深有感触地说："济南各大企业正处于危难之中，这个时候接手，压力肯定不小。"

两人谈话间，姜九找到了庞少海，说："日本人闯入了玉祥面粉厂，正在遣散工人呢！"

庞少海惊讶道："赶紧走。"说完，他便急匆匆地往玉祥面粉厂奔去。

第六节　千术千局

玉祥面粉厂早已经被日本兵围得水泄不通。庞少海到了厂子门口，刚下车，就看到日本兵将厂子的营业负责人拘捕到了卡车上。

庞少海看了一眼姜九后，就准备进厂，但被一名日本兵拦住。姜九见状，上前就要与日本兵动手，被庞少海拉了回来。庞少海对日本兵说："我是庞少海，你去告诉中野。"

日本兵打量了一番庞少海，随后跑到院子里，向中野汇报了情况。中野示意日本兵让庞少海进院子。

庞少海刚进门就质问中野："为什么乱抓人？"

庞少霆在一旁，两眼怒火。中野不急不慢地说："玉祥面粉厂多次爆发事端，非常可疑，接下来我们将查封玉祥厂及铁工部的账册。"

突然一个工人指责中野："他们是故意来制造事端。"

中野脸上露出一丝邪恶的微笑，他对庞少霆说道："接下来，将由三井洋行接手玉祥面粉厂，厂子不需要这么多无用的工人，这事就劳驾庞董事长处理吧。"

庞少海辩驳道："如果为了军管玉祥，没必要抓人吧？"

中野奸笑道："你还是多担心一下同和纱厂吧。"说完，他便带着三井物产株式会社的濑上惠市走进了玉祥面粉厂的办公楼。中野在楼道里左瞧瞧右看看，虽说对办公楼的构造并不熟悉，但得意的神情让人觉得他可以在这里为所欲为。

没过多久，玉祥面粉厂的另外几个股东，周品三等人陆陆续续到了厂里。中野从会议室门口大步走了进去。

庞少霆自然看不惯中野嚣张的气焰，但又不敢上前抵抗。日本人的野心，庞少霆是知道的，一旦惹着他们，真能一把火把厂子给点了。

中野非常绅士地让濑上惠市入座，他见庞少霆等人都站在门口，开口说道："庞董事长，安排一下，让各位同仁入座吧。"

庞少海看着屋内的情况，本想进会议室，被庞少霆拦住了。庞少霆说："少海，你和玉祥没有什么关系，不要掺和到这里面来，在门口等着吧。"说完，他便和玉祥股东们走了进去，门也被关上，剩下庞少海和姜九在门外焦急地等待。

会议室内，玉祥每一位股东的脸色都很凝重。濑上惠市向在座的股东行礼，然后坐下说："三井洋行'借用'玉祥机器磨粉，获有利益时，由纯利中提出二成付给玉祥，大家意下如何？"

庞少霆质问道："这和明抢有什么区别？"

中野脸色拉了下来，呵斥道："庞董事长，你觉得你还有自主权吗？"说完，他让人从背包中拿出了一沓合同，发了下去。

这是一份《玉祥面粉厂委任经营契约》。中野继续说："下面有请濑上惠市代表三井物产株式会社，庞少霆代表玉祥面粉厂，在合同上签字。"

庞少霆翻看了几页中日互译的合同后，愣住了。旁边的钢笔反射着刺眼的光芒。一眨眼的工夫，濑上惠市已经把合同签完了。

中野一摆手，身后的两名日本兵将枪对准了庞少霆。中野说："庞董事长，不要做无畏的挣扎了，枪一旦走了火，命就没了。"

庞少霆缓慢地伸手拿起笔，说："玉祥不是我一个人的厂子，在座的每一位都为玉祥付出了心血。今日我把字一签，是为了保命，也是为了留住厂子。至于我庞少霆一世英名，毁于这一纸合同，就留给后世评说吧。"说完，他在合同上签上了自己的名字。

中野让日本兵把枪收了起来，拍了几下手，喊了一声。突然从门外进来几名记者，不停地拍照。照相机产生的烟雾在会议室弥漫。这时，庞少海也跑了进去，看到了桌子上的合同。这也标志着玉祥正式实行"军管"。

刘珅早已经按照庞少霆的吩咐，到了庞家巷的家里。周凤菁见刘珅慌张的样子，便问："发生什么事了？"

刘珅赶紧说明情况："我来的时候，日本人已经进驻了玉祥。董事长担心日本人祸及家人，就派我过来了。"

周凤菁焦急地说："刘管家，你保护我干什么呢？赶紧去厂子里啊！"

刘珅劝解道："就别为难我了，我还是留下来吧。我们要相信董事长，这些年他带着厂里的人风里来雨里去，这次的危机也一定能度过。"

周凤菁看了一眼刘珅说："我不是不相信当家的，而是这些日本人杀人不眨眼，他那个脾气，再和日本人吵起来。"

这话也说到刘珅的心里了。刘珅说："我还是回厂里吧。"说完，他便转身朝厂子走去。

中野得到了自己想要的结果，便下令玉祥按照协议上的要求尽快展开工作。会议室只剩下股东们和闯进去的庞少海、姜九两人。

庞少霆沉默了一会儿，看了看在座的人，有些人还没有从惊恐中走出来。他低声说："我得去一趟西安，玉祥被日本人军管后，我们这些股东都靠边站。合同协议上日方只留用原有职员7人，工人71人，茶房1人，门卫2人，铁工部留部分人员，其余均予遣散。被裁人员只好另谋生计，都是为玉祥打天下的元老和功臣，日本人无情无义，但我们玉祥人不能没有良心，现在也只有靠西安分厂接济股东和董事们了。"

周品三说："西安虽未被日军侵占，但日军的飞机不时去轰炸，也存在危险。少南兄面粉厂的物料被洗劫一空，财产被全部占用，人员被任意摆布，自主权被强行剥夺，就连厂名也被擅自更改为'泰丰面粉股份有限公司'。厂方丧失权益，受尽凌辱，咱们的玉祥可能就是下一个利裕面粉厂。"

在座的人听了周品三的话后，一个个都哑口无言。

庞少霆一脸焦虑，说："我和少海先去西安看看，咱们散会吧。"

待所有人散去，庞少霆看了庞少海一眼。这时候的庞少海眼神中有些茫然，他站在窗前望着窗外，四下茫茫，天空无比的空旷，外面的世界在他眼里一片混沌，真有点蛮荒未开的滋味。

没过多久，青岛日商丰田纱厂代表山田带人来到同和纱厂，声称奉日本军部令接手同和一切事务。

庞少海回应说："本厂资本系小商人集股而成，与成大情况不同，请代为转达特务机关长官，说明实情。"

次日，中野又召见庞少海说："本军急需设法解决贫民生活问题，而贫民生活又多赖于各大厂维持。所以军部叫他们到厂接管，因系奉有使命，不得拒绝。"

庞少海一脸镇定地说："同和不是我庞少海一人说了算，待我回去与董事会商议一下。"

中野虽然批准了庞少海的提议，但时不时地派山田等人催同和速作交代。同和托济南维持会顾问丰田从中解说，董事王玉岩也托人周旋，但都白费心机。

在财产难保的情况下，同和赶紧召开股东会商讨对策，但是股东有的东逃西散，有的不敢露头，因此到会者无几，但会议还是开了。

有的说："我们厂小，股本不大，应请求日方照顾。"有的说："既属代管，将来或收买或合作还不一定，等大局稳定后必另有办法。"讨论了一番之后，谁也拿不出好办法。

　　同和不仅天天遭受日寇的直接蹂躏，而且还要承受汉奸特务们的敲诈勒索，稍有不周之处，他们便会勾结日本宪兵队、宣抚班和其他特务机关，以莫须有的罪名将工人抓走。最终，在日本特务机关派员监督下，同和董事长庞少南与日商丰田纱厂代表山田在代管合同上签字盖章，同和纱厂也开始进入了日军"军管"时期。庞少海因不服日军的强盗行为，被日军赶出厂子。

第八章

第一节　俗人狂想

　　天空中下着蒙蒙细雨，西安东大街的宣传横幅上写着："在抗日阵线上军民应切实联合起来"的标语。自从西安事变结束后，西安一下就安静了。

　　城内警报声响起的同时，在钟楼和一些高层建筑上，以及主要的十字路口升起红灯，一只红灯是警报，两只红灯是紧急警报，三只红灯是解除警报。

　　当两支红灯亮起的时候，日机一架接一架地向西安城俯冲而下，并掷下一颗颗炸弹。地面上，有人流血，有人倒下，店铺及百姓住宅也遭受了焚毁。其中一枚炸弹落在了洒金桥清真古寺后面，震倒了一堵高墙，墙土砖块堵住了香米园嗓子坑一个防空洞洞口，洞内的人全部窒息而死。

　　庞少海和庞少霆冒着连日的空袭警报赶赴西安分厂的方向。庞少海担忧道："日军在山西运城建立航空基地后，对西安的空袭活动便更加频繁和猖狂。"

庞少霆心事重重，玉祥被日军接管后，他担心西安分厂也被摧毁，于是脑海中开始幻想求助于美国，想法刚到嘴边又咽了回去，直接入正题道："现在西安分厂的人员也处于饱和状态。当初我把老四安排到美国学习电机专业，还把公司铁工部自己制造的纺纱设备运往西安，就是为了壮大西安的厂子。十三朝古都的西安，也被日本兵糟蹋到这副模样，你看看满街的灾民。"

庞少海说："本以为出了国，学了一技之长，就能在实业中救国家，可现在连自己都保护不了。"

庞少霆停下脚步，盯着庞少海说："少海，如果在和平年代，咱兄弟俩能把厂子开遍全国，但可恨的日本人，在咱们的国土上扰得民不聊生。新民会中汉奸汇集，它与华北伪政权结为一体，宣传'大东亚战争之神圣''日中共存共荣'等，实属胡扯。"

庞少海说："前段时间，我收到宋程三寄来的一份报纸，是日本人在青岛开办的中文报纸《青岛新民报》。宣言中无耻地宣称，日军的侵略是'轸念本市倒悬之急，遣派大军惠然莅止，全体民众得以复苏，感纫曷极'，'日本友军专司捍卫地方，对于中国毫无领土野心'，所以，要求'全体民众务宜各守秩序并予友军之便利，是为至要矣'。真是可恨至极！"

而这时，于乐初和王星辰焦急地在路上寻找着庞少霆和庞少海。

起初，于乐初派了车去火车站接人，但没承想遇到了战机的轰炸，车没法开出来。

渭河在缓缓地流淌，波光粼粼，像一条闪光的丝巾，将西安围绕。虽说已是立夏，这里却充满着寒冷之感。街头巷尾的树木依然光秃秃的，黄沙弥漫，加上日军的轰炸，到处飘浮着尘土。

王星辰拉住了于乐初，指着不远处的方向喊道："那不是庞董事吗？"

于乐初定了定神，赶紧跑过去，一边跑一边喊："董事长，董事长……"

庞少霆脸上露出了笑容，向于乐初打招呼。王星辰也跑到庞少霆和庞少海身边，从他们的手中接过提箱。

于乐初解释道："我本来派了车去接你们，但没想到遇到敌军轰炸，车开不过去。"

庞少霆赶紧说："这兵荒马乱的世道，就别在意这些礼节了，咱们先回厂里吧。"说完，他便朝厂里走去。

在庞少海和庞少霆离开济南后，日本人便迫不及待地在刚刚沦陷的济南导演了一出闹剧，举办了一场所谓的"山东省民众大运动会"。其真实目的不是倡导体育运动和强健民众，而是为了收买人心和对外宣传需要。

街面上，日本商帮及日本官员家眷们挥舞着日本国旗和五色旗，摆出各种队形，时不时还要表现出一副欢呼雀跃的样子。他们手中的五色旗代表着"华北临时政府"，这是侵华日军一手扶持的傀儡政权。

利德顺为拒绝与日本合作，进行了艰苦抵抗。日本占领济南后开始对本地的民族工业下手，陈峻君提前将机器设备拆了埋在地下。正好这个时候占领济南的西尾部队被调到徐州作战了，此事暂且搁置，利德顺躲过一劫。

陈峻君眉宇之间显露出怒气与无奈，对陈冬虞说："一方面咱们要继续与日军和代理人虚与委蛇，拒绝合营，一方面偷偷安装机器展开生产，改进工艺，在夹缝中扩大自己的市场份额。"

陈冬虞心里有些担心道："日本人是不会放弃对利德顺的觊觎之心的。"

这也正是陈峻君担心的事情，他说："现在济南各大厂子陆陆续续地被日本人军管。我宁愿一把火烧了利德顺，也不会让利德顺落到日本人手里。"

陈冬虞劝慰道:"爹,我会坚守底线。"

陈峻君说:"利德顺虽然侥幸逃过日本人的管控,但因日本人控制垄断,致使原料缺乏,运输困难,加上日货倾销,也处于风雨飘摇之中。"

屋漏偏逢连夜雨。心境不佳的陈峻君,夜里睡不着,白天工作没精神,人显得异常疲困乏力。陈冬虞说:"爹,您去休息会儿吧,剩下的事,我去打理。"

陈峻君微微点了点头,但坐在椅子上,依然没有动弹,闭目养神。陈冬虞心里有些不是滋味,他觉得父亲一瞬间苍老了许多。

济南的主要大型企业直接处于日本侵略者的"军管"之下,均由日本统治者委托日商进行经营。日管企业完全实行法西斯式的管理。日军在济南报纸上刊登的一则消息,吸引了很多人的眼球,引起了众多爱国人士的注意,消息内容为:"山东省公署成立,马良任省长。"

在维生大药房内屋,王长泰、王益臣、管晓峰、何思源四人正围坐着聊着天。王益臣读着报纸:"省公署秘书长是张星五,民政厅厅长是晋延年,财政厅厅长是唐仰杜,警务厅厅长是张亚东,建设厅厅长是庄维屏,教育厅厅长是郝书暄。济南市公署第一任市长是朱桂山,警察局局长是赵君殢,建设局局长是王次伯。在省之下设有道尹公署,全省共分十个道……"

管晓峰嘲笑道:"这些所谓省长、厅长、道尹、市长、局长,都是趋炎附势的傀儡人物。"

何思源讥讽道:"其实,省、厅、道、市、县,各有各的日本'顾问''专员',实际掌握政权。在政权建成以后,日寇便着手建立伪军,省成立伪'山东省保安司令部',司令由省长兼任,另设副司令一人,专负实际责任。"

王长泰忧心忡忡道:"日寇又由济南沿津浦路向南占领了我国大

片领土，山东大部地区沦陷，并成为敌人后防。日寇虽然十分嚣张，并在继续向南向西推进，但兵力终究有限，他们以各地维持会的汉奸为基础，着手组织汉奸政权。他们首先在济南成立了山东省公署和济南市公署，继而又在各专区和县成立道尹公署和县公署，推行所谓地方行政。参加各级汉奸政权的，都是各地土豪劣绅、旧时军阀余孽、失意政客之流。"

管晓峰哀叹道："当今这个形势，能活着喝口茶，就实属不易了。我这药房说不定哪天就得关门了。数百年来，济南药市一直是全国三大药市之一，现在也失去了往年的盛况。由于日军到处'扫荡''蚕食'，城乡交通阻滞，陕甘豫川等地进货基本断绝，药材的集散量已不足战前的三分之一。这致使各种药材价格暴涨。还不到一年的时间，日本药商已在济南开设了十九家药房。"

王益臣抱怨道："我的茶叶铺早已经关门歇业了。小日本为了控制华北、华中、华南的物资交流，又在济南各行各业成立组织，限制了南北的物资交流。日商三菱、三井洋行大量运销日本粗茶来济出售，使得国内的茶叶产地积压，市场却脱销，华茶经营失去了自由，中国茶叶享誉世界的地位为日茶所劫夺。茶商在经营中特别是在恶性通货膨胀的情况下，更饱尝虚盈实亏的损失。"

正当他们互相诉苦的时候，身在西安的庞少霆正忙活着人员分配。庞少海急匆匆进了办公室，说："哥，刚接到济南的电话，窦林建大哥去世了。因为战争原因，信件迟收了。"

庞少霆一惊道："上海那边怎么不打电话，写什么信呢？估计现在葬礼也结束了，咱们俩忙完西安这边的事情，去一趟上海。窦氏家族对我们有恩。"

庞少海说："窦林建大哥生前陷入日伪'上海市民协会'困局，被迫做出了此生最艰难的决定，乘坐一艘加拿大的轮船，前往香港。到港后，他急火攻心、焦虑成疾，病情一天天加重，在香港养和医院逝世。临终，他仍以'实业救国'告诫子侄后辈。他的灵柩由加拿大'皇后'轮运回上海，安放在陕西北路的住宅里。要不，我去趟上海吧，你继续留在西安。等我忙完后，直接由上海返回济南，我们在济南会合。"

庞少霆懊恼道："我要是不去，有点太不像话。"

庞少海劝慰道："目前这个形势，厂子不能没有你。"

庞少霆沉默了好久，说："那你去吧！现在就起程，打个电话，叫上姜九在上海和你会合。路上注意安全。"

庞少海赶忙说："我去屋里收拾一下东西，我顺便让刘管家赶来西安吧。"

庞少霆点头表示默认，而他此刻的内心却像一块没有完全收拢的黑暗的幕布。

第二节　暗香浮动

济南大批民族工业被迫停产倒闭，造成大量工人失业。日本侵略军为推行"以华制华"的反动策略，还在济南的工厂、学校、机关、团体中层层建立特务组织，形成了无孔不入的特务网。"鲁仁公馆""林祥公馆""梅花公馆""梨花公馆""樱花公馆""鲁安公馆"等在济南纷纷成立。日军还在山东设有多处集中营，残酷迫害和屠杀进步人士和抗日群众。

刘珅到达西安后，详细地给庞少霆介绍了济南的情况："棉花完全被日商垄断和控制，济南的棉花市场迅速瓦解，现在二十九家棉行相继歇业。由于青岛、潍坊的棉布减产，交通运输困难，来量大减，而黄河下游，河南、陕西的销路又被阻隔，棉布进销量锐减，市场一落千丈。济南当地生产及外地进入供应市场的棉布仅有五十六万匹,只有战前的百分之二十左右。 日伪对棉布实行统制配给后,市场更加衰弱,经营棉布的行庄由战前的一百二十户减为五十户。"

庞少霆有些惊讶,他说:"咱们得转变思路了,马上联系孟干初,让他来西安一趟。"

刘珅应道:"我这就去联系。"

自从辛铸九常居洪家楼后,已经不参与济南商会的任何事情。辛锐和吕芙禾在洪家楼教堂散步,教堂局部有些损坏,残破的墙体上依然掩盖不住它的庄严肃穆,不远处有几个日本兵耀武扬威地在大街上闲逛。

吕芙禾盯着辛锐说:"淑荷姐,你说这日本人什么时候走呢?"

辛锐微蹙着眉说:"他们不会走的,咱得把他们赶出去。"

说话间,她们走到了一家咖啡馆,因为是德国人开办的,连日本兵也避开走,不敢在咖啡馆里闹事。 洋人开的咖啡馆也好,餐厅也罢,在济南这座古城,成了最好的庇护所。

两杯咖啡上桌之后,辛锐说:"我爹终于顶住压力,没有当汉奸省长。 但是行动自由已经遭到限制,我们也准备逃难到枣庄的辛家。"

吕芙禾看出了辛锐的欲言又止,便问:"是不是遇到什么难处了?"

辛锐看了看周围,除了服务员外,并没有一位客人,便谨慎地回道:"我一直在想一个问题,最近想明白了,我觉得共产党可以为灾难深重的齐鲁人民带来希望的曙光。"

吕芙禾赶紧阻止住辛锐道:"不要谈政事,这里耳目多。"待服务员走远后,她小心地说:"这么说来,辛锐姐是找到组织了?"

辛锐顿了一下,笑着说:"你也是知识分子,读了燕京大学后,又赴美国芝加哥大学化学系学习,也要为这个国家奉献力量。"

吕芙禾问:"淑荷姐为什么这么信任共产党?"

辛锐回道:"我给你仔细讲一讲。胶济与津浦两路交会,城市经济发展变革促成了工人阶级成长壮大。济南作为山东省会,由近代教育与先进文化的传播所造就的新式知识分子汇集于此。救亡图存的时代呐喊推动济南先进分子不断探索与实践。又经历马克思主义的传播和五四运动的洗礼,马克思主义逐渐与济南工人运动开始结合。"

吕芙禾听得一头雾水,愣愣地盯着辛锐。

辛锐继续讲解道:"因为济南'会当京沪文化带之要冲,地扼山东半岛之明喉'的特殊地理位置,在共产国际代表帮助上海、北京两地建立党组织的过程中,王尽美、邓恩铭等人以齐鲁书社为基地发起筹建济南共产主义小组。当然关键因素还是在济南这片热土上成长起来了早期的马克思主义者,诞生了共产主义的举旗人,刚才说到的王尽美和邓恩铭就是其中的优秀代表。他们组织一批向往共产主义的青年学生,秘密成立了'康米尼斯特学会'。这是济南现代史上第一个研究、宣传马克思主义和共产主义的革命团体。后来,王尽美、邓恩铭组织成立了一个进步学术团体叫励新学会,并创办《励新》半月刊。励新学会前后存在近一年的时间,为济南地区党团组织的建立奠定了思想上、组织上、干部上的坚实基础。"

吕芙禾并不懂政权之间的事情,但听得心潮澎湃,她说:"这么一讲解,倒是让人热血沸腾。"

辛锐说:"我坚定了为崇高的理想而献身革命的决心,我要把所有的精力,都投入为劳苦大众求解放的革命事业中去,甘愿献出自己的一切,包括生命。"

忽然一阵脚步声响起,向她们走过来一个人,这人正是同和纱厂的郑周明。他站在辛锐和吕芙禾的桌前,喊了一声:"淑荷姐!"

吕芙禾的神态有些恍惚,辛锐赶紧向吕芙禾介绍道:"这是郑周明同志,是同和纱厂的工人。"然后她对郑周明说:"这位是吕芙禾,吕北玖校长的千金。"

郑周明谦虚地对吕芙禾说："吕小姐好！"

吕芙禾站起来，惊讶地问："是不是庞少海任经理的同和纱厂？"

郑周明应道："是庞经理的厂子。"

两人礼貌性地握手后，辛锐笑着说："刚才我给芙禾介绍了一下共产党的情况。"说完，她又加重了语气说："我们已经在各大工厂发展了一大批拥护共产党的爱国人士。我们要经常深入到工人中去，开展工人运动，进行革命的宣传工作，在这些地方发动工人开展斗争。"

相比于济南，西安时不时的飞机轰炸给老百姓带来了巨大的生活破坏。孟干初身穿粗布长袍，头戴礼帽，风尘仆仆地赶到了西安，没来得及休息，就直接找到了庞少霆。

孟干初忙不迭地说："我接到电话后，就急忙赶过来了。"

庞少霆欣慰地说："那我就直接进入正题了，我们俩均是玉祥面粉厂和同和纱厂的股东，在购买棉纱和出售面粉袋方面有许多便利条件。我们集资创建崇文染织厂的事要提上日程了。"

孟干初大笑道："我以为在西安分配人员遇到了什么问题，原来是这事啊，直接让刘珅在电话里告诉我就行了。创建崇文染织厂的所有手续都已经就绪，就等董事长拍板了。"

庞少霆感到有些意外道："现在无论是国内还是国际形势都比较严峻，干初兄不担心吗？"

孟干初直言不讳道："我是跟着董事长打江山的跟屁虫。"

说完，两人会心地笑了。

不久，崇文染织厂创建了，有木织布机二十余张，还有一些手工染线的粗略设备，每天生产量仅十余匹。日寇实行了经济统治，对棉纱、棉布等纤维品规定了官价，严格控制买卖。在这种情况下，染织厂经营十分困难。

第三节　来来往往

　　繁华的南京路上，有轨电车从路上驶过，不少的车辆来往穿梭。当然，街道上也少不了拉洋车的、骑自行车的人。人来人往，十分热闹。街道两侧店铺林立，建筑物全都是欧式风格。对于眼前的情景，不得不让庞少海想起曼彻斯特，心事涌上心头。身边的姜九招手叫了洋车，载着两人朝陕西北路方向前行。

　　位于上海静安区陕西北路的窦宅始建于1918年，是上海滩大花园洋房之一。虽然从墙壁、彩色瓷砖、玻璃等外观上依然能看出窦氏家族的财力，但窦林建的去世显然让这座宅子蒙上了一层阴沉和凄凉的气息。

　　庞少海和姜九从洋车下来后，一直站在门口。虽说窦家与庞家一直有交往，但更多的都是与庞少南和庞少霆之间的交往。一个伙计见两人在门口站着，一直盯着窦宅，便出门问："两位先生，看你们在门口站了这么久，是不是有什么事？如果没事的话，请尽快离开吧。"

　　姜九刚要说话，被庞少海阻止住了。庞少海对伙计说："我们是从济南来的，想来吊唁一下窦林建先生。"

　　伙计一听这话，赶紧问："请问先生姓名？"

　　庞少海回道："我是庞少海，济南同和纱厂的总经理。"

　　伙计说："稍等，我回去禀报一声。"

　　没过多一会儿，窦舟卿等人便出门迎接，见到面前的庞少海和姜九，感到有些陌生，便问："哪位是少海老弟？"

　　庞少海回道："我是！"

　　窦舟卿说："先进大厅去给林建大哥上炷香吧。"

大厅笼罩在庄严肃穆的氛围下，简朴的装饰布置，摆放着蜡烛、鲜花等简单却能表达深切哀思的物品。

庞少海和姜九各取了香，点燃后，在窦林建棺椁前祭拜。

窦舟卿盯着窦林建的棺椁，陷入了沉思。庞大的窦氏企业一下子失去了领头人，窦家上下的手足无措可想而知。时局危急，大家都在避难中，窦氏各地企业如何在战乱中稳住脚跟？这个难题摆在了窦舟卿的面前。尤其是银钱界的债务问题，包括由此引出的十七桩官司，他们更是苦心应对，周旋各方。窦家的荃阳公司在抗战以前就有债务，由于种种原因，本利叠加，已经高达数千万元。而当时，历经战乱浩劫的窦家，能拿出一两万已属不易，哪来千万巨款？真如同泰山压顶。何况正是战乱年头，窦家已不复往日元气，加上大哥窦林建已经病逝，钱庄和银行，一个个格外急着要账。

庞少海祭拜完走到窦舟卿跟前说："舟卿大哥也请节哀！"

窦舟卿缓了缓神说："事已至此，不接受也得接受啊！我刚才让生昌在青莲阁茶楼订了个雅间，家里还办着丧事，招待客人有些不妥。"

庞少海劝慰道："不必客气，窦氏家族对庞家有恩，少霆哥很想要与我一起来上海，但日本人把济南糟蹋得天翻地覆，厂子离不开他。"

窦舟卿看了一眼姜九，又看了一眼庞少海说："咱们去茶楼谈吧。"

庞少海吩咐姜九道："赶紧给大哥去个电话，就说我们已经到了上海，并祭拜了窦林建大哥。"

姜九点头应道："我这就去办。"

窦林建的三女儿在旁边对姜九说："家里有电话，我带你去。"

位于四马路的青莲阁茶楼，是沪上闻名遐迩的老字号茶楼。茶楼两层，上面喝茶，下面是集游艺、杂耍、唱曲和摊贩于一体的小型游乐场。

窦生昌早已在茶楼等候着,见父亲窦舟卿与庞少海进门,赶紧沏茶。不一会儿,姜九也进了门,帮着窦生昌忙活。

窦舟卿入座后,问道:"少南和少霆两位仁兄近况如何?"

庞少海回道:"日军进入济南后,对济南各大企业的破坏力度非常大,很多厂子都被军管了。少南哥的脾气倔,一气之下病倒了。少霆哥正在谋出路,目前情况也不乐观。"

姜九给窦舟卿和庞少海倒上水。庞少海说:"生昌入座吧。"

窦舟卿问庞少海:"这次来上海,准备待多久?"

庞少海回道:"我可以多待些日子,看有什么需要帮忙的吗?"

窦舟卿谢绝道:"恕我直言,窦家目前正遭遇着前所未有的困境,更何况上海滩本来就不是清静之地,少海老弟恐怕很难适应这里的环境。不过,回想起来,我哥这辈子也不容易,他主张'实业救国'。'实业救国'与'民主共和'一起成为两大思潮。'实业救国'具有爱国的进步意义,促进了民族资本主义发展,无产阶级也随之壮大起来,同时对外国资本主义经济入侵起到了一定的抵制作用。"

庞少海坚定地说:"不管怎样,我们庞家绝不会躲着窦氏家族走,当初要是没有窦氏家族的帮忙,庞家也不可能撑到今日。"

第四节 悲悯大地

上海之行,让庞少海油然而生一种忧患意识。窦氏家族的遭遇让他反思同和纱厂的诸多问题。

姜九曾经何尝不想成为像黄金荣、杜月笙这样在上海滩有头有脸的人物,但经历了世道的沧桑,他反而觉得跟着庞少海的日子更为踏实。江湖上的打打杀杀早已让他感到了生命的珍贵。

窦舟卿深知到了上海滩，就要拜码头，便带着庞少海前往黄家花园，这是黄金荣在上海的府邸。黄金荣虽逾古稀，但他在上海滩的名声和地位还在。可万万没有想到日本驻华海军少将佐藤也到了黄家花园。

黄金荣让管家把窦舟卿和庞少海安排到了会客厅一旁的茶室。佐藤此行的目的很明确，他要邀请黄金荣出山协助主持上海的局面。此时的会客厅内，气氛有些压抑。佐藤坐得端端正正，耐心等待此间主人的到来。

不一会儿，黄金荣在下人的搀扶下缓缓走下楼梯。佐藤见状，赶忙起身上前扶住他，无比客气地说："我代表日本帝国驻沪海军司令部，来看望您老先生！"

黄金荣躬身道："多谢贵国，多谢将军！"

双方寒暄过后，佐藤开口问道："不知黄老先生有多少门徒？"

对于佐藤的来意，黄金荣心里是有数的。自去年上海沦陷后，本地的达官显贵、名流政客都迁走了，此时日本人正苦于没有华人来帮自己维持统治。

黄金荣的警惕性很高，他知道不能如实相告。想到这里，便答道："千人左右，但都是拥护皇军的普通百姓"。

佐藤微笑着点点头，又试探着问道："日本皇军来到你们中国后，依黄老先生来看，中国人对皇军的印象怎么样？"

"贵国皇军初来中国，彼此都不大熟悉，或许中间有点误会。但假以时日，定能和平相处。"黄金荣小心翼翼地应对着。

对于黄金荣的回答，佐藤还是比较满意的。这老头儿，早就听说是个人精，现在看来还算识时务。紧接着，佐藤道出了此行的目的："鄙人今日造访，是希望黄老先生能够助皇军一臂之力，出任市长一职。"

听完佐藤的话后，黄金荣心里咯噔一下，这该来的终归还是要来。帮日本人做事,黄金荣内心其实是抗拒的。说白了,他虽然是社会底层混混出身,这些年也做了不少坏事,但在民族大义上,他还是能分得出轻重的。再者,他与蒋介石有师生之谊,如果出任日本人的傀儡市长,自己弟子的面子往哪搁?想到这里,黄金荣推辞道:"将军,不瞒您说,我今年都已经七十岁了,实在是有心无力啊。"

"黄老先生请尽管放心,只要你愿意出面担任此职位,稳定住上海局面,一切步骤和计划我们会给您安排好,不需要您操心。"佐藤信誓旦旦保证道。

黄金荣知道一时半会儿甩不开佐藤了,便又说道:"这件事关系重大,容我考虑一下再行答复将军吧。"

佐藤见状,便说:"那就过几日,我再来与黄老先生交谈。"说完,他就带着两个士兵走了。

黄金荣瘫坐在太师椅上,此时的他,后背已被汗水打湿。弟子们纷纷围拢上来,劝师父接受日本人的邀请,担任伪市长。甚至就连黄金荣的二弟、青帮大佬张啸林都充当起了日本人的说客。

黄金荣的脸上有些疲惫,摆手吩咐把窦舟卿和庞少海请到会客厅。

窦舟卿见黄金荣一脸的疲惫,劝慰道:"不知道黄老先生如此繁忙,多有打扰,实在抱歉。"

黄金荣有气无力道:"不碍事,与你朋友一起入座吧。"

窦舟卿赶紧介绍道:"这位是济南同和纱厂的经理庞少海。"

庞少海刚坐下,又站了起来,给黄金荣行礼道:"晚辈见过黄老先生。"

黄金荣笑道:"不必客气,赶紧入座。"他又吩咐管家道:"上茶!"

上海滩风云变幻,济南也不安宁,日本侵略者把魔爪伸向济南电气公司，提出了"中日合办"。以原公司资产作价二百万元，由日方兴中公司、东亚电力公司各出资一百万元，组成了"济南电力股份有限公司"。济南的火柴业在日本侵略军的统治下属于统配物资，控制极严。济南的洪泰火柴厂就被日本统治者以欠鲁兴火柴厂原料为由，强行与鲁兴火柴厂"合作"，而且擅自增资十万元，改名为齐鲁火柴厂。日本统治者对停工的振业火柴厂也以不开工就借用相威胁，逼其复业。

洪泰火柴厂经理李寿亭、东源火柴厂经理王洪九与益华火柴厂经理郭健秋三人在茶社坐着，一副副愁眉苦脸相，都明确感觉到走投无路了。

王洪九说："真没想到咱们几位同行能平和地坐在一起喝杯茶！"

这话虽然有调侃的味道，但确实在济南还没沦陷之前，济南的几家火柴厂一直为了原料问题明争暗斗。

丛良弼从门外走了进来，三人赶紧起身相迎。丛良弼早期去日本收购过火柴，运往天津、烟台等地销售，当时山东尚无国产火柴，只有日本进口的火柴充斥济南市场。丛良弼在代销火柴过程中学到了关于火柴的生产工艺和经营管理经验，与另外两个股东筹资10万元，于1912年在济南市林祥门里石棚街建厂房，定名"振业"，这是山东最早的民族火柴工业。

丛良弼脸色有些僵硬，嘴角强行上扬道："这是怎么了？火急火燎地把我喊来。"

郭健秋解释道："这不是因为厂子都被日本人占了，咱们得想想办法啊！"

丛良弼愣了一会儿，开玩笑道："来茶社，都没人给一杯茶水喝啊！"

李寿亭赶紧端起茶壶，为丛良弼倒上茶水。

丛良弼盯着茶杯里的茶水，说："咱们得去找一趟庞玉荣，他刚被任命为济南商会会长。"

郭健秋请求道:"还是得请丛经理出面啊!"

丛良弼端起茶杯,轻轻地抿了一口茶水,做出一副品茶相,说:"同样的茶放到不同的水温中,会有不同的口感。"

李寿亭赶紧走到丛良弼的面前,说:"这茶有的是时间品,咱们现在是热锅上的蚂蚁,很快就要被烤干了。"

丛良弼又喝了一口茶说:"这庞玉荣同意当商会会长,就是为了保住自家的产业。"

王洪九思索出了丛良弼话中的意思,庞玉荣如同这茶叶一般,能不能散发出清香,需要取决于外部的环境能不能让庞玉荣感兴趣。火柴业与庞玉荣八竿子打不着,而且在生产链环节中,也涉及不到,便说:"丛经理觉得这水温沏的茶水如何?"

丛良弼回道:"水凉了!"

王洪九听明白话中之意,便不再说话。

待丛良弼走后,李寿亭和郭健秋凑到王洪九跟前,异口同声地问:"丛良弼到底什么意思?"

王洪九说:"水温和茶叶,就好比现在的环境和庞玉荣。"

李寿亭恼火道:"说话拐弯抹角,真是折磨人。"

王洪九说:"生意场上争来抢去,难免有敌意,提防着点也没错。"

庞玉荣自从担任了济南商会的会长之后,成为众矢之的。庞少南心里更是气愤,病情加重,多次拒绝了庞玉荣的见面。抛给庞玉荣一句"道不同,不相为谋"后,曾经形影不离的叔侄彻底闹掰了,这也让苏苓月倍感压力。庞玉荣只好到庞家巷找到庞少霆阐述内心的苦衷,可庞少霆心里也有些抵触,毕竟坊间流传着一些对庞玉荣的负面评价。

庞玉荣惆怅的脸色让庞少霆看出了他的内心顾虑,便说:"这些年坊间传着大庞小庞之争,听着有些火药味,可想想,也未必是件坏事,这也说明咱庞家有实力、有本事,可现在厂子被日本人占着,没有了施展拳脚的地方。"说完,他发出一声叹息。

庞玉荣解释道:"我去当这个商会会长,还不是为了保住咱庞家的家产吗?为什么都不理解我呢?说我是叛徒,如果是外人说也就罢了,咱们庞家人也指责我。"

庞少霆转头望着天空,他比任何人都清楚,以前的庞家只有同行之间的竞争,而现在日本人和同行都想置庞家于死地。庞玉荣当了会长,确实可以让庞家的企业避免遭受迫害,他严肃地说:"目前少南哥带有些许的情绪,我很担心他的身体状况。如果非要让我给你建议,就给你一句忠告,不要打扰少南哥,直到他在内心接受你这个会长身份。我懂你的心境,但听叔一句话,不管外面怎么说,你要有自己的原则和态度。"

庞玉荣懊恼道:"这是什么世道啊?"

庞少霆劝说道:"有很多人在看你的热闹,但你要沉住气,不要做违背良心的事情。这个世界上有很多人在教你做人做事,但他们自己却铆足了劲使坏。"

庞玉荣似懂非懂:"他们觉得我是什么样的人,我不管也懒得解释,反正我不靠他们活着,也不跟他们过。"话音刚落,庞玉荣转移话题道:"少海叔什么时候回济南?"

庞少霆回道:"去上海也有些日子了,应该快了吧!"

多日居住在上海的庞少海确实有了返回济南的想法,他有点担心同和纱厂的安危。姜九也看出了他的心思,便说:"窦氏这边的情况,估计是一时半会儿解决不了。我们也不能这么干耗下去。"

庞少海心有顾虑道:"如果我不把你从黄河滩带走,你也算是一方霸王了。"

姜九苦笑道:"或许连命都没了吧。你看黄金荣也算是上海滩的豪杰了，这不也提心吊胆地过日子。"

庞少海舒了口气说："那咱们和窦舟卿等人告别一下，准备返回济南。"

这次的上海之行，让庞少海对人生有了更深的感悟。人活一生，最终只留下一副棺材陪伴。窦林建这样的人物，因为经济债务的纠纷，连入土为安都难以做到，可他又是多少人心目中的商业大亨，死后也只留下那一段中肯的评价："生于风雨飘摇之世，长于寒微有德之门，成于艰难困苦之中；一生以民生衣食、振兴实业为职志，每欲自任天下，负刚大之气，遂爱国之心，事业之大，罕有其匹，堪称大丈夫！"

第五节 圈里圈外

"号外，号外，日伪'联合准备银行'在北平营业"，报童在街上一边扬着手里的报纸，一边吆喝。接着，报童身边涌来很多人，纷纷抢着拿报纸。

陈冬虞和张葆生两人也从报童手中买了一份报纸。陈冬虞看着报纸，说道："联合准备银行成了日本帝国主义统治华北金融的'总机关'。该行先后在烟台、青岛、济南等地设立了分支机构，发行'联银券'，与日元等价。华北金融纳入了日元集团后，日本侵略者便强迫华商银行参加股份，用以控制中国的经济命脉。这一招实在是狠毒啊！"

张葆生分析道："日本侵略者对济南的货币、金融开始进行掠夺和垄断，大量日钞充斥中国市场。联银券成为法定国币后，前不久日伪也颁布了《旧通货整理办法》，对中国银行、交通银行等钱钞印有'津、青、山东'字样的，准许一年内与联银券等价流通使用，其余一概不准使用。我觉得接下来，马上会发生通货贬值的局面。"

正当两人忧心忡忡地交谈的时候，辛锐、郑周明等人率领着工人和学生队伍在街上游行示威，游行者大都手持五色旗。

"万众一心，誓灭倭寇。"

"宁做战死鬼，不做亡国奴。"

"还我河山。"

……

张葆生对陈冬虞说："日本确定旭华公司及其附近的官庄煤矿与胶济铁路沿线所有煤矿一样，统归日本驻屯军特务部指挥，具体领导机构便是日特直接把持的山东矿业公司，而这个公司又隶属于日本华北驻屯军特务部组建的华北开发公司。"

陈冬虞说："我听说这事了，石炭部分共辖十二个炭矿，由鲁大煤矿、山东煤矿、旭华煤矿、官庄煤矿组成的山东矿业占十二分之一。章丘的旭华、官庄两矿又是山东炭矿的二分之一。由此可见，日军对济南章丘煤炭很是重视。"

张葆生叹道："这也是引起游行的根源之一，日军的嚣张跋扈给济南的老百姓带来了深重的灾难。"

陈冬虞盯着游行的队伍，说："辛锐是辛铸九老兄的千金，咱们是不是要保护一下呢？"

张葆生笑道："我们要比他们需要保护，看到他们风华正茂，真是羡慕啊！"

游行、镇压、死亡，在济南这座城市成为一种常态，老百姓整日生活在水深火热之中，难得平静。

庞少海和姜九与窦舟卿等人告别后，便乘上了返回济南的火车。

姜九说："黄金荣还是拒绝了佐藤。"

庞少海诧异道："你是怎么知道的？"

姜九回道："临走前，我又去了一趟黄家花园，跟在黄金荣身边的有几个人是我的旧相识，他们说佐藤再一次登门拜访，询问考虑得如何，黄金荣费了好大劲儿才敷衍过去。但佐藤不肯罢休，便派翻译将黄金荣抓到了驻沪海军司令部。"

庞少海骂道："这日本人真是软的不行就来硬的，但不管怎么说，以黄金荣在上海滩的地位，估计日本人不敢轻举妄动。"

姜九说："再狡猾的狐狸也斗不过好猎手，黄金荣知道日本人不是善茬，但不当汉奸是他为人的底线。经过一番冥思苦想，他终于想到了一个办法，那就是装病。为了显得逼真，他还注射了一种特殊药物。这种药注射之后会出现面部扭曲、眼皮上翻、涎水直流等症状。不得不说，黄金荣这次是拼了。"

庞少海说："我觉得佐藤已经猜到黄金荣是在装病，只是考虑到上海局势未定，他也担心贸然处置黄金荣会引来更多问题。因此，这个事也就暂时作罢了。不过，黄金荣也保住了这辈子他最看重的名声。"

姜九思索了一会儿，对庞少海说："庞玉荣担任了新的商会会长，现在口碑不太好。"

庞少海显然不知情，着急道："庞玉荣要玩火自焚啊！马良和董雨芸对庞家的产业觊觎已久，要是把庞玉荣拉下水，那我们的路基本上被堵上了。"

姜九没有再回话，虽说庞少海把姜九当成自己的兄弟，但这毕竟是庞家的家务事，自己一个外人还是不好参与。此时的姜九急切地想回到济南，他有些担心郑周明的处境。

庞少海自言自语道："看来，回到济南够我们忙的了。"

火车与铁轨相碰撞发出"吱吱"的声音，忽然的鸣笛声让庞少海的内心感觉到了一阵骚乱。窗外时不时还能看到升腾起的烟雾，这让满车的乘客有些担忧，生怕日军闯上火车。

身在济南的庞玉荣早已坐立不安，他期盼着早点见到庞少海。目前的情况是庞少南打算彻底与他断绝关系，庞少霆不想掺和他们叔侄之间的事情，这让庞玉荣把所有的期望寄托在了庞少海身上。但他脑海中，想到了辛铸九。

济南火车站，日军掠夺的粮食已堆积成山，很快这堆粮食将会被火车运走，这也意味着要有大量的老百姓忍受饥饿。

马良指挥着大批的汉奸劳工为日军搬运着货物。路边有围观的老百姓，敢怒却不敢言，在戒备森严的日军队伍看守下，气得牙痒痒。

辛铸九在屋子里踱步，屋里的古籍堆积如山，他手中拿着一份《大众日报》，报头设计还是出自辛锐之手。

庞玉荣敲门而入。辛铸九对庞玉荣的到来一点也不意外，泰然地坐回沙发上，把报纸往一边一放，说："庞会长，怎么有空到寒舍来了？"

庞玉荣端正地坐在辛铸九对面，说："按辈分，我得叫您一声叔。"

辛铸九笑道："以前庞会长叫我一声叔，我还能接住，可现在的庞会长叫我一声叔，我可不敢应。"

庞玉荣从辛铸九的对面，挪动到沙发的另一侧，这样离辛铸九的位置更近了。他说："别人不懂我，辛叔还不懂我吗？"

辛铸九点上了一根香烟，烟雾弥漫，忽闪忽闪的红光让庞玉荣越发着急。辛铸九说："按理说，我不想插手商界的事情，但我目前确实有个事情得麻烦庞会长。"

庞玉荣诧异道："什么事情？只要我能办到，肯定全力以赴。"

辛铸九掐灭了香烟，说："这件事呢，对庞会长来说，肯定没问题。"

庞玉荣追问道："什么事？"

辛铸九也毫不客气道："清代进士杨以增所建的海源阁珍藏众多宋元刻本和抄本，深为海内外学者仰慕。后来杨氏第四代传人杨承训把五十箱劫余藏书，运到济南准备出售。王献唐提出代为保管、半捐半卖或半价收购三种方案。杨氏同意半捐半卖，但韩复榘不拨款，最终不了了之。其后杨氏把藏书暂存经二纬一路东兴里。但有消息称有人想威逼杨承训卖给日本人，我希望庞会长出面协调把书买下来，不能让藏书流入日本人手中。"

庞玉荣不解道："以辛叔在济南的威望，这点儿事不需要我出手吧？"

辛铸九神情漠然："我现在就是一个平常老百姓，商会的会长是你。"

庞玉荣琢磨了一会儿，应道："这事，我去办。"

辛铸九严肃的脸上露出了些许笑容。

庞玉荣趁热打铁说："我也有一事相求。"

辛铸九一摆手，阻止道："从你进门，我就知道你小子一肚子苦水，但就算你和我说了，我也帮不上什么忙。"

庞玉荣疑问道："我这还没说什么事呢。"

辛铸九笑道："无非两件事，一是让我帮你召集商界的朋友，树立你在商界的权威；二是帮你说服庞少南，接受你这个会长的身份。如果是我猜的这两点，我爱莫能助。"

庞玉荣说："辛叔真是神机妙算。第一点我倒是不在意，我当这个会长的原因，想必辛叔也猜出来了，就是为了保住庞家的产业。我在乎的是家里和我闹掰了，想请辛叔当个说客。"

辛铸九又笑道："你先去办我交代的事情。至于少南兄那边，我考虑一下如何和他交流，这人性子倔。"

庞玉荣一听这话，赶紧起身道："我马上就去处理藏书的事情。"

没等庞玉荣出门，辛铸九叫住他，说："玉荣，记住叔一句话，无论外界怎么说，要对得起自己的良心。"

庞玉荣听了这句话后，脸色也变得严肃起来，没有回话，走出了房门。待庞玉荣离开后，辛铸九叹道："是是非非，对对错错，都是一笔笔糊涂账。"

庞玉荣收买藏书之路并非一帆风顺，他只好联合青帮张蔚斋募集300万巨款，三次赴京与杨承训协商，屡经波折，终于把藏书买下。三万两千余册藏书运回济南后，珍藏于麟祥街的道德总社。

辛铸九大喜，也对庞玉荣燃起了敬意。

第六节　坚硬如水

余英在庞少海不在济南的日子里，把家里收拾得干净整齐。庞少海刚进大厅，路传荣迎上去，接过他手里的行李，问："庞先生，需要我去做点吃的吗？"

庞少海一脸的疲惫，反问："这段时间有来找我的吗？"

路传荣回道："庞玉荣经理来过，有几个日本浪人想来家里闹事，也被庞经理给劝退了。"

庞少海嘴角一撇道："看来这玉荣真是出息了。"

路传荣把行李放在一旁。

余英走到庞少海的身边说："济南城的老百姓对玉荣的口碑可不太好。"

庞少海一愣，说："在这个乱世中当官，难免会遭遇别人的冷眼。只要不祸害老百姓就算是个好官。"

余英欲言又止，刚要转身，庞少海说："别忙活了，我去纱厂一趟，很多事得去处理。"说完他便出门而去。

庞少霆早已在办公室等候多时，见庞少海进门，赶紧问："上海那边怎么样？"

庞少海详细地给庞少霆讲解着窦氏家族的遭遇，这让庞少霆一筹莫展，他说："继续与窦氏家族保持联系，他们如果需要什么帮助，我们一定全力以赴。"顿了一下，他继续说："同和纱厂已经将你除名了，你下一步怎么打算？"

庞少海冷静地说："上海的局势虽说不稳定，但法租界、英租界、日租界相对来说，还算是安全平稳。相比之下，济南的情况要比上海严重，日军肆无忌惮地掠夺，对企业实行军管，我们根本没有主导权。"

庞少霆思索了一会儿，话锋一转，说："咱们先回家吧，你嫂子做了一桌子的菜给你接风，咱哥俩回去喝一杯。"

庞少海说："别劳烦嫂子了，咱们去饭馆随便吃点就行。"

庞少霆笑道："让你嫂子有点事做吧，不然她老缠着我。前段时间，见到大街上日本人杀人，吓得要回老家，可桓台老家也没清净到哪里去。我安排刘珅把余英也接过去。"

庞少海望了望外面的工人，说："工人数量少了。"

庞少霆解释道："有的工人去闹革命了，有的回老家了，还有一部分工人誓死不为日本人打工，也离开了厂子。当然也有一些人跟着马良他们当了汉奸。"

庞少海叹道："这世道，能活着就不容易了。"

庞少霆说："同和纱厂的状况不容乐观，你现在也插不上手，要不就调整一段时间后，离开济南吧。"

庞少海严肃道："逃避不是办法，从上海回济南这一路上，哪有太平的地方？还不如留在济南安稳。"

庞少霆点上了一根香烟，用力吸了几口，说："当务之急，就是先从日本人手里拿回经营主权。"

庞少海无奈地摇摇头："谈何容易啊！"

庞少霆说:"我准备回趟桓台老家,那边有许多小麦、棉花的小作坊,我去了解一下他们受损的情况。"

庞少海点头道:"这样也好,要不我陪你去吧。"

庞少霆掐灭香烟,说:"不用了,我让刘珅陪我去一趟吧。"

庞玉荣听说庞少海回到了济南,便驱车去了庞少海所住的光明里别墅,但得知庞少海外出后,内心不免有些失落。心情郁闷的他,只好去了经二路东端路北的青莲阁茶社。这是一座中西合璧的二层楼房,大厅里摆放着十张茶桌,楼上设有雅座,宽敞明亮,可容纳三四百人。

在青莲阁卖艺的男艺人很少,女艺人很多。马三立的到来,一下子吸引了庞玉荣的目光。见庞玉荣来了,青莲阁的老板马玉山马上迎上去,并为他安排上等的雅座。要论以前,庞玉荣也只是庞少南的"跟屁虫"。去戏院的时候,若是遇到庞少南谈事,他也就只能在一旁站着或者在周围溜达几圈。只有庞少南只为听戏而来,他才有机会坐下。

"庞会长,先入座,我马上让伙计上茶。"

庞玉荣看了马玉山一眼,笑道:"马老板,我也坐不住,听一会儿就得回去,事太多。"

马玉山早就看出庞玉荣的眼神一直飘忽不定,肯定有心事,便说:"喝一杯菊花茶吧,败火。"说完,他便吩咐伙计去端了一杯菊花茶。

庞玉荣定眼看了看马玉山,问:"一会儿上台的角儿是谁?"

马玉山回道:"马三立,他是马德禄之子,也是迫不得已来到了济南城,看在他家老爷子的面子上,每天给他三个份子钱。"

庞玉荣勉强地笑道:"青莲阁又不缺钱,再说了,你们也不靠马三立给你们挣钱。"

其实,青莲阁茶社看着是个曲艺场所,实际是男盗女娼的所在。

女艺人很不容易，除了少部分是真正卖艺的，大部分都是要陪着客人吃饭，甚至留宿，与妓院无异。像马三立这样对艺术充满着向往的人，如果不是生活所迫，是不愿意留在这样的场所的，况且马三立已经成家，长途跋涉来到济南谋生，也是不得已而为之，毕竟要赚钱养家。

马玉山也跟着笑了几声，说："这不还得仰仗庞会长。"

庞玉荣有些坐立不安，便敷衍了一句："马老板，你先去忙吧。"

马玉山转眼看着端来茶水的伙计，示意让伙计把茶水放到桌子上，对庞玉荣说："那我先去忙了。"

庞玉荣没有回话，目光无神地看着站在台上的马三立，但周围的嘈杂声让他异常反感，便离开了茶社。出门没多久，庞玉荣就遇上了马良。

马良春风得意地朝庞玉荣走过去，说："庞会长，真有雅致啊！"

庞玉荣眼见躲又躲不开，没用正眼瞧马良一眼，说："你这不也挺有雅致，路这么宽，就允许你走，别人走就不行？"

马良笑道："庞会长当了官，就是不一样，说话都带有火药味，呛人！"

庞玉荣的态度确实让马良有些不舒服，想当年，马良哪把庞少南身边的"跟屁虫"庞玉荣放在眼里过。当然，庞玉荣内心是瞧不上马良这类的汉奸走狗，可仔细一想，现在的自己又何尝不是汉奸走狗呢？

马良见庞玉荣默不作声，便说："有野最近有些生气，有些工厂的工人不太听话，时不时地出来闹事，你可要小心点啊！"

庞玉荣将视线转向马良，不屑道："感谢提醒，我庞某人烂命一条，就是死了也不值得世人怜悯。"

马良深吸了一口气后说道："死还不容易？但还是那句古话，好死不如赖活着。"

庞玉荣表情十分不自然，此刻的他有些反胃恶心，想死的心都有了，可是他现在不能死，他必须护着庞家的产业。

不远处，六个喝醉酒的日本浪人面目狰狞，不时从腰间抽出长长的武士刀，伸向路边的行人。路边的男女老少惧怕到了极点，急忙跑远。

日本浪人们似乎对这样的反应很满足。有个浪人将刀狠狠地向前刺去，却总在距离行人鼻尖半寸的地方止住，然后脸上露出一种类似幸灾乐祸的笑容。

庞玉荣一脸气愤，骂道："真是没王法了！"

马良赶紧阻止道："你不想要命，我还想要命呢！"说完，他瞪了庞玉荣一眼，便匆匆离开了。

道路上乱哄哄一片，陈峻君在陈冬虞的陪伴下，前往庞家巷看望庞少南。苏苓月坐在院子的藤椅上，见陈家父子提着礼品进门，赶紧上前迎道："前些日子，少南还老是念叨您，没想到今儿个您就来了。"

陈峻君问："他身体怎么样了？"

苏苓月摇了摇头，没有作声。

片刻宁静后，陈冬虞礼貌地问道："婶子，可否进门探望一下少南大伯。"

苏苓月缓过神来，说："年纪大了，总是忘事，快请进屋。"

屋内的桌子上摆放着一沓整整齐齐的报纸，另一旁是一摞账本。陈峻君跟着苏苓月进了卧室。

庞少南一见到陈峻君，便使劲起身。陈峻君赶紧上前扶着庞少南，说："少南兄，躺着舒服就躺着吧。"

陈冬虞上前喊了一声："少南大伯，我给您带了点罐头，还有两匹绸子，做几身衣服。"

庞少南苦笑道："快入土的人了，就没必要这么破费了。"

苏苓月端来了两杯水，递给陈氏父子俩，对庞少南劝慰道："这说的什么话。"

庞少南问："现在济南各大企业的情况如何？"

陈峻君坐到庞少南的床上，说："华庆面粉厂大股东张韶采在冷镇邦去世后，利用张苇斋等人的关系，与官僚张亚东交结。之后通过张亚东的关系与日寇特务机关长渡边建立了关系。现在日寇接管的各个面粉厂，都在日本军部统辖之下。统购专卖，大收垄断之利。华庆面粉厂经理赵静愚与股东张韶采等人，给渡边行贿伪钞十万元。"

庞少南叹道："张韶采能弯下腰去向日寇妥协，真是没想到啊！"

陈峻君说："甭说张韶采了，我的利德顺都是偷偷摸摸地运营着。不过，张韶采的努力也算没白费，日寇将华庆面粉厂启封，交还赵静愚自行经营。虽收购小麦出售面粉统与其他军管的厂子同价和同样分配任务，但一般军管的面粉厂所获利润是由军部分配，华商资本家所得寥寥，最多的时候不过百分之二十，而且还受各种束缚限制。华庆面粉厂除缴纳营业税外，不用向军部贡献其他，即便有时被敲一点竹杠，但都为数有限，于是大获其利。"

庞少南说："谦惠面粉厂是与华庆同时被查封而未开磨的厂子，华庆启封后，谦惠能沉住气？"

陈峻君解释道："由于华庆获利丰厚，引得谦惠厂股东张印三垂涎，但苦无张亚东这样一位说客，贿赂无从进行。后经多方钻营苦求，终于托关系找到财政厅顾问志村，以伪钞五万元的贿款，要求志村打通关系，请求特务机关将谦惠也发还自营。志村得到五万元贿赂后，便同渡边交涉，并一天一催，两天一问，大抱不平。渡边心虚也不便坚持，于是谦惠面粉厂也继华庆之后发归自营，一切购销获利自然也与华庆一样。这两家厂开机虽晚，获利却丰，而其他面粉厂商，只有望洋兴叹，徒羡其财运了。"

庞少南的眼神有些恍惚，他有些黯然神伤。陈冬虞坐在椅子上一声不吭，眼神在庞少南和陈峻君两人之间来回扫视。曾经在他心目中创造过辉煌的一代人，如今脸上却写满了不甘与无奈。

第九章

第一节 这边风景

雨，越下越大。密集的雨点打在西安古城墙上，雨声噼啪作响。在玉祥西安分厂，王扶九正准备与美方代表商定并起草西安分厂门口张贴美国领事馆告示的"抵押协约"。

正当双方代表准备签字时，日机飞临西安上空，突然传来几声轰炸声，待轰炸声消去的时候，王星辰气喘吁吁地跑来，对大家伙说："有一家抵押给意大利、挂有意大利国旗的西安大华纱厂遭遇日军的轰炸。"

王扶九思索了一会儿，随即拨打了庞少霆的电话，详细地讲述了日军飞机轰炸西安厂房的事情。玉祥的董事们如梦初醒，立即决定停签与美国领事馆的"抵押协约"。

姜九早就察觉出郑周明有些不对劲，便去厂房查看，却只见到周伟。姜九走过去问周伟："周明最近鬼鬼祟祟，忙些什么呢？"

周伟把姜九拉到一旁，环视了周围后，谨慎地说："他准备闹革命，打鬼子。"

姜九惊讶问道："他现在在哪？"

周伟回答："他去找辛锐了。"

姜九意识到自己已经很长时间没有和这帮兄弟们在一起了，忽然的陌生感让他有些不自在。

周伟说："我带你过去吧。"

姜九跟在周伟的身后，内心有些忐忑，兄弟们的处境就如同眼前的分岔口一样。

在离厂房不远处，有一家残破的皮鞋加工厂。周伟先让姜九在门口等一会儿，他先进去打个招呼。

姜九站在原地，透过门缝隐约可见里面有五六个人，黄建树也在屋内。郑周明急匆匆地从屋内跑了出来，将姜九拽了进去。房间虽然有些凌乱，但并不妨碍大家伙聚集。房中间摆着一张大桌，摞着几只樟木箱。

郑周明对黄建树说："赶紧看看外面有没有生面孔！"

黄建树二话没说，就直接出门。郑周明把姜九拉到辛锐的面前，介绍道："淑荷姐，这位是姜九，我们四个人是在黄河边上一起长大的。"他又对姜九说："这位是淑荷姐，辛铸九会长的女儿。"

姜九有些不知所措，辛锐伸出手与姜九握手，说："早就听闻江湖九爷的名号，今日一见，果不其然，真是洒脱！"

姜九与辛锐握了一下手，说："我是来找周明和建树，没有打扰你们的意思。"

辛锐看了一眼郑周明，说："咱们今天商议的事情，也算结束了，但要尽快决定出发的时间。"

郑周明应了一声道："淑荷姐，放心吧。"

出门没走多久，姜九问郑周明："你要去哪里？"

郑周明回道："我要去闹革命，加入共产党。"

姜九看了一眼郑周明，身边的黄建树和周伟神情都有些紧张。

周伟解释道："九哥，这些事不是想瞒着你，而是你整天跟着庞经理，我们没有机会和你说太多话。不过，我会留下陪着你。"

姜九苦笑道："这些年，我们兄弟从黄河滩一路走到现在，也不容易，你们跟着我受苦了。不过，我还是相信庞经理'实业救国'的道路，我没法判断你们的选择对不对，但我不能阻止你们。"顿了一会儿，他对周伟说："如果你想去，也去吧。"

郑周明说："九哥，我妹的仇得报，黄河滩上被日本鬼子打死的那些父老乡亲的仇得报。"

姜九打住道："不用解释这么多，今晚咱们兄弟四个人去燕喜堂，我请客。"

黄建树笑道："咱兄弟四个确实好久没有一起畅快地吃顿饭了。"

姜九眼里有些泪花，强忍着说："咱黄河滩的男儿，得有志气。连大街上都流传着'地雷一响，炸死三个鬼子，十八个伪军'的顺口溜，日子鬼子实在可恨！"

郑周明气愤道："我要消灭这群祸国殃民的蛀虫。"

姜九说："我记着庞经理曾经和我说过一句话，每个人都有自己的觉醒期，觉醒期的早晚，决定着一个人的命运。庞少海经理和庞少霆董事长在逆境中积极创办南京普丰面粉厂，用产品商标'醒狮'象征中华民族如东方的巨狮，正在觉醒，用来唤醒中国人民。另一个产品商标是'金鼎'，希望中华民族坚强稳重，不可动摇。作为民族工商业者，他们都盼望中国崛起，屹立于世界之林。"

在萧瑟的寒冬中，北风呼啸而过，把树木吹得东倒西歪。树叶已经掉落殆尽，只剩下光秃秃的树枝在风中摇曳。四兄弟有些不舍，也有些无奈，乱世当道，何去何从，从这一刻开始，四人都做出了自己的选择。

月光惨淡地映照在地上，犹如一缕青烟，轻轻拂过每一个角落。风吹得落叶沙沙作响，周围的空气冷得让人发颤，庞少南在痛苦中含恨辞世。

庞少南辞世的消息传开后，商界震动巨大。省内外社会各界前往吊唁的达数百人，悬挂挽幛 150 多幅，送葬的队伍从十二马路一直排到大纬二路。在庞少南的桓台索镇老家也是同时出大殡。

庞少霆站在门口悲痛万分。苏苓月一头花白的发丝，静坐在一旁，两眼呆滞。周凤菁在她的身边，有些不知所措。

庞少海拿着一坛酒朝庞少霆走来，说："哥，这是桓台强恕堂酒坊的酒。"

庞少霆悲痛地看了一眼酒坛，说："让少南哥带着走吧。"

空气中弥漫着纸香燃烧的味道，出出入入的人络绎不绝。

窦舟卿闻讯也从上海赶了过来，庞少霆快步迎上去说："舟卿兄来济南，也不打个招呼，我好派车去车站接你。"

窦舟卿回道："你们要处理这么多事，哪能劳驾你们。我先进去祭拜一下庞大哥。"

庞少海和庞少霆两兄弟陪着窦舟卿进了门。在庞少南的遗像前摆放着各式的糕点水果。窦舟卿上香，三鞠躬后，叹了口气道："上次上海一别，没想到成了永别！"

庞少霆诉苦道："如今这形势不太平，少南哥也是被气的，内心的苦闷忧愁无法排解，日子一久，就卧床不起。"

窦舟卿再转头看了一眼庞少南的遗像，便转身走到了院子里。庞少霆紧跟其后，问道："舟卿兄打算在济南住几天？"说完，他吩咐刘珅道："给窦经理安排一下住宿。"

刘珅应道："我这就去办。"

窦舟卿说："我只能待一晚，明天要去趟南京。"

庞少海也凑了上来，说："虽说少南哥刚去世，不应该喝酒聚餐，但我们这些人都是踩着炸药包活着。我去安排一下吧，咱们今晚小酌一杯。"

没等窦舟卿劝阻住，庞少海便出了门。窦舟卿赶紧对庞少霆说："你们现在事这么多，就不必拘于礼数了。"

庞少霆拍了几下窦舟卿的肩膀，示意他不必推辞了。他看到了不远处徘徊的庞玉荣，庞少霆看出了他的心思，便喊了一声："玉荣，进去吧。"

庞玉荣一脸苦相走到庞少霆的面前，看到窦舟卿，赶紧打招呼道："窦经理。"

窦舟卿回道："这不是庞玉荣会长吗？"

庞玉荣难为情道："就别挖苦我了。"

庞少霆给窦舟卿解释道："窦经理就别取笑他了，他这么做，也是想保住庞家的家产。"他转身又对庞玉荣说道："少南哥一直把你当亲儿子一样看待，别管他认不认你，生不生你的气，你都得为他守灵。"

庞玉荣应道："我听少霆叔的话。"说完，他便进门，跪在了遗像的前面。

庞少霆叹了一口气说："当了会长又如何，也改变不了济南企业的悲惨命运。这边的局势比上海好不了哪里去。"

庞府门前，一副副挽联特别显眼："伟哉庞公，博爱仁风。振兴实业，救济孤穷。种德齐鲁，碑口皆称。载瞻道像，敬志钦崇。""瞻拜遗像，不胜景仰。工商中枢，口碑颂扬。济困扶危，乡里称焉。福寿全归，山高水长。"

庞少南的去世，让"大庞家"从此退出了济南的企业江湖。而这时，郑周明等人跟随着辛锐踏入战场。他们的心中，没有气馁和消沉，只有蓬勃昂扬的斗志。一场疾风暴雨的革命，正在山东等待着他们。

第二节　野性呼唤

济南日伪刚举行完中日官民献机十架命名典礼，几条崭新的横幅出现在了经一路的街道上，分外耀眼。横幅上分别标写着"抵制日货""打倒卖国贼"等字样，在横幅下，站满了气急败坏的日军。

庞玉荣急匆匆地跑到日本头目斋藤面前，说："皇军，有什么吩咐？"

斋藤指了指几条横幅，说："看来济南的老百姓对你管理的企业有些不满意啊！"

没等庞玉荣辩解，斋藤便下令道："凡是未与日军合作的企业，必须出售库存物资，且只能按'官价'，否则便犯了'囤积居奇'和'惜售'之罪。这事就有劳庞会长去操办了！"

庞玉荣支支吾吾了半天，硬着头皮答应斋藤。他琢磨着利德顺和振业火柴公司一直拒绝与日军合作，早已经被日军纳入了黑名单，不如就先从这两家公司入手。

身体虚弱的陈峻君见到庞玉荣独自一人到了家里，有些诧异，但他仍躺在摇椅上，一语不发，闭目养神。

庞玉荣喊道："陈掌柜，气色好些了。"

陈峻君依然没有睁眼，说："庞会长怎么有空到寒舍？"

庞玉荣道："我在济南城虽然像过街的老鼠人人喊打，但陈掌柜不该这么看我。"

陈峻君苦笑道："要不是看在少南兄的面子上，我连家门都不让你进。"话音刚落，陈冬虞进了院子。

庞玉荣说："我还是和冬虞兄去谈谈吧。"

陈峻君睁开眼睛劝阻道："要是和利德顺有关系，我现在还有口气，就当着我的面说吧。"

庞玉荣看了一眼陈冬虞，便说："接替马良任山东省公署省长的唐仰杜，把目光对准了利德顺，要求利德顺与他们合作。"

陈峻君站了起来，说："你没有带着日本人来我这里，估计也是看在世交的情面上。可若是我们利德顺誓死不从呢？"

庞玉荣无奈道："我们吃点亏能保住利德顺也算值了。前不久，日军以宏聚合染厂违犯经济统制的法令为由，将经理邱连三拘捕，押往宪兵队，同时没收了该厂土棉纱一百二十余件、棉布二百余匹；后又以该厂获'暴利'为名罚款七万元。中兴诚染厂也同样遭此厄运，日特机关捕去该厂两人，逼迫该厂以官价卖给日方土棉纱四百件，企业损失数十万元，被捕之人才得以放出；日特又以查账为名，查得中兴诚存有白细布，当即没收三百匹。两次敲诈使中兴诚损失惨重。这都是血淋淋的教训啊！"

陈峻君苦笑道："我十三岁只身离家闯天下，在周村边讨饭充饥，边寻找发展的机遇。后来被石茂然收留，学习染织，到成立利德顺染坊，这一路走来，真是比戏折子还精彩啊！"

庞玉荣劝道："现在的济南是日本人的济南，只要日本人不走，我们就没有话语权。"话音刚落，他又对陈冬虞说："冬虞兄，我知道你和蔡吉庭关系不错，若有时间，你也去劝劝他。"

陈冬虞应道："劝人这事，我确实不在行，但我会去把玉荣兄的意思传达到。"

庞玉荣向陈峻君行礼道："那我就先走了！"

待庞玉荣出门后，陈峻君说："玉荣这孩子心不坏！咱家旁边刘家大院的刘航苏，真是快把祖业败光了。你一定要引以为鉴。"

陈冬虞听了这话若有所思，陈峻君所说的刘家大院，占地七十余亩，由南至北，有七进院，前后两个花园。宅前有四十亩正方形的荷塘，正中铺有自南向北宽广平整的一条砂面通道，尽头是一座太湖石假山，绕山石东西两侧而过始进庭院，荷塘北岸分列两道砖砌花墙。

1905年，刘恩驻投资二十余万银圆，从德国购进了两台42千瓦的发电机组，在院后街建起了济南第一座电灯房。由于发电量有限，主要供巡抚衙门及附近富商宅第照明用，并在其周围院前、院后街上安装了18盏路灯。这是轰动济南城的一桩大事。刘恩驻是中国人自己办电灯房的第一人。刘恩驻得到了官府的嘉奖和支持。这期间，他在铜元局后街建起了刘家大院，在东流水对面扩建了新厂。刘恩驻也很快挣了个盆满钵满。

陈峻君说："在刘恩驻去世后，他唯一的儿子刘筱航接任董事长。按说，已经36岁的刘筱航应该好好执掌家业，可他实在没这个能力。这一切，都怪刘恩驻对儿子过于溺爱，没有好好培养，以至于刘筱航既无留学背景，也无电业知识，更无管理经验。他虽然挂着董事长的头衔，但基本上是个甩手掌柜。到了再下一代刘航荪手里，家业就完全败落了。他们被迫搬到一个远房本家的房子里勉强度日。所以啊，财富恰似过眼烟云，无情最是东流水。"

陈冬虞洞察出父亲的忧思，便说："爹，利德顺不会毁在我这一代手里，我也不会向日本人妥协。"

两人沉默了片刻，陈冬虞问："爹，我去找一下蔡吉庭？"

陈峻君回道："去吧，让他知道这个消息，也提前做好准备。听说他在外出经过一个日军所设的关卡时，日军要求他脱帽行礼，他断然拒绝。对方打掉他的礼帽，还辱骂他。从此，他再也不戴帽子了，即使冬天再冷也不戴，算是以'不戴帽'明志。这样做是让自己，也是让后辈铭记屈辱的历史。这小伙子真有骨气！"

陈冬虞补充道："自从日本派人到振业火柴公司担任驻厂员，他们厂里的工人常与日本驻厂员产生争执。蔡吉庭与驻厂员交涉，对方态度蛮横无视，还率先动手。蔡吉庭拿起算盘回击，打得对方嚎叫逃窜。从此这个日本人没敢再踏进厂门一步。这一点，让不少济南的企业人员佩服。"说完，陈冬虞便与父亲告别，去找蔡吉庭。

庞少海收到梅兰芳的来信，向他推荐了马三立。当他知道马三立在大众剧场有一场演出的时候，便安排姜九与他一起到了剧场。

当初，马三立一进济南城就听说了庞氏家族的一些故事，见到庞少海更是充满着好奇。对他而言，到济南来演出和"乞讨"没什么两样。

庞少海刚到了剧场门前，就见一小队警察急匆匆地从他身边跑过。这种场景他早已是见怪不怪，济南城几乎每天都在上演。

马三立一直在剧场门口，见庞少海朝他走近，赶紧迎上前去，询问道："是庞少海先生吧？"

庞少海笑道："是。想必您是马三立先生？"

马三立应道："正是。"

两人寒暄了几句后，便走进了大众剧场。庞少海说："这剧场挺'火'，以前韩复榘在大众剧场包场看孟丽君、孟丽蓉姐妹演出的京剧《火烧红莲寺》，引起大观园一场大火。虽说大众剧场保住了，但其他门面都被烧了个一塌糊涂。后来，大众剧场二次开演《火烧红莲寺》，结果又发生一场大火。从此，大观园剧场禁演该剧。但剧场因此也'火'了。"

马三立笑道："原来是这个'火'啊！"

庞少海对姜九说："一会儿咱们欣赏一下马三立先生的相声。"

马三立边走边说："还请少海先生多多指教。"

没过多久，利德顺因为拒绝与日军"合作"，经理被日军以"通匪"为由逮捕，副经理被以拉拢行贿为由逮捕。陈峻君得知消息后，加上受庞少南去世的悲痛情绪影响，急火攻心，口吐鲜血。

陈冬虞大惊失色，手足无措。他不得不弯下身子，请求庞少霆陪着自己去找庞玉荣。

利裕面粉厂的院墙边，有几辆人力车在等着客人。车夫有的吸着烟卷，有的在打盹，还有的围在一起下象棋。

庞少霆和陈冬虞在利裕面粉厂的院子里静等了一会儿，好半天没看到庞玉荣的身影，便问工人："庞会长去了哪里？"

工人摇头道："一大早看见庞会长在厂房里转了一圈，之后就没见过他。"

庞少霆眉头一皱："如果见到庞会长，转告他玉祥面粉厂的庞少霆和利德顺的陈冬虞找他有事。你继续忙吧！"

工人点了点头，转身朝厂房走去。

入夜的街巷里，稀稀拉拉的只有几个行人、小贩，却有几小队巡警在青石街面上不紧不慢地走着。庞玉荣走进了庞家巷，敲响了庞少霆的家门。周凤菁刚开门，就闻到了浓烈的酒味，便问："玉荣啊，你这是喝了多少酒啊？"

庞玉荣笑道："婶，少霆叔白天去厂子里找我，我恰巧不在厂子里，也不知道啥事。"

周凤菁让他进门："你叔在客厅里呢！"

庞玉荣跟随着周凤菁进了院子，又径直地进了客厅，急切地问："少霆叔，有何吩咐？"

庞少霆示意庞玉荣入座，说："利德顺出事的事情，你该知道了吧？你有什么方法能帮一下他们吗？"

庞玉荣应道："我也是刚知道这事，当初劝他们不要与日本人作对，就是不听。"

庞少霆打住庞玉荣的话，说："说这些也没用，冬虞急得团团转，他爹一气之下也躺在了床上，咱不能袖手旁观。"

庞玉荣站起身来，说："我这就再去问问。"

就在此时，一道闪电骤然划破长空，紧接着轰然一声，惊雷骤起，大雪纷飞。古语讲："雷打冬，十个牛栏九个空。"这雷声仿佛是利德顺陈氏家族的一声哀鸣，也仿佛是一声声对正义的呼唤。在庞玉荣的协调下，利德顺只得忍痛将所存的4万匹棉布、棉纱全部折价卖出，损失惨重。

漫山遍野，白雪皑皑。不久后，陈峻君去世，利德顺进入寒冬。

第三节　随遇而安

人随声至，庞少海换了一身衣服，前往辛铸九的住宅。

院门虚掩着，庞少海走上前，正要伸手去敲，只听得一个苍老的声音在院内说道："门没锁，请进来吧。"

进门后，是一个花台，后面是一座独门小院。离小院越近，那股香味便越发浓郁。庞少海推开门，走进了院子。客厅传来几人谈话的声音，庞少海打眼一瞧，是吕北玖和吕芙禾父女俩正在与辛铸九热聊。

庞少海进了门，说："吕校长也在啊！"

吕北玖起身道："哪还有什么吕校长，只有吕北玖本人了。"说完，他大笑起来，有一番自嘲的意味。

庞少海眼睛直盯着辛铸九，辛铸九充满笑意的神态上难以掩盖失去女儿的悲伤。

辛铸九说："北玖兄刚从上海归来，就带着芙禾马不停蹄地前来看我，让我实属感动。"

吕北玖说："辛会长客气了，当初也是没想到在胶济铁路管理局共事的陆梦熊投靠日本人。我们一家人不得不从青岛逃避到上海法租界，青岛的房子也被日军占用。夫人多次与日方协商才得以归还。"

三人谈话之间，辛铸九发觉冷落了吕芙禾，便赶紧介绍道："这位是北玖兄的千金吕芙禾，燕京大学毕业后，留学美国，回济南前，曾在香港红十字会担任英文秘书，她也是辛锐的好姐妹。"

庞少海向辛铸九解释道："我和吕小姐见过几次，也算是旧相识了。"

辛铸九迟疑了一会儿，问道："你怎么没去参加商会的会议？"

庞少海回道："现在工人们在日本人的手下苦不堪言，开个会议也解决不了什么实质性的问题，不去也罢。"

辛铸九拿了一沓报表，说："这是庞玉荣给我送过来的，日本侵略军垄断了济南的经济命脉，广大市民受尽摧残和蹂躏，而处于弱势群体的济南工人更是过着悲惨的生活。"

庞少海拿过报表，心里一惊，念叨着："纺织漂染业工人月工资三至五元，化学工业工人月工资三至五元，机械工业工人月工资五至八元，制粉类工业工人月工资三至四元，手工业工人月工资三至四元。这些日本人真没有人性，根本不管工人家属的死活，就这点工资，除工人本人吃饭外，剩下的钱根本无法维持最低的穿衣和住房的费用，更不用说养家糊口。怪不得越来越多的工人家属外出讨饭，过着颠沛流离的生活。"

吕芙禾也扫了几眼报表，讥讽道："日本人整天打着'为大东亚圣战效死'的口号，驱使工人从事奴隶般的劳动，不仅随意打骂，日夜监视，而且在济南的工厂里私设监禁，工人经常被抓去受刑或被其活活打死。济南工厂企业的工人每天最低工作限度是十二小时，有的长达十八小时，经常被迫加班加点。工人工作的时间不但长，而且在日本人的监督下，劳动强度也非常大，但收入却极其微薄，确实难以养家糊口。"

吕芙禾补充道："本地职工与日本职工工资等级相差悬殊，铁道部日本职员分为十级，最高一级月薪三百五十元，最低一级月薪是八十五元。而中国职员的工资每月却至多为二十至三十元。普通工人的工资尤为低微，铁路养路工月薪仅为十一元，扳道工月薪九至十四元，杂工六至十二元，机车司机也不过二十至三十元。其他各业工人工资更是微不足道。"

这时，庞少霆和陈冬虞也进了门，互相寒暄后，也加入了讨论的话题。庞少霆说："济南面粉行业的职工尘肺病像疽疫般蔓延，厂方对医药费、死亡抚恤费从无任何规定。济南纺织行业，车间里不仅没有通风设备，而且夏天紧闭门窗，闷热难熬，每天都有人中暑昏倒。冬天不安装取暖设备，工人的手脚冻烂成疮，接不上线头，还要遭到监工的毒打。"

辛铸九问道："少霆兄，庞玉荣会长有什么策略？"

庞少霆苦笑道："他能有什么策略，现在济南的纺织、面粉、机械、铁路等企业，日军均设有人事系，凡被怀疑有抗日思想或'行为不端'的工人，都会被送到人事系审问、惩处。其刑罚有十余种，刀劈、枪刺，甚至浇上煤油活活烧死的都有。济南许多工厂的墙上都装有高压电网，以防工人逃跑，有的工厂工人每周只准回家一次，现在工人们毫无人身自由可言。人们都说济南工厂就如同日本的集中营。"

陈冬虞说："最令人憎恨的是在济南开设了太多的大烟馆，得有一百四十余家。基本上都是日本特务直接或间接开设的。日特、日商不仅通过贩毒、运毒、开设烟馆来进行特务活动，而且还借以牟取暴利，作为豢养、训练特务的经费。"

辛铸九从沙发的一侧拿出一份《山东农矿厅报》，说："这是关于章丘旭华煤矿雇用童工的一则报道，你们看。"

众人惊叹地看着报纸，上面报道着：以发育未完全的童工从事如斯之苦工作，试入览其现场，但见煤污覆面，汗滴如雨，两目灼灼似怨非怨而气呼呼……任其铁心人骤视之，未有不为之下几滴同情泪者，坑内作业本来是人间地狱，而此种童工之劳役便为地狱中之地狱也。

客厅内笼罩着一股压抑的气氛，在报道面前，众人都选择了沉默，只有庞少霆划燃了一根火柴将香烟点燃，轻轻地吸了一口，随后，重重地叹了一口气。

杨树的枝叶茂密，一条长长的官扎营街从树下穿过。街边的旧房都是德式的建筑风格，姜九在交叉口等待着周伟等人的到来。

但只见周伟一人跌跌撞撞地朝他走来，脸上有些慌张和恐惧。姜九迎上去，问："好久不见，他们俩呢？"

周伟环视了一下四周，指着一处墙落，说："在里面。"

姜九一听这话，抓住周伟就往墙落处走，被周伟狠狠地拉住，问："你不知道那是什么地方吧？"

姜九诧异道："就一处院子，有什么不能去的？"

周伟解释道："这个院落是日本军队建立的一座虐杀、奴役中国战俘的集中营，叫'新华院'。新华院常年关押被俘、被捕者两千至三千人。凡被押到这里来的人，都要先行预审，预审有殴打、火刑、吊刑、水刑等十几种刑罚。能在酷刑下活下来的人被编入'训练队'，根据其年龄、身体状况，或就地强迫其从事各种奴役性劳动，或押往中国东北和日本充当劳工。被关押者在新华院过着非人的生活，每天要从事十几个小时的繁重体力劳动，吃的是掺了沙子的高粱面饼和腐烂的胡萝卜叶，喝的是污浊的生水，住处阴暗潮湿。"说到伤心处，周伟自己先长叹了一声，颓然蹲下了。

姜九问："他们俩被关在你说的新华院里面？"

周伟黯然道："自从淑荷姐牺牲后，我们就从沂蒙山转移到了济南。这段时间，我们三个人秘密地组织工人运动，就在前不久，他们俩被捕了。我也进入他们通缉的范围了。"

姜九将拳头重重地捶打在墙上，他问："我能做些什么？"

周伟站起身子，说："我就是来看你一眼，告诉你我从没有为我做的事后悔过。"

姜九的眼角泛起泪花，说："我们一起去找一下庞经理，说不定他有办法。"

周伟拒绝道："这事不能找庞经理，一旦让他参与进来，日本人觉得他与抗日分子走得近，就会把目光对准他，那他的厂子和性命都会受到威胁。"沉默了一会儿，他继续说："九哥，我现在也被通缉着，我之所以选择这个地方，就是觉着越危险的地方就越安全，可能这也是咱兄弟最后一次见面了，替我们照顾好家人。中华民族之所以屹立不倒就是有无数热血青年舍生取义、慷慨赴死换来的。"

对于姜九来说，这一刻，他特别无助，他甚至一度怀疑是不是自己不该带着三兄弟从黄河滩出来。

周伟并没有多言，告别姜九后，便转身消失在了官扎营街。

而在光明里，张灯结彩，热闹非凡。余英与周凤菁等人在光明里的家里，筹备着十八岁庞淑静的婚事。尽管庞淑静不愿较早出嫁，想走求学独立发展的道路，但庞少海把主要精力都放在了厂子上，对她的意愿已无暇顾及。庞淑静最终在哭闹无望之后，遵听了长辈的安排嫁于张家，这也成了庞少海对大女儿庞淑静一辈子的愧疚。

第四节　我主沉浮

华丰，华丰，
害人不轻，
橡子面里掺豆饼，
大便不通肚子痛。
厂门就像老虎口，

宿舍如同集中营。

工人无辜遭迫害，

不知何时送了命。

日本统治者为了严格管制粮食，还实行了配给制度。配给日本人大米和白面，而配给中国人的只是发霉的玉米、树皮、草根等制成的橡子面。

路传荣坐在旧藤椅上，正看着一本梁启超的《饮冰室合集》。庞少海拿着一份报纸进门，路传荣赶紧起身，放下手中的书道："庞先生，需要喝点什么吗？"

庞少海笑道："你继续看就行。"

路传荣赶紧解释道："我看书就是解个闷。"

庞少海走上前去，拿起《饮冰室合集》，又放下，坐到了沙发上，拿起报纸，眉头紧锁。这几天的报纸全是日伪政府为原组建的商会寻找选举的合法外衣的新闻，包括成立由庞玉荣、李伯成等15人组成的商会筹备委员会，并在选举大会通过新的商会章程，选举产生理事15人，监事7人，候补理事5人，候补监事3人。紧接着，钱业公会举行改选大会，新选及留任各董监事共16人……

正当庞少海陷入沉思之际，姜九走了进来，说："庞经理，植灵茶庄的汪钰川来了。"

汪钰川一进门，两人相互作了揖，入座后客气道："庞经理，突然拜访没有打扰到您吧？"

庞少海吩咐路传荣沏茶倒水，回道："汪经理能来寒舍，是庞某人的荣幸。"

汪钰川道："不瞒庞经理，我最近遇到了难处，我的茶庄被日特汉奸盯上了。"

庞少海道："植灵茶庄是济南比较大的茶庄，货物充实，资金雄厚，成为日特汉奸敲诈勒索的重点对象也不足为奇。可不知道庞某人能帮些什么忙呢？"

汪钰川诉苦道："前不久，日特机关'洑源公馆'以茶庄'囤积'货物的罪名，查封了茶庄的仓库，拉走茶叶一万余斤，同时又以'暴利'为名拉走粗茶数百担。我想请庞经理出面找庞玉荣会长协调一下，不要老是针对咱们植灵茶庄。"

庞少海惊讶地说："汪经理可真是抬举我了，我哪有这个本事，要是有的话，我早把同和纱厂收回来了。不过，庞某人说几句不中听的话，日本商人对茶叶实行垄断，限制江南茶叶运进济南，而日本茶却大宗倾销，茶商业出现畸形状态。泉祥等大多数商号保守经营，巨额存款被冻结，规定每星期只能提出500元的限额。但汪经理的植灵茶庄却与日本三井、三菱洋行来往，搞投机囤积，并在银行大量透支贷款，获取不少利润。"

话音刚落，汪钰川的额头渗出了一丝的汗珠，解释道："我也是没办法，才委曲求全，走此下策。"

路传荣把两杯茶端上桌子，庞少海拿起茶杯，淡淡的热气让他有些舒心，说："腰带鼓了，就收手吧，再鼓下去，你就什么都没有了。商家言利，同业是冤家，彼此间的竞争你死我活。各家都想在业务上占上风，超过别的字号。鸿祥与泉祥竞争的办法是：提高货色，加大分量。初期所加的分量还少，最后加到买一斤送半斤，甚至买一斤送一斤。这样坚持了一个月之久，两败俱伤，泉祥亏损了8万元，鸿祥的生意更是逐渐衰落。"

汪钰川欲言又止。庞少海接着说："而你的植灵茶庄距泉祥很近，开张比鸿祥早几个月，但泉祥对实力远逊于自己的植灵并不十分注意。植灵的生意起初很是不好，后来调整人事，改进经营管理，将价格低廉的茶坯、茶末进行加工包装，还大打广告战，在报纸连续刊登广告宣传，送货上门，并赠送小包样品。植灵用尽种种方法，终于打响品牌。"

汪钰川微蹙着眉说:"真没想到庞经理对我的茶庄了解这么多。"

庞少海加重了语气说:"汪经理,我觉得有些时候,人得学会拿得起,放得下。你来找到庞某人,我自然很高兴,但请谅解,此事我也无能为力。人为了生存,总是随环境变化而改变、调整自己的行为。知足、谦让,这是贤者的一种修身态度,也是有所作为的谋世智慧。"

汪钰川知趣,弯腰鞠躬后,径直走出了客厅,扬长而去。

正在与路传荣聊天的姜九见汪钰川走后,进了客厅,见庞少海一筹莫展,便问:"庞经理可好?"

庞少海缓了缓神道:"没事,以后托我找庞玉荣求情的商家,一律都拒绝。"

姜九应道:"明白了。"

迟疑了片刻,姜九又说:"庞经理,有件事我不知道该不该说。"

庞少海盯着姜九,道:"说就行。"说完,他示意让姜九坐下。

姜九入座道:"我见到周伟了,他说黄建树和郑周明被日军关在官扎营的集中营里。"

庞少海惊讶道:"我知道你们情同手足,但这事涉及太多问题,确实不是我们能左右的。"说完,他闭上眼睛开始养神。

姜九看出了庞少海的无奈,便转身离开了大厅,出门的时候,吩咐路传荣给庞少海披上一件毛毯。

庞少海熟睡过去,他又梦到了曼彻斯特的海边,那个叫莉维亚的女孩。

庞玉荣身为商会会长,连夜被叫到日本总领事馆。斋藤一见到庞玉荣便喜笑颜开,道:"老朋友,好久不见。"

庞玉荣对斋藤的热情极其反感,预料到有不详的事情将要发生,便问:"有什么事吩咐?"

斋藤道:"现在钢铁非常缺乏,为维持战争,需要大量的钢材。

我知道成大纱厂有纱锭二万八千多枚……"

庞玉荣赶紧打住，说："给我点时间，我去筹集钢铁，但千万不要动纱锭。"

斋藤笑道："我就知道庞会长有办法，是皇军忠实的朋友，但丑话说在前面，如果三天筹集不到 50 吨钢铁，会发生什么事情我就不敢保证了。"

庞玉荣出了日本领事馆的门，腿一软，差点瘫在地上。他望着漆黑的夜空，内心无比的迷茫和恐惧，他拒绝了司机，跌跌撞撞地走回了家。

天一亮，庞玉荣提着鸡肉找到陈冬虞，说："冬虞兄，可否和我喝一杯？"

陈冬虞一愣，问："这大清早庞会长何来兴致喝酒？"

庞玉荣一边往屋里走，一边解释道："日本人让我三天准备 50 吨钢铁，我去哪里弄这 50 吨钢铁？这次我也看明白了，日本人就是盯上了成大纱厂的纱锭，随他去吧。"

陈冬虞劝道："赶紧组织商会开会，让他们一起想想办法。"

庞玉荣说："不能开，我这些年当了这个会长，表面上很风光，有人用到我的时候，一口一个好人庞会长，用不到我的时候，就骂我汉奸走狗。"

陈冬虞拿了两个杯子，说："也没有什么像样的菜。"

庞玉荣把鸡往桌子上一放，说："有鸡有酒，就够了。我彻夜未眠，思来想去，找谁喝杯酒，这不还是找到了冬虞兄。"

陈冬虞让庞玉荣入座，说："行，咱哥俩喝。"

杯杯酒下肚，喝出了两位企业家心里无限的酸楚。

不出庞玉荣所料，日军以成大须交钢铁为名，砸毁纱锭八千多枚，又以机器老化不能使用为名，毁掉纱锭一万多枚，剩下的八千多枚纱锭也残缺不全。

第五节　恍若隔世

　　1945 年 12 月 27 日上午 10 时，大明湖畔鞭炮声不断，锣鼓喧天。济南市民涌上街头，在大明湖畔的山东省图书馆"奎虚书藏"楼举行日本受降典礼。李延年代表何应钦总司令接受日军投降。随着日本签降代表摘下佩刀，齐赴受降主官席前行礼，将佩刀献上，行鞠躬礼后，此即代表山东省全体日军缴械投降。

　　抗日战争胜利后，庞少海第一时间从日商山田手中将屡遭破坏的同和纱厂以 70 万元法币收回自营。同时请了花匠、木匠、油漆匠把光明里的别墅装饰得焕然一新。

　　姜九将一份济南市政府训令递给庞少海，训令中派李书忱、庞少海等 19 人加入济南市商会整理委员会，要求整理委员会对伪商会加以整理，以革命手段扫除商人恶习，协助政府切实调查本市商人实在的经济状况，协助政府办理各公会之合法选举。

　　这一刻，庞少海的脸上露出了灿烂的笑容。

　　庞少霆也松了口气，前去拜访吕北玖。吕芙禾正在院子里看着《资治通鉴》，见到庞少霆进门，赶紧回屋道："爸，庞少霆董事长来了。"

　　吕北玖出门迎接："少霆兄，赶紧进屋。"

　　屋内简朴的家具陈设井井有条，水泥地板擦得一尘不染、光滑如镜，所有的玻璃器皿熠熠闪烁，庞少霆说："这房间打扫得是真利索啊！"

　　吕北玖笑道："见笑了，快入座。"说完，他对吕芙禾说："你去厂子里瞧瞧。"

　　吕芙禾应道："马上就去。"

庞少霆赞道："你这女儿真能干。"

吕北玖给庞少霆递了一根烟，说："正巧，我本来想去找少霆兄，把小女支开，也是有些话，想和你单独说。"

庞少霆一愣道："别这么见外，直说就行。"

吕北玖道："不瞒少霆兄，我择婿，看重的是书香门第、知根知底，而不是对方的显赫权势。我想让小女嫁入庞家。"

庞少霆听完一愣。

吕北玖赶紧解释道："是嫁给少海。"

庞少霆大笑，道："其实我也正有此意，但就担心老兄嫌弃少海的岁数大。"

吕北玖道："年龄不是问题，凡成大事者，必须把自己的人生使命与解决时局之弊结合起来，所谓'以天下为己任'，匡时救世，而不是仅仅局限于某一方面的成就。这一点，少海做得非常好。"

庞少霆问："不知道贵千金想法如何？"

吕北玖笑道："我去和女儿谈，不过以我对女儿的了解，她应该是对少海有些想法，前些日子，一直和我谈少海的学识能力。"

庞少霆应道："那我回去和他嫂子一起问问少海。真没想到，本来只想讨杯茶喝，没想到讨来了个亲家。但丑话说在前面啊，我家弟妹余英和少海的感情一直不错，我去试试吧！"

两人大笑。

庞少海正在同和纱厂办公室看着文件，姜九敲门而入，说："庞经理，今晚是回家，还是在厂里吃饭？"

钟表声响起，庞少海说："八点了，过几天，我得去趟天津，今晚得赶紧把文件整理出来，先不回家。"

姜九应道："那我去食堂拿份饭。"

没等姜九出门，庞少海问："周伟他们几个人有消息了吗？"

姜九苦涩道："估计……"

庞少海欲言又止，放下手中的文件道："行了，去打饭吧。"

没等姜九出门，庞少海又问道："给李末清先生用于建立燕京大学工学院的钱汇过去了吧？"

姜九回道："我打完饭去问问账房。"

话音刚落，庞少霆进了门，庞少海赶紧迎上去问："哥怎么来了？吃饭了吗？"

庞少霆道："我也是刚忙完，让刘珅开车把我送来。"

庞少海吩咐姜九道："再多打一份饭。"

姜九回道："马上！"

待姜九出门，庞少海问："这么晚了，找我有事？"

庞少霆看了庞少海一眼，说："自打你从英国留学回来，我也没有关心过你的感情问题，这不想和你聊聊。"

庞少海诧异道："这可不是哥的风格，有话就直说吧。"

庞少霆道："你对吕北玖的女儿吕芙禾印象如何？"

庞少海愣笑道："这哪跟哪！"

庞少霆劝道："吕家的姑娘不错，你们都有留学经历，能聊到一起。"

庞少霆接着说："少海，当哥的知道你在感情方面的心结。虽然说在管理厂子方面，咱兄弟俩意见有些不合，但在成家这个事情上，还是听哥一句劝吧。余英这个弟妹不错，但多个人照顾你也好。"

庞少海说："就算我同意，余英也不一定同意。"

庞少霆笑道："这一点你就把心放在肚子里吧，我让你嫂子去做余英的思想工作。"

姜九提着盒饭进门，道："食堂就剩这几样菜，我全打来了。"

庞少霆对姜九说："你把这些菜带回家吧，我让刘珅开车带我们俩出去吃。"

庞少海道："哥，我还有好多文件没看完呢！"

庞少霆劝道："不差这一晚上。"

庞家兄弟两人去了饭馆，可是吕家的晚上，却有点不寻常。吕北玖精神愉快，吕芙禾沉静无言，独自坐在一个矮椅子上，弯着身子，低着头。

吕北玖问她："你怎么了？"

吕芙禾叹气道："还不是厂子里的事！"

吕北玖走到吕芙禾面前，踱了几步，说："确实，身处商界，一定要知道有所畏惧。尤其是在顺利的时候，更不能忘乎所以。"

实际上，吕芙禾有些心绪烦乱，便问："爸，你是不是有什么话想跟我说？"

吕北玖笑道："知父莫如女，那我就问问你，你是不是看上庞少海了？"

吕芙禾直接从凳子上站了起来，有点不知所措，低声说道："哪有？"

吕北玖示意让吕芙禾坐下，接着说："庞少海这个人有些傲气，我当初也对他口中的'实业救国'产生过怀疑，不过如今看来，他确实是很有魄力的人。"见女儿不说话，他继续说："庞少海结交了一大批师友，开阔了眼界，他也不忘老朋友。但他交朋友有自己的择友观，谨慎处世，藏巧于拙，小心交际。再就是他善于用人，只有知人，才能善任，只有善任，才能人尽其才，只有人尽其才，才能事业兴旺……"

没等吕北玖把话说完，吕芙禾打断道："爸，你这是和我过腻了？想把我赶出去？"

吕北玖解释道："这话说的，我这还不是想给你找门好婚事！"

吕芙禾脸上露着笑容，但装作不耐烦地说："我去睡觉了，明天一早还得去厂里。"

吕北玖从女儿的表情中，已经读懂了意思，待女儿回屋后，他点上了一根香烟吸了几口。外面的夜色格外安静。

一大早，路边站满了市民，都在看马良被逮捕押送监狱的场景。这也让济南的几大企业家内心充满兴奋喜悦。不久后，庞玉荣被山东省高等法院逮捕，家产及其股份被查封。那一刻，无论马良还是庞玉荣，都明白了所有人世间的争夺，到最后都是一番醒悟。

庞少海在吕芙禾的协助下，表面上把厂子经营得风生水起，实际上济南市场逐渐凋零，大批商户倒闭，经济也随之萎缩。庞少海写下了一首五言律诗："徒倚江南路，嗟麟识道穷。三春浑夏日，一雨便秋风。青鸟书难寄，黄粱梦正中。孤云何所托，舒卷任西东。"他陷入极大的迷茫之中，不知何去何从。

刚上任聚鸿纱厂经理的马伯声与庞少霆一同前往张品三家。张家的整个建筑群是典型欧式风格，典雅庄重。连接建筑的回廊迂回曲折，开出一个独立的庭院，或有小亭，或有古井，独具东方韵味。

庞少霆夸道："真气派啊。"

马伯声笑道："老张在欧洲生活了很长一段时间，所以居住环境也是仿照欧洲来的。"

张品三出门见到庞少海和马伯声，赶紧说："让两位老兄久等了。快，请进屋！"

两人跟着张品三进了客厅，靠近窗子放着一张红木桌子，桌子上有一个多年的陶瓷笔筒。东墙上有一个书架子，北墙上挂着隶书对联。

庞少霆和马伯声刚坐下，张品三开口说："刚才接了个电话，成大纱厂股东向政府呈报，成大纱厂在日本侵略期间，被侵夺各项物资直接损失接近五十万美元。这才是一个小厂，整个济南的损失可想而知。"

马伯声说："就目前而言，商民为国民政府垫支的军事防御材料费猛增，'官商合办'的济南市银行开业，这也意味着官僚金融资本再次钳制了济南的经济命脉。目前厂子的状况比日军占领的时候，好不到哪里去。"

张品三故意岔开话题，对马伯声说："可不是，马经理最近可是够忙活的，又是办训练班，又是引进技术工人。"

马伯声笑着说："我也想抓紧经营管理，争取让聚鸿纱厂恢复到战前水平。我思考了一下，必须从培训和引进人才入手，所以才办了几期纺织工业技术训练班，聘请本厂的工程师任教，招收厂内外有志青年学习纺织、染、电、铁工技术，这还是少海给我的建议。但目前大环境还是不太理想，我也多次在商会上提议过，但总是得不到解决的办法，很多厂子陆陆续续停产了。"

张品三问："少海呢？"

庞少霆说："他去上海、香港这些地方调研了，打算把厂子迁出去。抗战胜利后，国民党企图占有同和纱厂。少海据理力争，终于物归原主。但国民党横征暴敛，无尽无休，他也是深恶痛绝。严酷的现实，让他感到前途迷茫。"

从香港到达上海的庞少海，对香港和上海两地满目疮痍的状况异常无奈。正当他一筹莫展，准备回济南的时候，遇到了窦舟卿的好友陆开晟，陆开晟邀请庞少海去外滩散步。

庞少海在外滩等待陆开晟的时候，赋诗一首："兆民方苦乱，九锡一何荣。借问行路者，何如袁项城！"

庞少海的内心如同翻腾的黄浦江水一样复杂。陆开晟赞道："少海先生，好诗啊！早闻大名，没想到还是位文人。"

庞少海说得坦率："见笑了，只是对同和的发展有些束手无策，内心烦闷。如果从生意人的角度说，我确实是赚了一笔钱。但是从一个搞实业的人来说，我的企业在近年几乎全部停顿了。因为当时只要生产，必定赔钱。只有一条路，那就是投机。由于币制不稳定，市场上的风暴很大。目前同和纱厂的棉纱最高日产量为36件，还没有达到抗日战争前日产 47 件的水平。"

陆开晟道:"民族资本家在困境中挣扎,偶有获利,又会遭到国民党当局的公开劫掠。就好比窦舟卿先生被国民党绑架一样。窦家纱厂利润优厚,国民党军警大为眼红,就想用绑票方式大捞一把。民族资产阶级,无论是单纯追逐资本增值,还是想以实业救国,也不管其怎样拼搏奋斗,在旧中国发展民族资本主义经济的理想终将化为泡影。其原因就在于,在国民党统治下根本没有民族资本主义发展的条件。"

庞少海问:"窦兄说你有办法,所以让我在离开上海之前,见你一面,那请问民族企业的路在何方?"

陆开晟看了一下周围,回道:"现在时局紧张,工商业发展困难。但必须顶住各种压力,不使工商业陷于停顿,不使民族工业遭受损害。你也有爱国情怀,让我们一起时刻准备着迎接胜利的曙光。"

这一刻,庞少海对中国共产党的政策有了一定了解,当大多数资本家把物资和资金往海外转移时,庞少海却冒着风险将存在上海近 200 万美元的进口设备辗转运回济南,以备再振实业,服务于新中国。

第六节 尘埃落定

济南解放,人民政府接管了大观园商场,镇压了商场恶霸势力的头目董雨芸、董焕德父子,成立了"大观园商场管理委员会"。大观园的面貌焕然一新。

维生大药房的老板管晓峰的儿子管大同被任命为济南市工商行政管理局局长。他到庞少海家做客,先是跟庞少海握手,然后赞道:

"听说庞经理认购国家公债 15 万份，真是令人敬佩。"

庞少海笑道："管局长最近一直在济南的工商业界忙前忙后，在你的努力争取下，振业火柴厂等厂子陆陆续续复产，真是实干家啊。我之所以认购公债，就是觉得中国的革命农民贡献最大，工商业者应向农民学习，多买公债，为国家做点贡献，也为国分忧。"

管大同问："现在同和纱厂的情况如何？"

庞少海回道："现在厂里职工人数 1955 人。新增织布机 195 台，总数达 255 台，添造纱锭 4160 枚，总数达 24800 枚，总体情况还算比较乐观。"

管大同点点头，说："玉祥面粉厂被撤退前的国民党军炮火焚毁，现在也逐步地修复设备恢复生产。你哥真是厉害，不光保住了厂子，也保住了济南面粉业的发展信心，实在是令人欣慰。新中国成立了，我们要相信在党和政府的领导下，工商业的发展会越来越好。"

庞少海笑道："济南解放之前，同和的股东将大批资金外调，董事张景韩、王扶九等携带大批黄金逃往台湾，只剩下厂房和机器，还在交通银行负债 20 余万元。就在解放之初的几个月里，同和还面临极大的资金困难，济南军管会积极帮助工厂复工，给予北海币 4 亿元低息贷款，并进行统购包销，供应棉花，统售棉纱，把同和厂外存放的 842 件棉纱，2251 件白、青布全部予以统购。以后又按四定标准，以每件纱 600 至 800 斤棉花供应原棉，比应需 380 斤棉花高出约一倍。这一切我都记在心里，深受感动。"

两人交谈甚欢之时，山东省人民政府委员兼省文史馆馆长熊梦宾走进门，笑道："是不是我来得不巧，耽误你俩谈正事了？"

庞少海赶紧让熊梦宾入座，说："熊馆长今日怎么有空来我这里？"

熊梦宾把手中的一幅书法作品递给庞少海说："武中奇写了幅书

法，让我捎给你。"

管大同羡慕道："自从武中奇去了上海，求幅字都很难。"

待庞少海和管大同两人欣赏书法时，熊梦宾说："少海兄解决了齐鲁大学校内工厂所需的龙门刨床问题，又解决了十几所中小学的校舍和物资问题，真乃大格局啊！"

三人大笑，管大同问道："吕芙禾女士呢？"

庞少海说："正在处理山东贫民工厂并入聚鸿纱厂的事宜，土地、设备、职工的并入都是需要解决的问题，接下来还有淄川鲁新纱厂。"

熊梦宾赞道："真是巾帼不让须眉！"

朝鲜战争爆发后，抗美援朝总会发出《关于慰劳中国人民志愿军和朝鲜人民军并救济朝鲜难民的通知》，号召全国人民踊跃参加爱国募捐运动。陈冬虞此时已担任济南市副市长的职务，他紧急召集工商界开会。庞少海被中央人民政府任命为山东省人民政府副主席，到上海开会。庞少海并没有参加工商界会议，但当他回到济南得知消息后，立即捐钱捐物，支援抗美援朝战争。

庞少海作为工商界的代表人士，参与了多项重大政治、经济活动。1954年5月，济南同和纺织印染股份有限责任公司改为公私合营济南同和印染厂。6月4日，同和纱厂的申请获得批准，正式成为全国第一批公私合营企业。五个月后，聚鸿纱厂启用公私合营济南聚鸿纺织染股份有限公司。庞少霆的馨德斋迅速合并了红龙、大华、大通、凌云志、中合兴、汇泉斋、红昌泰、协泰园、宝仙居等十四家酱园及酱油厂，实行公私合营。1958年，庞少霆因病在济南去世。

管大同与陈冬虞在大观园散步，管大同说："这里也逐步对私营工商业进行公私合营改造，许多店铺进行了自愿合并，饭店只保留了天丰园和马家馆回民饭店；曲艺厅、剧场等合并为大众剧场和大观电影院两家国营单位，晨光茶社也成立了曲艺队；其他商店统一合并为百货商场。"

陈冬虞说："现在中医人才稀缺，后继无人，我们决定与庞少海等实业界人士集资组建中医学校，培养一批中医人才。"

管大同赞道："庞少海真是个人物啊！"

夕阳时分，庞少海站在小清河河畔，思绪万千。这条让庞氏家族开启商业版图的"黄金河道"，河内舟楫林立，岸上商贾如云，一派繁华景象。

庞少海想起1932年那个从曼彻斯特归来的少年，想起了桓台乌河畔的童年歌谣：

乌河水，碧悠悠，

黄金河道载金舟，

乌河头，黄山子跟，

勇闯济南挣大钱。

……

河水碧波荡漾，西方彩霞满天，济南这座城市，朝着光明之路奔涌向前。